杭州鲁迅先生

房伟

●

著

译林出版社

图书在版编目（CIP）数据

杭州鲁迅先生／房伟著 . —南京：译林出版社，
2023.9
ISBN 978-7-5447-9810-5

Ⅰ.①杭… Ⅱ.①房… Ⅲ.①中篇小说－小说集－中
国－当代 ②短篇小说－小说集－中国－当代 Ⅳ.
①I247.7

中国国家版本馆 CIP 数据核字（2023）第 099163 号

杭州鲁迅先生 房 伟／著

责任编辑　焦亚坤
装帧设计　吴　悠
插　　图　周矩敏
校　　对　王　敏　梅　娟
责任印制　闻媛媛

出版发行　译林出版社
地　　址　南京市湖南路 1 号 A 楼
邮　　箱　yilin@yilin.com
网　　址　www.yilin.com
市场热线　025-86633278
排　　版　南京展望文化发展有限公司
印　　刷　江苏凤凰通达印刷有限公司
开　　本　850毫米 ×1168毫米 1/32
印　　张　9.625
插　　页　2
版　　次　2023 年 9 月第 1 版
印　　次　2023 年 9 月第 1 次印刷
书　　号　ISBN 978-7-5447-9810-5
定　　价　68.00 元

鲁迅像

周矩敏 绘

张爱玲像

周矩敏 绘

郁达夫像

周矩敏 绘

目录

"杭州鲁迅"先生二三事

春天来了，上海的风还透着湿冷。某日下午，章谦来和我讨论鲁迅的话题。他四十出头，师从著名的鲁迅研究专家金教授，近些年致力于鲁迅交往史。我们都是大学教师。在上海这座热闹的现代化都市，他独自蛰居在我楼上，像安静的蜗牛，不问世事，整天研究学问。

章谦坐在我那张发霉的床垫上，摆弄着床边凌乱的书籍。他瘦高，忧郁，头发有些花白。言辞木讷，却有双细长灵动的手。那个下午，章谦的手神经质地抖动着，翻翻书，又插回口袋，好像兜里藏着什么东西。看他兴奋的样子，应该是有好事。

老章，有什么好玩的？我问。

杭州鲁迅事件，知道吗？章谦说。

我晓得，没啥大惊小怪。

我用这个素材写了一篇小说。章谦又说。

想混点润笔？我笑着说，还是骗骗女学生？

就是好玩。章谦涨红了脸。

我劝他不要不务正业，评上副教授才好过活。他没房，没车，没女人，连朋友也没几个，虽然勤奋钻研学问，但文章发表得少，人到中年，职称还无法解决。

这样的男人不会有了，这个世界上。章谦喃喃自语。

简直穷酸让人倒牙。有这工夫，不如帮出版社编资料，或者上几节函授课，都能搞些快钱。这么多年，我还真没看出章谦有啥"创作才能"，这纯属瞎耽误时间。

室内陡然黯淡，我寒碜的教师宿舍仿佛深穴幽墓。我揉揉酸涩的眼，仰起头。一束莫名的光从铁锈斑斑的窗棂猛地射进，落在章谦纤长灵活的手上。那双手抖动着，掏出一叠写好的稿纸。

匆忙间，我只看到"鲁迅"两个字。

章谦的手按在稿纸上，继续抖动，好似跳到烈日滩头的鲑鱼……

一

我姓周，绍兴人。我写作。民国十六年冬，我就在杭州孤山，家里人都称呼我大先生，但这里，没人认识我。

初级师范毕业，我在绍兴本地教书，勉强度日。绍兴的学校解散，我又冒着初春潮冷，来孤山附近的小学谋食。我时常倦怠，懒得上课，懒得吃饭，也懒得说话。不知何时，我开始咯血。我自小瘦弱，家贫无力调养。父亲病逝后，母亲艰难养大我们兄妹，后来妹妹远嫁苏北。我把血咳在手绢里，不敢让别人看到。手绢沾染暗红的血，被我攥在手心，好像破碎的心脏。

学校有一百多个孩子，十名教师。校长总忘记我的名字，叮嘱我干杂活，才挠着头，含糊地说，那个周什么先生，辛苦跑一趟。我应着，下次他找我，还是记不住我的名字。

校长不爱读书。他原本是洋布贩子，趁着国家动荡，赚了几个钱，又要附庸风雅，这才活动当了校长。他还在上海小纱厂投了点股份，格外关注时局，什么上海工人罢工失利、红党被清除后在南昌暴动，蒋司令大婚，都是他在校务会上讲的。只是学校太小，没什么左倾分子，让他拿来做进身阶梯。我和同事也少有言语，只和梅先生谈几句。梅先生很年轻，和我一样穷。他只读过中学，黑矮、肥胖，是个大大咧咧的山东男子，似乎有点义气。他总拍着胸脯说要帮我。我曾听他在校长那里告我的小状，说我上课经常走神。当然，那也许的确是事实。

女同事中只有一个未婚的姜小姐，和我一样教国文。她也是初级师范毕业，自小发蒙上过"女学"，不欣赏白话文，喜欢班马史笔，韩柳古文。我和她说不到一起。她圆胖的脸上落满雀斑。我不喜欢她，她也没正眼看过我。学生也愚笨怯懦。他们大多出身小市民家庭，有的来自附近乡下，对大多数人来说，读到小学就可以了。即便如我这般，多读了点书，出路也有限。

我悄悄读鲁迅的作品，对这个有名的同乡非常羡慕。有消息说，鲁迅离开厦门，又出走广州，将来杭州隐居。我期待着，如有可能，要当面向他请教困惑。我已不是青年，不过比他小几岁，但也急盼他指点一二。像我这样，既无财产，也无能力的小知识者，如何才能找到活路？想要从文，写的东西浅陋，投稿石沉大海；即便闹革命，像我这般衰老，革命党也不愿顾看我。年轻时我便无胆气。有当革命党的同学，也曾劝我入伙，我不敢应承。还有同学跟着秋瑾起事，被贵福知府砍了头，我当时还庆幸命大。死的革命党同学成了烈士，受香火供奉；活着的大都当了官，飞黄腾达。我是活着，但卑贱谨慎，默默无闻。如今共党又闹工农起事，我衰弱老病，连"壮烈"的机会也没有了，不过挣扎着"不死"罢了。

我秘密地热爱文艺。冬天黄昏，最后一节课，我给高年级学生讲解嵇康的诗，不知为何，就扯到白话文，不知不觉讲起了鲁迅。学生们当然是不通，懵懵懂懂地被我严肃悲哀的样子骇得不敢说话。我低声朗诵《呐喊》自序："我在年青时候也曾经做过许多梦，后来大半忘却了，但自己也并不以为可惜。所谓回忆者，虽说可以使人欢欣，有时也不免使人寂寞，使精神的丝缕还牵着已逝的寂寞的时光，又有什么意味呢。"

我的童年比鲁迅先生更不堪吧。先生出入当铺，好歹是大户人家，我的父母不过是开小商铺的普通人。这生意不好的小铺，也因洋货冲击倒了灶。父亲欠下高利贷，吐血而死，只剩下母亲带着我和妹妹。可怜母亲凭着几分姿色,周旋于本家几位富有叔伯,才给我争来学习机会。我年幼就知道,觉得丢人,只想早些挣钱,不让她太辛苦。革命的事我断不敢参与。我年轻时候的梦,是做文学家,写出让人赞叹欢喜的小说。这个可怜的梦,我现在也大半忘却。

我又向孩子们讲起小说《在酒楼上》。破落的小教师吕纬甫,简直是在说我!我甚至怀疑鲁迅先生早知道我。我是山阴县人,离会稽不远,先生祖父介孚公是翰林,大家都晓得。我的同学也有和先生相识的,只不过我们不认识。鲁迅怎知道我说过类似的话呢?"我在少年时,看见蜂子或蝇子停在一个地方,给什么来一吓,即刻飞去了,但是飞了一个小圈子,便又回来停在原地点,便以为这实在很可笑,也可怜。可不料现在我自己也飞回来了,不过绕了一点小圈子。"

天色愈发昏暗。我背对黑板,黄昏的光流过,仿佛在我身上涂上一层暗金。那行白粉笔痕迹也模糊了。我剧烈地咳嗽,嘴角有点腥甜的东西钻出。我使劲抑制住胸口剧痛,抿着嘴,许久才平抑住了。我缓缓转过身,教室很静。学生仰着小脸,呆呆地看着我,鼻子和眼睛慢慢融化了。他们的表情也在我眼中渐渐模糊了,飞散了,好似荒野漂流的白蒲公英。

先生!一个瘦高个子男学生站起,兀自喊道。

我被唬了一跳,难道校长来了?我慌乱地看向四周,没有校长的身影。也许这正是我想要的。我厌倦了这里的一切,学校的薪水不固定，时断时续，我早想离开这里，去别处谋生，不过没有一刀两断的勇气罢了。

您是周先生，男生的脸上迸发出极大光彩，嘴角抽搐着说，您一定是周先生……

我是周先生呀。我不解。

不！男生摇头，营养不良的脸竟充血到了红润，您是鲁迅先生，我在报上看过您的照片。

我哑然失笑。这个男生是班里天分最高的学生，喜欢阅读思考，家境贫寒，经常饿肚子，我有时接济他，也借给他书看。

您是鲁迅先生，男生激动地跑上讲台，揪着我的衣衫，我看过您用毛笔写的小说草稿。您和照片上的鲁迅就是一个人！

我明白他的意思。因为都是绍兴人，我也个子不高，清瘦，蓄须，浓眉。如果穿上鲁迅先生的大褂，留起先生式的短硬直发，还真有八分相似。从前也有同乡开过这方面的玩笑。我的那个同学，和鲁迅兄弟都认识，就惊讶地说，预才，你长得真像鲁迅，如果刻意模仿一番，能乱真了。

我没想冒充鲁迅。我将男学生劝回座位，宣布下课，自顾自地踱回宿舍。不知怎的，我的步履分外轻盈，连咳嗽也几乎忘记了。回到房间，我平复了心情，拿出《狂人日记》想抄写一遍，再去吃饭。小学有包饭。我们几个单身教师都在门房凑合,每月交伙食费。正在这时,梅先生冲进来,看到我,一下子停顿住,有些拘谨紧迫。我问他什么事。

梅先生悄声说,大先生不赌钱,也不叫局,安安静静地写东西,您是有大志之人。

我怀疑地看了他一眼。我写东西的事比较隐秘,还有我的私人称呼,他如何得知?因为我在家中是老大,家人朋友通信,都称我为周家大先生。我给母亲写信,也是这样题头:"母亲大人膝下敬禀者",落款是"大男 预才 恭请金安"。

梅先生黑黝黝的脸泛起酱红色。他讷讷地说,我,我偶然发现先生抽屉没上锁,就学习了大作,都是顶好的文章。看来先生准备在这里蛰伏休养,再拿出去发表吧。

您是不是……梅先生激动地结巴了,他指着我,好半天才说,是鲁迅先生?

我又好气又好笑。孩子们无知也就罢了,梅先生好歹是教员,怎能犯这种常识性错误?我正色对他说,我不是鲁迅,我是周预才。

对呀,梅先生抓住我,怕我溜走似的,鲁迅就是周豫才,大家都知道。

梅先生。我挣脱他,又郑重地说,我真不是鲁迅。我怎能和鲁迅先生比?我不过崇拜鲁迅。我这个预才是预备的预,不是"豫才"!

不会错。梅先生的头摇得像拨浪鼓,只不撒手。大文豪都喜欢化名,您是绍兴人,我在报上看过照片……

我冷笑几声,奋力挣扎而去。梅先生的品性,我了解一点。我不想和他有什么瓜葛。谁料,梅先生奔出,扯着喉咙喊"鲁迅在咱们学校!……"

小院涌出很多人,老师和学生把我紧紧围住,好奇地打量着,连校长都被惊动了。梅先生热情地说,校长,鲁迅先生在咱学校哇。

谁?校长没反应过来。就是周豫才先生呀,梅先生仿佛要做我的代言,急忙说,校长大人,您不是看过周先生的家信署名吗?

周预才?校长想了下。

绍兴的周豫才先生!梅先生愤怒于校长的迟钝怠慢,就是闻名全国的文豪鲁迅先生,鲁迅是笔名,周豫才是真名。

这位周先生是……校长嘴唇乱抖,脸上不断冒出油汗,分明有几分窘迫。我知道他误会了,但也不急于点破,我喜欢看这个傲慢的家伙吃瘪的样子。

真是鲁迅先生!校长高兴起来,端详我的脸,说,文曲星下凡,您怎么跑到我这个小地方来了?我刚想回答,又是梅先生抢着答道,先生隐居在此,寻找创作灵感,创造不朽之作……是"隐士"?校长想出这个词。

有什么奇怪?梅先生不耐烦地说,这是孤山!唐宋以来,就有很多隐士隐居。苏曼殊也在庙里居住了两年,"梅妻鹤子"的大诗人林和靖,不就在此终老?

校长恍然大悟,重重地攥了我的手说:"真是蓬荜生辉……"

我想开口反驳,又有些不好意思。梅先生面孔好似炸裂的黑糖,嘴里喷溅着阿谀之词。我甚至看到他凸显的肉色牙龈,闻到他焦黄的牙齿冒出的腥臭气。我厌恶地扭转头。还有无数张大大小小、胖胖瘦瘦的脸,都好似洪水退却的河床散露出的鹅卵石,彼此拥挤着,闪烁着危险的光,暴露出岁月冲刷的牙印。

我看到姜小姐也跻身在人群。她的眼中闪烁着崇拜的神色。或许,还有别的东西。我的目光停留在姜小姐鼓鼓的胸部。我渴望有一个这样的女人,慰藉我饥渴的肉身与灵魂。胸部犹如两只硕大的湿漉漉的白水母,漂浮在人群的喧嚣之上。姜小姐奋力拨开人群,捉住我的手,狠狠地捏了一下,又无意地用胸蹭了下我,才被人们挤走。这是女性的身体接触呀。

我四十多岁的人生,这是如此荣耀的时刻!

二

多年后,我时常想起那一幕。那个寒冬的下午,我不是周预才,而是周豫才,是鲁迅先生了。确切地说,是鲁迅先生的"影子"了。我仿佛被鬼魂占据肉体,只剩下没有灵魂的躯壳。下午的阳光很快过去,校长有点犹豫,和梅先生小声地说，鲁迅先生谈俄国，不会惹麻烦吧。梅先生鄙夷地说，党部也没说通缉他。先生是名人，和高层也能说上话。他在这里是我们的荣幸。

院子里的人走光了，空气骤然冷下来，似乎又有空虚寂寞袭来。这便是名人的感觉吧。我这才想起，没有吃晚饭。我摇晃着想去门房，又感到不妥。黏稠潮湿的气息缠绕着我。院内那株黑褐色的老槐树，树叶摇落，几只小虫飘下，落在脸上，毛茸茸的。树身也似浮肿病人颤抖着，在我的掌心留下湿滑的苔藓，死亡的树皮，还有诅咒般的吻痕。

我再也不能回到从前了。

事情有些失控。访客络绎不绝，各类邀请信和公函也非常多。我的课也没法继续上，课堂挤满了慕名而来的人。我的咳嗽病又犯了，只能暂且休课。姜小姐自告奋勇照顾我。开始我对她并不领情。姜小姐流着眼泪说，她也喜欢白话文，只因父母逼迫读古文，时间久了，受到很多毒害。自从读了我的文章，也知道反封建古文了。

我不明白她是真是假。姜小姐细心，饭菜烧得可口，我也就随她在身边了。梅先生以"鲁迅发现者"自居，暂且充当我的办公秘书，替我与外界联系。我对他的品行十分厌恶，但实在不擅长应酬，又不敢过多讲话，就由着他安排。校长慷慨地让出一处幽静小院给我，梅先生和姜小姐也跟过来。小院环境不错，家具和器物，都是校长和当地乡绅凑的。

几个教员跑来哭诉，让我帮助讨要拖欠的薪水。我踌躇了一下，让梅先生请校长说明情况。我的工钱也许久没发放了。校长痛快地答应，提出让我给当地乡绅好友题字，并帮一个富绅去世的母亲写碑文，说有丰厚报酬。我想到校长借给我院子，还送来不少肉蛋和日常用品，硬着头皮应了。反正都让梅先生帮我写。梅先生拍着胸脯说，会帮我和校长谈个好价钱。

先生来休养，写世界名著，怎能浪费笔墨于什么老太太的墓志铭？梅先生义愤填膺，校长不断作揖，两人又在门外嘀嘀咕咕，终于谈妥。借鲁迅先生的名，干这样的事，我内心不安。但我也无法想更多，至于被人识破，或是灰溜溜走掉，也只能等过些日子再说了。

梅先生挡住很多求办事的人，还是有些人不屈不挠地挤来。穷苦人家的孩子，上不起学来哭诉。他们的父母也来下跪。我对他们说些鼓励的话，支援几块钱。还有几个小贩。他们是西湖旁讨生活的小摊贩，剃头匠，因为有碍市容，住处简陋失火，被政府勒令迁走，不走就要拆房子。

他们满满地跪了一地。我照例将政府骂了一通，答应为他们呼吁。我想鲁迅先生这样品德高尚的人，一定也会挺身而出。可惜的是，我是冒牌货，只能说大话，无法真正行动。他们对我也并未抱特别大的希望。他们只希望有一个有权威的名人，倾听他们的苦难，同情他们，为他们鼓吹，就满意感激了。

也有比较危险的事。一天晚上，几个学生模样的青年翻墙进了院子。我在夜里惊醒，点起灯，看到几个略显稚气、紧张兴奋的青年的脸。他们都是附近的学生，慕名而来，问我哪有红党，要投奔布尔什维克革命军。见到这些热血青年，我的内心涌动着激情，也担心惹麻烦，只能应付过去。如果我真认识那些英雄豪侠，该有多好，如果我是鲁迅先生，那有多好！我一定带这些青年，从荆棘之中踏出一条路。

姜小姐和我的关系比较微妙。她在我隔壁厢房住下。她经常痴痴地看着我问，你真是鲁迅先生吗？我沉默不语，或者说，我不是，你弄错了。我越这样说，她越殷勤体贴，有一次，伊掉下眼泪。她摸着我的脸说，你的身体是为中国累病的，我一定给你养好。她为调养我的身体，变着花样做饭、熬汤，我的气色明显好起来了。

她也期期艾艾地问家里情况，看来她多少知道些先生的事。她说，晓得我在绍兴老家有原配，她不介意做小，只要一心一意喜欢她，不要和从前的女学生联系便好。我大声斥责她，不要痴心妄想。她开始惊惧，怕我赶她走，看到我只是说说，就笑嘻嘻地转移话题，说，小时母亲给她算过命，说她会嫁给天上下凡的文曲星。

我们也有点身体接触，我躺在床上读书，闭目养神。她凑过来说话。她丰满的胸部蹭着我的胳膊，我几次涌起冲动，又按捺住了。有个声音在脑海指责我，你不过是冒牌货！真正的鲁迅先生绝不会喜欢这样庸俗不堪的女人，也绝不会利用声望占有女性，你是卑鄙小人！

我僵硬的手臂触到姜小姐软鼓鼓的胸部，滑腻腻的。羞愧的心情占据上风。我缩回手，流下热汗来。看到我如此表情，姜小姐还以为我发热，赶紧给我拿药。我的欲望之心也就慢慢平复了，赶紧将她搀回隔壁房间。

昏昏乱乱过了几天，我的病居然慢慢好了。我不再咯血，讲话也有了威严气度。我这个"杭州鲁迅"当得有模有样。西历耶诞节后的一天，我想去孤山转转。梅先生强烈反对，说对我的健康无益，但姜小姐同意，说走走恢复得更快。更何况，春天来了，她希望与我同游。梅先生见如此，勉强应承了。校长听说，也要跟着去，被梅先生严词拒绝了。

我们一行三人去孤山。姜小姐紧紧地依偎着我，一阵阵女性体香传过来，我舒畅无比。梅先生更像忠心耿耿的保镖。他前后吆喝，胖大身躯在我身前身后跳来跳去。油黑的胖脸，汗珠子滴滴答答地掉下。初春天气还透着湿冷，梅先生反而热气腾腾的。我和姜小姐打趣他，他也不生气。孤山附近游人不多，那一刻，我的内心恍惚，仿佛我真是鲁迅先生，仿佛这样温暖幸福的时光永远伴随着我。我从没有这么被重视过，关心过。我甚至为这种虚假的幸福感动。我贪婪地呼吸着冷冽的空气，步伐渐渐加快。春天的泥地也像被酒灌了浆，起起伏伏带了弹性。

一座孤坟赫然出现在面前。坟前数点梅花，已露出红意。

梅先生抢先跑来，说，大先生，这是苏曼殊的墓。我点头。我有一个同乡留学日本，认识苏曼殊和鲁迅先生。据他说，鲁迅和曼殊是认识的，虽说一个在仙台，一个在横滨，他们后来在东京相识，起因是鲁迅的弟弟，也就是周启明君。周启明在南京水师学堂读书，苏曼殊在南京陆军小学当教员，两人热爱文学而熟悉。鲁迅弃医从文，滞留东京，和弟弟弄文学，搞过杂志《新生》，苏曼殊也曾参与。鲁迅不喜欢苏的颓废冲动，两人的关系也不冷不淡。

民国七年，苏曼殊辞世。如今也已过了十年，墓地有了衰草，字迹也模糊了不少。我怔怔地望着孤坟，心中涌动起复杂感情。曼殊虽短命，还有后人凭吊，我空活这些年，不过是一个虚伪骗子罢了。鬼使神差地，我向梅先生要了笔，在墓碑旁写下这样的文字：

我来君寂居，唤醒谁氏魂？飘萍山林迹，待到它年随公去。

鲁迅游杭，吊老友。一，一〇，十七年。

梅先生与姜小姐连声夸好。旁边凑过来两个穿蓝色棉袍，围白色围巾的女子。她们好奇地看着我，又看看墓碑。一个女生尖叫着说，您是鲁迅先生？您真的……近来我对于崇拜，已渐渐习以为常，不复从前的慌乱紧张。抓住我的女孩，皮肤白皙,身材苗条,梳着齐耳发,明亮的双眼笔直地盯着我。她比姜小姐漂亮很多,从衣服布料和气质来看,出身也明显很好。

这引起了姜小姐的不安。她赶紧插过来,略显尖酸地说,先生很忙,不便打扰。女生歪歪头,不回答,只自顾自地和我对话。她又问,先生离了厦门,暂居于此?先生是否打算一直隐居在这小地方,还是去大上海看看?那里文坛很热闹呢。

我应付着说,暂居于此吧。我终究要走。女生见我答话,脸上更现娇羞,说,先生,我是上海法政大学的女学生李珍,您到上海就好了,方便的话,我会常去请教您。

美丽女性容易让男人生出遐想,让女人产生敌意。姜小姐脸色惨白,好像有些自惭形秽,低着头不敢讲话。我不忍心,就辞谢了两个女生。女生们不依不饶,又请教我短诗来历。我不愿多讲,只用眼神暗示梅先生。梅先生早就不耐烦了,迅速地将女生隔离开。两个女生叽叽喳喳地讲了阵话,才不舍地与我告别。

没走出多远,那个叫李珍的女学生又飞速折回,将张纸按在我的掌心,笑着说,这是我家的地址,我就是上海人,鲁迅先生是中国青年的导师,可不是某些人的哟。

说完,她努起鲜红的嘴唇,斜着眼看了看姜小姐和梅先生,又笑着跑开,只留下那小小的纸片和可爱的背影。回去路上,姜小姐和梅先生都有些沮丧。我劝慰他们说,暂时还不走的。姜小姐的眼圈红了,听了这话,又展颜笑了。她又紧紧地依偎过来，让我不能移动分毫。

姜小姐不停向我要那有地址的小纸片，我没有给她。

三

每天早上醒来，我都感觉自己死去了一点。我变得越来越像鲁迅了。我的四肢逐渐僵硬，好似提线木偶。我感到死去的部分，在晚上化身为灵巧的黑蝴蝶，悄悄飞走了。姜小姐和梅先生对我愈发恭敬。梅先生忙着替我应酬，应了很多事，整天忙得不照面，只是晚上有时过来问安，大体向我汇报情况。姜小姐多了一项工作，就是安排我的服装打扮。她带着我梳理了短直发，每天为我清理胡须。她还为我置办了深蓝色大褂，黑色布鞋，给我买了一管象牙黄的外国牌子烟斗，以及一面精致小圆镜。

她举起镜子，让我看自己。我简直惊呆了，这还是我吗？我的脸更加瘦削了，刀砍斧刻般。我的目光少了原有的自卑与怯懦，而是充满了严肃悲哀，蕴含着人间的大悲苦和大痛恨，仿佛喜悦和陶醉会让这张脸变得肤浅。我的头发愤怒地挺立，胡须浓黑而紧凑。我缓缓地点燃烟斗，深深地吸了口，烟斗里塞着姜小姐给我买的漠河烟叶，味道很冲。烟雾升腾，我便隐身在其中，镜子也慢慢模糊了，只剩下那黑硬的轮廓，还残存在空气中。

"文章巨公，百代文宗……"姜小姐软软地跪倒在地上，嘴里喃喃地说着，手却不自觉地抱住了我的腿。伊的目光中满是崇拜和期冀，还噙着泪，令我不能直视。

你不要这样，我挣脱她，怜惜地说，我又不是韩昌黎，不要这死人封号。

有什么分别呢？姜小姐破涕为笑，韩愈是古文的文宗，大先生您是新文学泰斗，能和您亲近，是我的福气。

看到姜小姐迷离的眼神，我赶紧走避，但伊扯着我不放。伊是太热爱文豪了，但不是爱我。不知为何，姜小姐圆胖的脸，单眼皮的小眼睛，连带那点点的雀斑，都变得不那么讨厌了，在我的内心深处，甚至有可爱的意思了。

梅先生突然闯进来，看到我和姜小姐脸上的红潮，戏谑地哈哈笑着，也不知是嘲弄我，还是姜小姐。伊白了梅先生一眼，自顾自地离去。梅先生意味深长地说，大先生看样子要常驻孤山喽。我脸色慌乱，支支吾吾地问他何事。梅先生说，替我写了墓志铭，已给了那乡绅。梅先生悄悄塞给我十块大洋。我依稀记得，当时校长开价是三十块大洋。我也懒得和他计较了。

不久之后，事情还是败露了。还要怪那次出游。我来到校长办公室，看到校长愤怒的脸，就明白了，我这个做了两周鲁迅的家伙，好运到头了。果不其然，校长"啪"地将一本杂志拍在桌上。我仔细看，是《语丝》四卷十四期。《语丝》我也常看，上面有不少先生的文章。

校长朝我嫌恶地努努嘴。我翻开杂志，目录有一行标题，赫然写着《在上海的鲁迅启事》。我震惊，羞愧，又有些好奇，还有点激动。我这个冒牌货，早晚会被戳穿，这是理所当然。鲁迅先生会怎样看我？

先生笔锋冷硬，这也是我崇拜的风格。我还是感觉内心被狠狠地插上了一把刀。先生写道：那首诗的不大高明，不必说了，而硬替人向曼殊说"待到它年随公去"，也未免太专制。"去"呢，自然总有一天要"去"的，然而去"随"曼殊，却连我自己也梦里都没有想到过。

我的心里有声音狂喊，先生，你误会我了！我不过是生活太苦，徒生幻觉，聊以自慰罢了。我也爱着曼殊先生，觉得你俩是中国顶好的文学家。说是要随曼殊而去，不过是自怨自艾，绝不是造谣污蔑您。

鲁迅先生最后写道："要声明的是：我之外，今年至少另外还有一个叫'鲁迅'的在，但那些个'鲁迅'的言动，和我也曾印过一本《彷徨》而没有销到八万本的鲁迅无干。"我的脸皮简直要滴下血。我从没有说这样的话。这都是梅先生替我宣传的。

校长的身躯摇晃。他咂着嘴，光线遮住了表情，想必又羞怒又蔑视，只听到他冷冷地说，杭州鲁迅大先生，敝校浅陋窄小，不能容您这样的大文豪，请退出院子，明天勿要再来。

他又沮丧地嘟哝着说，原以为是上等洋布，原来不过是本地土布。真是吃亏了。

我气愤地说，我根本没承认是鲁迅，是你们这些人自己想的。校长盯着我看了会儿，突然伸出手摸了摸我的头，叹了口气说，真他妈像，和报纸上太像了，难怪我们会看错。

我将他的手拨开，踉跄着走出去，校长又对我说，还是快些离开吧，我看你也是老实人，听说梅先生弄了不少钱。

我浑身冒冷汗。梅先生到底背着我做了多少事？我急匆匆地赶回小院，家里已是一片狼藉，姜小姐和几个商人模样的人正在争执，说是鲁迅让梅先生向他们借钱云云。我恰巧被这些人抓了个正着。混乱中，我的胡子被扯断，头发被薅去不少，蓝色大褂被割破了几个洞，简直像乞丐服。我的眼睛也被人打成青紫。我索性蹲坐在地上不再起来。

我闭着眼，朦朦胧胧地听到杂乱的脚步声，家具搬动的声音，还有嘈杂的争吵，姜小姐无助的尖叫。我摇摇头，微微睁开眼，透过一丝缝隙，看到院子外还有不少人，他们的影子重重叠叠，在初春的下午，变成一层层雾气。

听说那个鲁迅是假货哟！

一个小贩模样的黑瘦男人喊。我认出，他是那位学生家长，在早市卖糕点，被市政驱逐，跪在我面前求情。因为我这个"假鲁迅"的帮助，他留在了城里，巡警还赔偿了砸坏的财物。他怎么来闹？我有些糊涂。小贩带着一个大大的粗布口袋，怒视着我，说，早看这贼不顺眼！头发那么硬，胡子也黑硬,牛皮哄哄的,肯定是假货,哈哈。

小贩揪着我的头发,冲着我的脸狠狠地吐了口浓痰。青绿的痰,还带着丝菜叶梗,就挂在了我的半截胡子上。我那狼狈的样子,肯定像极了涂着糨糊的寺院泥胎。我听到姜小姐愤怒地喊着,他帮过你! 你怎能这样对待他?

小贩愣了愣神,理直气壮地说,那是鲁迅先生帮的俺,和这假货有啥关系?

众人快意地哄笑,又加快搬走东西。小贩也鄙夷地丢下我,匆忙地夺走一件红木椅子,也因为众人笑声褒奖,满脸都是得胜的神气。

我的心一阵绞痛,不是为梦的幻灭,而是为梦的醒来。我不是鲁迅先生,我不是登高一呼,应者云集的英雄。这人心又怎能看透? 我咳嗽起来,大团殷红的血被喷出来。

周先生,你好些了吗……听到有人唤我,我抬头,是姜小姐。她的脸被人抓伤了几处。她怜悯地看着我,欲言又止。我咧嘴想笑,却笑不出。她大约也知道了我的真实身份,不再喊我鲁迅先生。倒也难为她了,到如今还在护持着我。

她趁着众人忙乱,悄悄地扶我走出院子,默默地拿出一个包袱,里面有衣物,几块大洋,那面被踩踏出裂痕的圆镜,粘着泥水的象牙烟斗——想必都是她奋力保下的。她脸色惨白地对我说,我对不起你,周先生,真的。我们不该这样对你。

我没有力气说话,挥挥手,表示不介意。伊又踟蹰着,最终拿出张皱巴巴的纸片，原是写有李珍地址的那张纸。从孤山回来后，那张纸片就神秘地丢失了，想必是姜小姐藏了，但现在给我这些，还有什么意义？李珍还会搭理一个假冒鲁迅的骗子吗？

我终于走远了。姜小姐的留恋不舍，让我非常感动。我活了四十多岁，异性的温柔，我才得到，又很快就要失去。我分明听到她喃喃地说，你怎么会不是鲁迅先生呢……我坐了去上海的火车。我想见见真正的鲁迅先生。我仔细将前因后果梳理了，也明白了大概。梅先生可能最早真以为我是鲁迅，等他看出破绽，转而利用我这假身份敛财。他和校长肯定有什么见不得人的默契，否则，校长也不会容我轻松离去。可能只有姜小姐对我有点真情。她最晚知道我的身份，但还是帮我拿出包袱，让我不至于光着屁股去外地漂泊。但是，这一切对我已没有意义了。我不再是鲁迅了，我只是周预才，潦倒的小学教书匠。我的确冒充了他的名字。开始是误会，后来就是我心甘情愿地被人当成鲁迅。

《战线》周刊也登出一个叫潘汉年的上海文人的讽刺文章，嘲骂鲁迅和我："那位先生，看中鲁迅先生名字有些魔力，所以在苏曼殊和尚坟墓旁 M 女士面前，题下'鲁迅游杭州吊老友'的玩意儿，现在上海的鲁迅偏偏来一个启事，不过是叫来访的女士们，认清本店老牌，只此一家，并无分出了吗？这至少让另一个鲁迅显出原形哆嗦而发抖！"

鲁迅先生因为我被无聊文人中伤，我多想写篇文章，辩解一番。我不禁又埋怨鲁迅。我不过无意冒用您的名字，您却写下如此嘲讽的文字。我丢了饭碗，也丢了对文学的梦想。你不过是因在北京，靠着同乡蔡鹤卿的提拔，北京大学仲甫先生的奖掖，才有了如今地位。如果我当年也是乡绅官宦背景，有钱去留东洋，有种种机缘，我不会比你差！我这个"周预才"大先生，如今也应名满天下。鲁迅的名字不过是代号，任何人都可以叫鲁迅。

我在上海宝山路附近找到一处地方。所幸，咳血病虽然也会犯，但好了不少，因为有些文化，我应聘去印刷厂当检字工。工作辛苦，每天看大量文字，头昏眼花，还好可睡在印刷厂杂货间，省下几个钱。我没成家，大城市热闹，活路多，我业余写点东西，居然糊口之外小有盈余。我发表了一些小游记散文，记载家乡趣事的小品。我还尝试写小说，可惜无从发表。一个编辑惋惜地说，旧家庭故事，现在不受读者欢迎了。日本占着东四省，还成立"满洲国"，读者喜爱看打日本的故事。沪上还流行革命加恋爱小说，要写工人的惨状，青年的抗争，恐怖的革命手段，再加上罗曼蒂克，肯定受欢迎。这类故事我不会写。我想见鲁迅的心情更加迫切了。

就这样，几年过去了。我也会想起李珍，大多是在梦里。我这样一个四十多岁的孤老头子，卑贱的骗子，是不应奢望这样一个青春女性的。我的梦常常回到青年时代，那时我也算清俊，读书饮酒，与几个文友相交甚好。我们在春日相约登山，激昂意气，也看踏青的女人。那间潮冷的杂货间，我梦到春日的山中飘满树叶清新的气息，李珍在一株红叶李树下对我盈盈笑着，向我伸出热情的手。我欣喜若狂，急忙奔过去，李珍化为一片雾气消散……我哭着从梦中醒来。每次如此，我异常羞愧。我这样的年纪，在乡下要做爷爷了，还谈什么爱情，当真可笑至极。

世界上的事就是这么奇怪，你想寻的人找不到，你躲着的人却偏偏能遇到。那天印刷厂机器出了故障。据说老板经常帮助刊印抗日书报，受到党部和书报检查委员会的点名批评，没过几天，机器就坏了。工友说，看到日本人在厂房附近出现。老板急忙找人修理机器，又多方疏通。印刷厂难得放假半天，我正好在大上海好好欣赏一番。那天，我换了干净衣衫，悠闲地在法租界贝当路游逛，手里还特意提了包蟹壳黄酥饼。大上海的繁华自不是杭州可比，我正走着，看到迎面走来了一个时髦女性。她足蹬红色高跟鞋，身着月白色长马甲，外罩一件淡绿色镶金边的披肩。我疑惑此女在哪里见过，谁料她竟也停下了脚步，是一个烫着头发的女人，她身上的香水气直冲我的鼻子，我仔细看去，依稀就是李珍，又不敢相认，倒是她目不转睛地盯着我，迟疑地说，鲁……先生，怎么称呼？在哪里高就？

我见躲不过，只好低声说，我姓周，在印刷厂检字，小姐有事？

李珍看着我，许久才说，先生很像我认识的一个朋友。先生在杭州孤山待过吗？

我摇头。李珍失望地说，也许是我认错了，我叫李珍，原在法政大学读书，现在点金银行做职员。如果先生见到我这位朋友，就告诉他，知错能改善莫大焉。

瞬间，我一切都明白了。她认出我来了，但不能相认，难得她没有出言讽刺。说完，她自顾自地走了，眼圈竟然有些红。看李珍的情况，也不是几年前清纯的学生了，也许早已嫁为人妇。就当是人生的一场梦，终生或不会再见到了吧。想到这里，我掏出了那张当年李珍写给我的小纸片，缓缓地点燃了。这张写有她地址的纸片，我一直保留着，如今该是说再见的时候了。我看着燃尽的纸片，仿佛我那可怜的爱情春梦。我笑着吃光了那一大包酥饼。

说也奇怪，自从那次见面，我的梦中再没出现过李珍。

我常去街角一家叫"雅集"的小书店。雅集书店坐落在报馆东北角，主要卖新书，也捎带替客人寻珍贵古籍。它门头不大，灯光昏暗，除了老板，只有一个伙计。毕竟是大上海的书店，门口挂了铜铃，店里有留声机放西洋音乐，也有南洋咖啡，日本茶食，俄罗斯各式面包，不过数量品质不高。书店也卖时髦杂志。《每周评论》有卖，附带左翼杂志《莽原》。伙计很殷勤，待我拿杂志，就低低地说，虽然贵，物有所值，有神秘奉送哟，一般书店拿不到。

他紧张地看看四周，小眼珠滴溜乱转，又压低声音，竖着肥肥的手指，说，《莽原》哟，共匪左翼牌子，刺激货，勿要外传。我看先生是老主顾，又本分谨慎，这才推荐给先生。

我又好气，又好笑。《莽原》是违禁杂志，书店要弄钱才搞来的，又不敢明着销售，就想出搭售诡计，看着两本杂志都便宜了，其实趁机提高价格，又不承担贩卖共产书籍报纸的罪名。这些伎俩我是知道的，他们卖《良友》杂志，也搭售美女月份牌。我如果本分谨慎，自不看这些东西。我如果是激进的人，自然默默搞革命暗杀，不会看招人碍眼的杂志。这种拙劣劝诱，对涉世未深的青年学生，连带我这样不得志的小智识阶级，还是非常管用的。我犹豫了一下，还是买下了两本杂志。《每周评论》我大体翻着看，并不喜欢。《莽原》我读得非常认真。特别是有鲁迅先生的文章或编者按。

伙计看我读的入神，撇着嘴说，您是读鲁迅的文章吧。我愕然，伙计略带些卖弄地说，您第一次来，把我吓了一跳，长得真像鲁迅！但仔细看，又不像，鲁迅不会像您这样穿工装，他的眼睛也比您的大。您没有鲁迅黑硬的胡子。您还戴着帽子，有深度眼镜。如果没猜错，您八成是附近印刷厂的文字工，我闻着您身上有油墨味呢。

我不由赞叹，看似平庸的伙计，竟也是个精细的家伙。为了在上海不招惹麻烦，我刻意与鲁迅区分，但还是被他看出来了。我半开玩笑地对他说，你见过鲁迅？

那是自然，伙计骄傲地说，我跑很多书店，替老板看同行的新书，鲁迅先生我仔细看过。

内山书店，伙计摊开手，日本的地方。鲁迅和内山是朋友，常去那里。

这个消息，我也早知道。我一直没勇气去见他，说什么好呢？讲讲我这个冒牌鲁迅的经历？还是让他看我的文章，指点一下？先生即便肯原谅我，想必也不愿与我多言。我想方设法打听到他的住处，原在宝山路的景云里，后来搬到北四川路的拉摩斯公寓。

我永远无法忘记，细雨飘飞的春天傍晚，我站在了先生家的楼下。上海里弄是热闹的，尽管拉摩斯公寓对面不远，是日本海军陆战队司令部，但上海小市民生活，还是不紧不慢地过着。公寓高大洋气，出入的大多是外国人。公寓后面却都是幽暗弄堂，时不时冒出玩耍的孩子，拉客的暗娼，挑着担子卖酒酿、云吞的小贩，匆匆赶着回家的职员，还有"莫名其妙"的行人。他们穿行在窄窄的弄堂，仿佛只是风景必不可少的一部分。从弄堂底下望向天空，人会变瘦。或者说，感觉这世界瘦了。巷子铺着白色鹅卵石的青石板是瘦的。背阴处湿滑青苔和漫卷的虎耳草是瘦的，带着铜锈味道的路灯是瘦的，黄昏将尽时从阁楼挤出来的微弱光是瘦的，连那一面面红墙，也都是窄窄瘦瘦的，甚至这上海的弄堂男女，也少有胖子，仿佛存心刻进风景里，老死也不能变成痴肥的样子。只有那些挂在铁丝上晒着的衣裤，花花绿绿，无人收，无人问，鼓鼓扬扬地飞着，却始终无法摆脱夹子的束缚，变成那天空上倏然飞过的长条块瘦的白鸽。

我隐身在公寓后弄堂的某处阴暗角落，远远地看着三楼，像孤独的影子。据说鲁迅先生就住在这里。我这样一个矮瘦男人，悄无声息地站立此处，也与环境相宜。巷子已冒出晚饭的香味，街上的人少了，一切静谧祥和。只有我是多余的。我不属于这里。我也不应该出现在这里，但我还是来了。我听到楼里有孩子咯咯的笑声，也有妇人的声音，不久就慢慢归于沉寂。我看到一个影子映衬在窗前。影子也是瘦削的，严肃的，头发短短的，嘴里似乎叼着烟斗。它有时定格不动，有时也在窗前走来走去。

人影立住，窗子打开，一个威严的老年男人的声音传出，居然是老家绍兴话：夜头式阿泽人在此？我终于听到鲁迅真实的声音！我不敢抬头，飞也似的逃开了。我不能面对鲁迅先生，这是我的悲哀，也是我最后的骄傲。

我终于有了一次机会，和鲁迅先生面对面地接触。

四

耶诞节过后，再过些日子，就是旧历春节，上海却没有一点喜庆之意。要打仗了，到处人心惶惶。我在报社印刷厂，自然消息多些，日本僧人和无赖浪人，冲击上海租界马玉山路的三友实业，殴打操练的华人义勇队。日本人在租界游行，又和中国人冲突，死伤无数。日本军方不断增兵，十九路军虽然忍让，也不断准备，街垒也慢慢修起来，学生在街头演讲，市民也开始捐款，有不少人大包小包地逃难，说不相信中国人能守住上海，也有市民说日本不怕中国人，但忌惮租界鬼佬，没理由担心。

炮弹还是飞了起来，一声声划破夜空，仿佛地狱逃出的厉鬼的狞笑。我看到黛青色天空游动着无数"吱吱"叫的红鼠，屁股冒着臭臭的毒焰。无数喊杀声、哭泣声、惊叫声，连带无数莫名声响，从天边掩杀过界，吞噬了一切敢于在阳世行走的生命。我没见到兵，就被工友拽进了屋。大家躲在床底，瑟瑟发抖。我不害怕，相反，还有点跃跃欲试。

我担心先生的安危。他是中国的指路明灯，不能出危险。施高塔路内山书店总店，紧挨着日本海军陆战队司令部，离拉摩斯公寓也不远，如今兵荒马乱，想来门口也戒备森严。听说内山书店隔壁鸿德堂，住着蒋牧师一家人。因为收留逃难的中国人，蒋牧师被日本人残忍地杀害了。炮弹连续打了几天，有天清晨，突然停了。

我冲出屋门，大街两侧都是逃难人群。所有人都急急地逃命，但人挤人，人挨人，拥堵碰撞，发出低声咒骂，丢下无数物品。我浑浑噩噩地跑到拉摩斯公寓，上面伤痕累累。一楼门窗也被拆去，不复当日光鲜样子。大楼空荡荡的，想必太靠近战场，人们逃出去避难了。我仰头看看三楼，窗户开着，左面阳台窗下，赫然有个大枪眼，不知什么枪打出来的。我悄悄地喊了几声"鲁迅先生"，一片死寂，只有呼啸的冷风在大门口徘徊。

我急匆匆地离开，心里一团乱麻，先生提前躲避了，还是遭到连累？我辗转不宁。我突然想起，福州路附近，内山书店有家中央支店，离战斗地点远，可以去看看。眼看天色暗下来，上海却没什么烟火气。大批难民涌出，剩下的人都缩在家，街面愈发冷清。我慢慢走着，心下有些茫然。我也不明白，就算见到鲁迅，又有什么意义？我永远不能走入他的生活。我脚步踉跄，泪几乎流了下来，我想扭头回去，不知为何，有一种魔力牵引着我，继续向前走。

内山书店的门半掩着。我推门，匆匆跑出一个伙计，说上海打仗，不营业。我支吾着，伸头向里面看，影影绰绰，似乎有不少人。伙计不耐烦地推我说，老板内山先生的朋友一家人，避战乱暂住这里。黄昏时分，店面光线暗，点着几盏油灯，也不甚明亮，想是战时管制，电力供应不上。灯光摇曳，店内桌椅都挪开了，书也都摆在一边，木地板铺着简易被褥，十几个男女老少各自散在那里。我辨出坐在南首的是一个瘦瘦的、五十上下的中国人，穿一件牙黄长衫，外面套一件青石湖的夹心短袄。他直竖着寸把长的头发，脸上有隶体"一"字似的胡须。他的嘴里咬着一只烟斗，跟着那火光一亮一亮，腾起一阵一阵烟雾。他那张黄里带白的脸，瘦得教人担心。

是他！我的心里悲鸣着，有要向前相认的冲动，这就是我在梦中见过无数次的先生。有个男人迎出来，问我何事。我无法回避，硬着头皮说，在《申报》印刷厂做排字工，平时喜欢集古书，特别是酒牌类东西，听闻内山支店有陈老莲的东西，就来问问。我晓得鲁迅先生喜欢收集酒牌，果然说到这里，先生的目光转移过来。那男人失笑说，你这人年纪也不小，也藏书成癖，兵荒马乱，你倒心系"叶子"？

众人都笑了，鲁迅先生也笑了。男人又说，先生有几分绍兴口音，不知桑梓何处？我羞赧地说，山阴县人。鲁迅先生听闻，站起身，踱步过来，未和我搭话，只是静静地听我们讨论酒牌。我原有这爱好，当下也不怵，举了陈老莲的《博古叶子》、任熊的《列仙酒牌》和万历无名氏的《酣酣斋酒牌》。鲁迅先生也点头，看来也颇为认可我是行家，才能如此识货。

我正犹豫是否告知鲁迅先生我的来历，忽听到尖厉的警报声响起。瞬间房屋剧烈摇晃，有人惊呼，耳边爆炸声似要鼓破耳膜。我也卧倒在地，店伙计赶紧关门，火光和爆炸持续不断，不断有窸窸窣窣的木屑、土屑从头顶落下。屋里再无一人讲话，连孩子也被妇人抱在怀里，惊恐地不敢出声。先生不害怕，微笑向我示意。我趴在地上，和先生面对面地相对，好像看到另一个自己，心里前所未有地感到平静。如果能和先生一起葬于日本炮火，也算得偿所愿，不枉此生。施高塔路北侧听闻一片急促脚步声，侧耳听去，还有刺刀碰撞的声音，不断传来的日语军令。借着腾起腾灭的橙色火光，先生慢慢爬起，面色严峻地踞坐地上，深沉的目光投向窗外，久久不动，只有那烟斗的火光，忽明忽灭，映衬着先生青白的脸色，仿佛古代庄严的宝相佛座……趁着炮火间歇，我悄悄离开内山书店。我回头看，屋内的人已入睡，先生也靠在桌旁，微微闭上了眼。我是先生的"影子"，不能走到阳光下。我必须默默地消失，像战争的硝烟和烈日下的水汽。我朦朦胧胧地想，几十年后，如果有学者研究先生的生平，是否知晓我这个"假鲁迅"和"真鲁迅"曾相对无言，共处一室呢？

上海战事打了一阵子，又达成协议，十九路军也撤出来整顿。国事如此，新年也凄惨，多少人破了家，街上乞讨的人也越来越多。好在局面慢慢稳定了。我的年龄也不小了，不过是老"毕登"罢了。绍兴老家，母亲去世后，还留给我一间祖屋和几亩薄田，我找人帮着打点。原来还想，通过写作在十里洋场打出名气，时间长了，年龄越来越大，这份心也淡了。我甘心当业余文学爱好者。可对鲁迅先生的敬仰之情，却一点也没有减少。闲下来，我就到鲁迅先生住处，默默地关注他。先生通常是深夜写作，白天也出去会客，买书，带着夫人和孩子去吃饭。他喜欢去宝泰酒店吃饭，去青莲阁喝茶，去大光明电影院看电影，他还喜欢在各大书店买古书，有次，我见到他一口气买了《王子安集注》《温飞卿集笺注》《商周金文拾遗》《九州释名》《矢彝考释质疑》《四洪年谱》《梅花梦》《古籀余论》等十几本古书。

几年后，我突然在报上看到，杨杏佛被暗杀，有传言鲁迅先生也遭到通缉。我非常着急，就跑到先生住处。那是一个阴雨天，鲁迅先生撑着伞走出家门。他穿着藏青色长衫，瘦削的身躯笔直挺拔，像一管铁铸的笔，只是脸色越发青白忧郁了。看他出门的方向，估计要参加杨先生的葬礼。我跟随后面，感觉先生的身体摇晃，仿佛兀自支撑并努力反抗着。杨君是鲁迅先生的好友，先生是愤怒绝望的，他用肩膀扛起黑暗闸门，让中国人逃出铁屋子，孰料竟是加倍的黑暗涌现。

天空翻滚着乌云，好似褶皱的巨大枯叶，不时有酸酸的小雨点射出，击中我和先生。先生身体单薄，我也是单薄的，先生的长衫下夹着黑雨伞，我携带着一把褐色的伞。我同情地望着先生，我多想分担他的痛苦。许是我跟得太紧，先生猛地转头，发现了我。他稳稳地站定，脸上显现出愕然神色，继而是疑惑，怀疑，愤怒，异常冷峻。他盯着我，眉毛仿佛拧成两道黑剑，额头的雨滴闪着光，他用绍兴家乡话问我，我们认识吗？

我窘住了，怎么回答？上次我没有吐露真实身份，这次告诉他？我犹豫着，嘴角抽搐，始终未能说出话。先生冷冷地说，请远离我，暗探要在暗处，我不怕你们。

先生将我当成蓝衣社暗探了。我无法争辩，只得深深地鞠躬。先生昂然从我身边走过。我非常沮丧。都怪我太冲动。影子要有影子的觉悟。我应该默默地隐藏在阴暗之地。

我怅然若失地望着鲁迅先生，腰部突然感到有什么硬硬的东西顶住了。回头看去，是三个戴墨镜的家伙，把我挟持住了。他们把我拖到巷子口盘问了半天。我说不认识鲁迅先生，他们搜查了我，记录了我的工作地点和住址，痛打了我一顿，将我丢在垃圾堆旁。我明白，这些人肯定是真正的暗探，他们也将我当成某方势力了。我的鼻骨被打裂，鲜血沾满脸颊。国难当头，日本人步步紧逼，他们却盯住先生。我也冷冷地盯着他们说，请远离我，暗探就要在暗处，我不怕你们。

那几人嘻嘻地笑了，其中一个胖大的家伙，用皮鞋踢我的肋骨，摸着胡子说，好笑，这老小子的语气真有点像鲁迅。另一个穿西装的男人，盯着我看了会儿，说，没错，这小子如果化妆，就像那个摇笔的鲁迅了！

几个人又哄笑。胖子揪起我的头发，凑到我的脸前，狰狞地说，老头，你真以为自己是鲁迅？还敢教训我们？

胖子摔倒我，将我的头按在街边的一堆狗屎上。我挣扎着，其他几个暗探也冲上来打我，大声要我骂鲁迅先生。我咬紧牙关，最终支撑不住。如果他们拔出枪打死我，我是不怕的，但他们只是打，太疼了，打断了我的肋骨，踢断了我的牙，他们还不收手，仿佛要打死我，就当是"打死鲁迅"解气了。

雨停了，肮脏的街口充满着快活气息。他们自顾自地散去，只有我躺着，身上涂满了狗屎。这残酷的世界！黑暗如死水一潭！我擦干血迹，心中涌起绝望。我向暗探求饶，我没法子像先生一样勇敢。我就是天下最大的懦夫。我一步步地挪到鲁迅先生刚才站立的地方。先生的力量真大，他站立的地方，还留有两个深深的脚印。雨水积在脚印里，仿佛两只青玉色小船。我踏在这两只小船上，感到浑身有无穷力量。我触着鲁迅先生的气息了。我踩在他的脚印上，就和他融为一体了。我仰起头，哈哈大笑……

五

时局时好时坏。先生加入左联，成为领袖。先生和正人君子笔战，先生面临诸多困境危险，我都感同身受。我总是梦到那个炮火纷飞的晚上，我和先生无言而对。这就是我的宿命了。我也老了，守着先生老去。

民国二十五年秋天，我等的那个"最后的日子"出现了。

上海的秋天还热着，我刚从印刷厂下班，浑身油污和铅味。我又忍不住咯血。经理看我做得年头久，还算兢兢业业，也有文化，就让我到门房听差。按理说，这差事比厂房轻松，可我还是愿意在厂房，那里工资高。母亲去世后，妹妹生活不顺遂。妹夫早逝，她一个人拉扯几个孩子，无奈回到绍兴老家，艰难度日。我是妹妹和几个孩子的指望，只能咬牙坚持。等到妹妹最小的儿子能自立了，我就回绍兴去。

那几夜，我都梦到了先生。先生还是瘦，青白的脸冒冷汗，但他的眼神依然锐利，他立在我的床前，看着我，对我的呼唤不理不睬。后来，我才明白，这是先生找我这个影子来告别了。先生在《影的告别》写道："我不过一个影，要别你而沉没在黑暗里了。然而黑暗又会吞并我，然而光明又会使我消失。然而我不愿彷徨于明暗之间，我不如在黑暗里沉没。"我这个鲁迅先生的影子，能真正告别先生，开始自己的孤独远行吗？我不能回答自己。

我刚下班，手里拎着宿舍钥匙，就听到有人议论，说文豪鲁迅病重不治，今天凌晨故去了。我的脑袋"轰"的一声，钥匙也掉落在地上，我猛烈地咳嗽起来。

我冲到先生住处，发现那里已高挂白色挽幛。据说追思游行和下葬仪式定于三天后举行。

先生走了，我的魂也走了，我也将不久于人世。谁听说过，人走了，影子还能存活于世界？

我最后一次为自己化装。我拿下帽子，剪了鲁迅先生的发式，修剪了胡须，我还摘掉眼镜，换上先生常穿的月黄色长衫。我还找出了当年姜小姐送我的镜子和象牙外国烟斗，再围上蓝色围巾。肮脏的工区宿房，在那块裂纹的圆镜前，我打扮起来。远处厂房机器的轰鸣声还在耳边，铅板"咔咔"作响，那些我熟悉到要呕吐的油墨味，工装散发出的汗臭味，此时都变得不重要了。我将最后做一次"鲁迅"。

我跨出厂区，门房老张首先发现了我，热情地打招呼说，老周哇，收拾得这么利整，是要去相亲？老张没读过书，他不知道鲁迅先生。我不屑和他争辩。我离开印刷厂，跨过一道水洼，走过两道弄堂，迎面走过几个玩滚铁环的孩子，一对亲密的情侣。我注视他们，他们的目光不那么自然，没有人将我和鲁迅联系起来，甚至根本没人回应我的关注。我稍微有点慌乱，但还是安慰自己，这些人都是普通市民，没在意今天的新闻，各大报都登出了鲁迅先生的巨幅照片。

到了治丧会场，已是人山人海。人们拥挤在一起，真诚地悼念鲁迅先生。每人胸前都佩戴小白花，点点白色连接，就是一片白色的星星之海。前行开道的几辆黑车，也都佩着白色挽幛。人们缓缓移动，面色凝重，连维持秩序的警察，也都眼圈红红的。

还是没人注意我。我的惶惑渐渐地变成愤怒。这些庸人需要的只是先生的死，而不是先生。他们需要一种氛围，来释放崇拜英雄的感情。就是鲁迅先生复活，亲自和我走在祭奠他自己的游行中，也未必会被大家认可。我抓住了一个学生模样的男青年，严肃地说，你读过鲁迅先生的文章？青年戴着黑色学生帽，脸很白净，冒着几个红肿粉刺。他扫了我一眼，点头说，唔，那是当然，鲁迅先生是我们的人生导师。

你看我像谁？我启发他，心里怦怦直跳。

他皱着眉，看了会儿，仿佛恍然大悟，你长得像鲁迅先生！穿得也像！

几个打着标语的女生也围过来，叽叽喳喳地议论。我挺着胸脯，正准备讲一通。谁料，有个女生不以为然地说，准是辅仁大学爱美剧社请来的，大家都想排演鲁迅先生的街头剧，没想到被他们占了先机。

喂！另一个女生毫不客气地说，你这老头子，辅仁那边给你多少钱？你是不是也想在我们学校演出？如果你代表我们学校，工钱加倍，我还多介绍几个学校给你赚钱！

什么？我目瞪口呆，半晌，才结结巴巴地说，我不是为赚钱。

学生浮现出不相信的神色。一个男生不耐烦地说，这个鲁迅先生一点也不好玩，不会讲笑话，笨手笨脚，也不会骂蒋光头和国民党，我们还是到北四川路的内山书店门口吧，那边据说也有人装扮成先生在演讲，口才很好。

学生呼啸而去，只留下我剩在了原地。还有人装扮鲁迅？游行的人很多，果不其然，我又发现几个扮成鲁迅模样的人，大家围观着，发出阵阵掌声。那些鲁迅，有的高，有的矮，有的太胖，有的太瘦，全不像先生，不过是粘了胡子，梳了直发，叼上了烟嘴，居然就胆敢声称自己是鲁迅？

我浑身发抖，恨不得冲过去和他们厮打，又怕被人误解是抢生意，只能默默前行。当我跟随游行队伍走到内山书店门口，发现那里围着很多人。一个人站在桌子上，正在演讲。他也是模仿鲁迅先生，不过此人黑胖，显出几分猥琐，可他的口才真好，一会儿流着泪悼念鲁迅，一会儿悲痛欲绝地念纪念文章，大家都泪流满面；他还模仿蒋介石的丑态，骂日本侵略者，大家也哈哈大笑。那人还放了一个铜盘，说是要募捐，为鲁迅先生建纪念小学。人们纷纷慷慨解囊。我仔细地揉揉眼，认真地看看，那人我居然认识。

他是孤山小学的同事梅先生。

他怎能扮演鲁迅？我想起他利用我诈骗的恶劣行为，不禁冲上前去揪住他。他看到我，竟也不吃惊害怕，笑嘻嘻地对大伙说，这是我的同行，他扮鲁迅可在行呢。说着，他不由分说地鼓起了掌，其他人不明所以，也跟着鼓掌。

我的手松开了。我也不过是鲁迅的模仿者罢了，有什么资格揭穿他？我颓然地坐在地上。梅先生收了摊子，拉着我到了一个馄饨摊前，点了两碗小馄饨。他嘱咐摊主多放辣椒，又看看四周无人注意，压低声音说，我晓得，你今天肯定会出现。

为什么？我冷冷地说。

你喜欢鲁迅先生嘛，他的眼中露出狡诈戏谑的神色，你还当过鲁迅。

我脸红了，怒气也消散了不少，当年的事，我的错也不少，只是我比较愚笨罢了。

我平复了下心情，淡淡地说，一时糊涂。这些年，我从没冒充过先生。

梅先生盯着我看，叹口气说，你呀，还是老实人。

梅先生的鬓发也已花白，不如从前那么胖了，有些颓唐之意，脚边还放着鲁迅宣传画册。他用指甲轻轻地在馄饨碗里剔出一片香菜叶，长长的指甲缝都是污泥。

我们慢慢谈起来。梅先生当年发了点小财，逃离孤山小学。由于投资黄金，亏得血本无归，只能搞点小生意糊口。他笑着说，我老婆一会儿就来，你们还是老相识呢。

我有些好奇，那是谁呢？我心中也有一个模模糊糊的答案，只不过不能确定。但当那个身影转过来，果然是姜小姐，不，应该是梅太太了。

姜小姐看到是我，先是吃惊，继而脸上浮现出羞赧、哀怨又期冀的神色。她在馄饨摊前立住，说，真是周先生，老梅说你一定会来。没想到这么快就见到了。

姜小姐也老了，腰身变粗，脸也变得黑紫，堆积了很多皱纹，曾经丰满的胸部，如今干瘪下去，向下扯着，露出脖子上一片片松弛的皮肤，仿佛冬天里裂开的树干。

姜小姐注意到了我的目光。她将衣服向前襟扯了扯。兀地，她看到了我的象牙烟斗，身体竟有些颤抖。她努力微笑着说，这些年了，烟斗你还带在身上。

梅先生看到如此情形，目光有些冷，扭过头去。

我说，平时不拿的，也不知忘记在何处，今天要祭奠鲁迅先生，偶然发现，顺手带了过来。

姜小姐情绪缓和了一下。她走过去，轻轻地抚摸着梅先生的头，自嘲地说，造化弄人，咱们居然又凑在了一起。

我和他们互相看着，不禁哑然失笑。梅先生喝光了馄饨，站起来，沉声说，老周，当年不该利用你。我遭了报应，这些年到处漂泊，连个孩子也没有。

馄饨摊前的人很多，他脖子上的青筋仿佛都要挣出来，蚯蚓似的蠕动着。

我轻轻地拍了拍他，又看了看姜小姐。我只能摸了摸他的头发说，梅先生，你的头发用了太多发胶，都硬成了纸板，可不太像鲁迅先生。

我们躲在避风处，又聊了一会儿。梅先生说，鲁迅看的深，看的远，人们不能忍受讲缺点的人太严肃。鲁迅不能改变什么。他不过是犟脾气的文人罢了，和你我没什么根本不同。

对这点我不能苟同。梅先生又说，现在中国是乱世，日本的压迫一天天地厉害，蒋司令还在讲攘外安内，新生活运动。就算日本人不来，中国人也难有希望，只要日子好过些，中国人就开始折腾自己。历朝历代都是这样。鲁迅是没有用的，不如多积点真金白银。中国打烂了，去美利坚，美国投降了，就去东京。

所以，你就在这里装扮成鲁迅喽。我忍不住讽刺他。梅先生也不生气，笑嘻嘻地说，老周，我希望你也能同我们一起演出，这世上再也没有人比你更像鲁迅先生了。

我的心一动，我明白梅先生想利用我挣钱，但这倒是我最好的纪念方式。也许这也是我今生最后一次装扮成鲁迅先生了。演出后，我就回绍兴老家去，从此终老残生。

我们来到极司菲尔公园，上海最热闹的公园，旁边就是圣约翰大学。我认真化了装，梅先生扮成《祝福》的鲁四爷。他穿了黑长袍，戴着小圆帽，那骄横愚蠢的样子，还真像。姜小姐散了头发，在脸上抹了黄蜡，捏住一管长长的，上端开裂的竹竿，披上几片破衣，让我猜测人物造型。不用说，就是祥林嫂了。我这个"假鲁迅"，就扮演小说中的"我"，手里拿着小说集《彷徨》，参与故事，也用旁白方式介绍剧情。

天气闷热、腥湿，天空积着淡墨色的云，一层层地铺排过去，有明有暗，遮蔽了大部分阳光，又无心似的漏下点点滴滴，好似河滩濒死的鱼独有的光泽。我们站在公园一处高台，身旁是成片的绿黄色法国梧桐，低矮的青灌木，还有红叶李和即将衰败的白玉兰树。下面挤满好奇的观众，我们置身于花与树之间，成功地掩盖了拙劣演技。我们举手投足的姿势动作，都被这个悲伤的下午赋予了神奇光芒。那是鲁迅先生的光芒，不是我们的。我们永远只是暗处的影。

梅先生横眉立目，叉着腿，站在中央；我举着小说集，叼着烟斗,站在台子侧面;姜小姐衣衫褴褛,蹲坐在地上。那一刻,仿佛无数七彩光线映射过来,我们三人瞬间定格成三角状,仿佛万年冰川深处被冻毙的三条小鱼。那一刻,我看到台下无数观众也都被定格住了,那里仿佛有李珍、校长,还有无数我们认识的和不认识的人。他们都无言地张大嘴,等待着演出。就让我们这三个骗子,以这最后的戏剧祭奠鲁迅先生吧。

姜小姐太投入角色了。她哀哀地坐在地上,一手捏着竹竿,一手扯着我的衣服,用沧桑的语气说:"你是识字的,又是出门人,见识得多。我正要问你一件事——一个人死了之后,究竟有没有魂灵的?"

姜小姐哽咽了。我浑身一震,姜小姐长满皱纹的眼睑中泪水不断涌出。我无言地扶住她的胳膊,也流下眼泪。观众静默着,几个学生模样的女孩也被感染了,低低地哭出声。突然,人群爆发出暴风雨般的喝彩声。姜小姐枯槁蜡黄的脸,迸发出了焕然神采。

她悄悄地说,我就知道,烟斗你不会丢掉的。为什么不带我一起走?那天我把你的包裹拿来,也带了自己的,难道你没看见?只要你开口……我晓得你不是真鲁迅,就是假的,我也认了。总算没白活一回,白白地做了一回女人……暴雨般的掌声依然没有停歇,仿佛天边卷积的乌云,全裂开了,化作了黑紫碎光,砸落在这熙熙攘攘、茫然无边的世界。到处都是闪着乌光的叶子,掌声,尖叫,哭泣,还有持续飞腾的尘埃,装点着这个残忍的秋天。梅先生忙着在捡拾雨点般落下的零钱，乐得眉开眼笑，全然没注意姜小姐对我说的这番话。我也假装没听见。我猛地窜起，站在高处演讲。

世上再也没有鲁迅先生这样的男人了。人死了，有无灵魂，祥林嫂的困惑，也是我们所有人内心的困惑，其实并无意义。无论灵魂有无，我们都逃不掉卑微人生的命运锁链。死亡对鲁迅先生来说，不过是生命的另一种辉煌延续。我们大多数人的死亡都是丑陋的，无意义的。时代揪住了我们的命，揉捏了我们的命，然后用恐吓与欲望，让我们彼此毫无关联。它把我们变成无数"不知已死"的鬼魂。传说，死后的人变成中阴身，很长一段时间，不知道自己死了。他们会游荡在熟悉或眷恋的地方。难道我已变成了鬼魂？

我站在繁华魔都高处。我获得千万掌声和欢呼。我挥手，高歌，长久地静默，含着泪水望着人群。我带着血色滚烫温度的声音，将穿透魔都的呻吟声，化成无数招展的红旗和丛林般的刺刀。我站在高处，挥舞着小说集《彷徨》，仿佛是件伟大的武器。不知何处而来的风，吹得书页沙沙作响，里面的插图随之立起。木刻画的黑太阳，浮雕般抽象线条的小人儿，都被书页释放，化为一群群燕子和云雀，浸润在极司菲尔公园闷热的乌光里。我的意识渐渐模糊。我掐住书脊，使劲抖动，我看到巨大的玫瑰在书中奔跑而出，层层叠叠的玫瑰花瓣，变成无数蓝色的眼。它们围绕我不断纷飞，亲吻着我的长衫，烟斗，围巾。我瘦小的身体，慢慢也变成一页页白底墨色的纸，一串串字符，盘旋着飞奔而出……我的呐喊回荡在极司菲尔公园上空：

"黄金世界我预约给了你们，我拿什么留给自己？"……

半年后，章谦吊死在单身教师公寓。我平时和他关系尚可，被学校委派整理他的遗物。

章谦的电脑密码已被公安破解。按照他的遗嘱要求，我将那个六成新的苹果电脑卖给了旧货市场，把换来的钱寄给他远在安徽乡下的老母亲。

我进入电脑，看还能不能找到小说遗稿。说不准，这家伙和卡夫卡似的，也能成为死后成名的作家。非常遗憾，电脑里没有小说，只有几个不成形的论文，还有多部黄色小电影。我非常惊讶，木讷的章博士居然有此"雅兴"。公安叮嘱我删除这些"精神污染"。如今网络管得严，黄片资源可不好弄，多半是章谦多年的存货。这些小电影大部分我没有，特别是小泽玛利亚"东京热"系列后几集。我终于收集全了。

桌上还有半瓶喝剩下的牛栏山二锅头。据法医检验，及他临终的微博留言，我了解到，他走之前喝了酒。

"我要喝点酒，上路就不害怕了。"他这样写道。

学校宿管处很愤怒。章谦的死，让这间青年教师公寓只能变成杂货间，没人敢再住在这里。这在寸土寸金的上海，无疑是很大损失。

我无处可搬。章谦走的那段时间，我彻夜难眠。风声在窗外呼啸，大门铁插销发出奇异声响。我点亮灯，微弱的灯光下，一只巨大的灰蜗牛顺着玻璃爬过，留下一行亮晶晶的涎迹。

我在床脚找到那本小说手稿，附着一张退稿信。现在是网络时代，投稿都用邮箱了。可能编辑被章谦虔诚的手写态度打动，才寄给他一封不多见的退稿信。信也是打印的：

章谦同志：

　　您好！大作收悉。经编辑部讨论，有几点意见。第一，这部小说知识丰富，有一定的氛围带入感。第二，想象怪异奇特，但毫无意义，相当无聊。第三，小说有历史虚无主义嫌疑。鲁迅是伟大文学家与思想家，任何对他的拙劣模仿，都应被禁止。第四，鲁迅去世至今，极少有以他为原型的小说问世。先生太伟大了，不是凡人能虚构的，更何况是假鲁迅？小说人物呆板苍白，故事结构松散，缺乏精彩情节和吸引力，未能塑造鲁迅的光辉形象。

　　遗憾地通知您，大作未采用。希望继续支持我们！

编辑部
年　月　日

苏门答腊的夏天

一

　　盛夏的上海，异常闷热，从骨头缝里都能渗出汗。宿舍楼更是蒸笼一般。我坐在椅子上，常常看到汗水"滴滴答答"地流淌而下，在黑色皮椅上洇出一圈白亮印渍。窗外，没有风，城市的喧器似乎离我很远。

　　我刚评上副教授，涨了工资，正在规划下一步学术生涯。发表论文非常重要，还要多参加国际学术会议，才能积累人脉，开阔眼界。还有件喜事，我通过公积金贷款，终于在上海郊区买了套四十五平方米的二手房，目前在装修，年底有望入住。

　　我将在四十岁走上人生正轨。也许，过几年，会有一个女人，青睐我这个来自大西南的"穷青椒"。我将摆脱"小泽玛利亚"和"苍井空"的陪伴。现在的年轻人不太了解这些。净网运动搞得厉害，年轻人都玩"抖音"和"吃鸡"了。

　　我要感谢同事章谦。他自杀后，我协助校方处理他的后事。在他的电脑中，我发现了几百部黄色小电影。我偷偷将这些好货拷贝到硬盘上。漫漫长夜，写论文疲乏不堪，我就靠着浓咖啡和这些小玩意安慰自己的嘴巴与眼睛。

我意外收到了章谦的导师、著名学者金教授的邮件。他对我在章谦治丧工作中的付出表示感谢，特别是对章谦遗作《"杭州鲁迅"先生二三事》的发掘。这篇小说被退稿后，被章谦胡乱丢弃在宿舍。我把他寄给了金教授。金教授很快将其发表在了一家杂志上。他给我打电话，很内疚的意思，说没有照顾好这位有才华的学生。但是，高校不承认文学创作。这也并非章谦的专长。章谦走错了路。

我趁机发给金教授一篇论文，请他推荐一个权威杂志。

金教授很快回复了。他认为，论文思路清晰，学养深厚，还能隐隐看到些章谦的影子。

我说，经常向章谦请教问题，论文他也提过意见。

他为何从不找我推荐论文？金教授哽咽着说，太倔了。

靠着金教授的推荐，论文发表在权威杂志，我才得以顺利评上副教授。

没多久，金教授又约我撰写一篇有关郁君的论文，参加明年在东京举办的国际学术会议。

我含蓄地问了往返机票和食宿问题。金教授表示，都可为我免除掉。

真是感谢章谦。我也为他感到惋惜与不解。这么好的导师资源，为何不利用？我推掉闸北辅导机构讲课的机会，也谢绝了两家出版社编书的邀请，专心写作这篇论文。

上海高校放假早，单身教师公寓早没什么人了。我蛰居宿舍，挥汗如雨，一盏小风扇拼命转动。空调风太凉，我的胳膊有风湿，受不了。我查阅资料，在电脑上敲个不停。

几千公里外，遥远的大凉山，我的老母亲，也许正在院子里的那棵石榴树下，静静地等着我的归来。盛夏，花开过，石榴该结果实了。她深陷的眼窝没有泪水。她一动也不动，目光爬不过红土的山。蓝天，淡金色的阳光，成群的黑羊，云母般层层粼粼的白云，那里的热风，永远都浩浩荡荡，响彻宇宙，仿佛吹响了一万只白喇叭……我的老母亲，不会理解儿子为何不回家。他在成堆的资料中穿行，思绪早已飞到了四十多年前苏门答腊的一个夏天。一个日本人，为了寻找一个七十多年前的真相，正在开始属于他的第一次出门远行……

二

那便是郁君走过的路了，通往死亡，也是他要重访的路。

1972年5月，即日本昭和四十七年春，他踏上这块南洋的土地，恍恍惚惚，好像眼前这一切并不真实。他在给朋友的一封信中，描述了此行的目的。他使劲踩了踩，软软的，有点弹性。这是被热风、酒糟味和舒服懒散的情绪浸泡的土地。那里的土人，很多像华人，或者干脆是华人后裔，可皮肤更黑、矮瘦。也有不少荷兰人、英国人。但日本人很少。他有点失落，说是寻访郁君的下落，他也想看看帝国几乎最南端地区势力崩溃的最后情形。

那是一条泥泞的小路，紫黑，饱胀，翻滚着，好似吸吮足了火热阳光，左右摇摆，淫荡丑陋，蜿蜒着游向远方。他摇头。是刚下船导致的眩晕吧。他想呕吐，却闻到这条小路散发出的狂热却诱人的气息，可以嗅出"佛兰德斯红罂粟"迷醉的甜香。

你是日本人，不会理解"佛兰德斯红罂粟"对于欧洲人的意义。他给朋友的信中这样写道。无论中国还是日本，亚洲人眼中，罂粟都是邪恶的。欧洲人一战之后，却有在战争纪念日送红罂粟的习惯。他们还将这种花雕刻在国家阵亡者的墓碑上，或绣在生者的左胸位置，悼念为了荣誉牺牲的人们。几十年前，这些南洋小岛上，死去了成千上万的印尼人、中国人、日本人，也有很多荷兰人、英国人、法国人。他们的亲人把他们埋在这里的公墓，在墓碑上刻上红罂粟图案，或在墓碑周围种上几株。

他讨厌罂粟。他不能忍受这样邪恶的东西，居然也能变成牺牲的象征？应是菊花，或樱花。只有雪白的意境、飘落的白花瓣，才能配上勇者的尊严。

他没有告诉妻，动身前天晚上，他在半夜惊醒。五月，大阪的风已是热的了，但夜里还透着丝丝凉气。家里死一般沉默，只有妻的呓语，在黑暗的房间回荡，仿佛极幽静的山中，野物的低吟。他睁大双眼，熟悉了暗夜里家具的轮廓，这才蹑手蹑脚爬起，屏住呼吸，挨到了浴室。他打开昏黄的浴室灯，浓浓的、尿液般颓废的气息，从头顶倾泻，将本不清爽的镜子弄得更模糊了。他扶住镜子，看到一条小路，从镜子深处延伸出，在诱惑他。还有大片红罂粟。小路尽头，有一个穿华人长衫的男人，手里夹着烟卷，冷冷地看着他。

那就是命运的暗示。他要到苏门答腊去。他必须去。

他的手碰到梳洗台的牙缸，发出清脆"叮当"的撞击声。那是长男的"齿匠"牙刷。战后一段时间，日本物资奇缺，他与妻过着节俭的生活。为了防止孩子蛀牙，他们狠心买了一支非常好的牙刷，给孩子做礼物。如今，这支胖墩墩的、黄色手柄的牙刷握在手中，还是绵软的，却不滑手。他仿佛听到长男"呼哧呼哧"地欢快刷牙的声音。梳洗台下面，还有一些废弃的画笔。他闻到了油料的气味。长男希望成为一名画家，家里给他买了颜料笔。如今，这些五颜六色的东西，也都被弃置在浴室的角落了。他拿起牙刷，又从角落里捏出一支画笔。两个有着儿子气息的东西，在他的手里亲密无间地拥抱着。

儿子已不在了。他的眼泪扑簌簌地流下。他为什么只在镜子里见到郁君？让儿子出现一次不行吗？哪怕在梦里？

他是一个内向沉默的日本男人，人到中年，在一所无关紧要的大学任职，做助理教授，收入不高，也没什么学术名气。

家里人都不太明白，他这些年迷恋中国作家到底为什么。他要自费去一个陌生地方，寻找从未见过的中国作家死亡之谜。

你和作家的后代有联系？妻问他。

他摇头，说，目前还未有，我只是喜欢研究郁君，很多人都说，日本人杀死了他，我不信，要去查个究竟。

他从妻的眼神里看出了惊诧。家里买房没有几年，房贷沉重，长男又不幸病逝，他在大学的薪俸也不高，他怎么如此异想天开？去什么苏门答腊？难道说，男人这一生，总要做几件费解的，甚至毫无头绪的事？

这显然超出妻的理解。他嗫嚅着，想再解释，却不知如何开口。也许，他只是需要去一个陌生地方，为一个看似重要、有意义的事奔忙。中国作家研究又热了起来，很多日本学者，从战前对中国的不屑，转变为惊奇。一个古老民族，经过惊心动魄的斗争，死中求活，不仅赢了战争，且变成了一个令人尊重，又带有神秘感的红色国家。这有很多可以研究的东西。如今，这个国家又在进行文化"新革命"。这也加剧了西方对它的好奇心。他的研究，勉强算是这种潮流吧。如果揭开郁君死亡之谜，他有可能成为权威专家，受到中国和国际研究界的重视。

出去走走也好。妻喃喃自语。贤惠的妻担心他走不出丧子之痛。这样莫名其妙的远行，被她看成游玩和解闷之举。他苦笑两声。他想说的是，虽然他也有学术的虚荣心，但一直希冀这样漫无目的游荡。他羡慕郁君写的那些游逛的小说，如《感伤的行旅》《归航》。他期待那种感伤，放纵，颓废迷狂的人生。买春，宿醉，在春天的江水边，为一个爱着的，却没有结合希望的女人放声痛哭，这是怎样的迷人境界？

　　他下了船，心情无比兴奋。二十年过去了，苏门答腊和终战时相比，不知有多少变化。他期待着不切实际的奇迹：一位年长的华人，在人潮汹涌的街头，走过来，面对他这个异国寻访者，用亲切的日语说，铃木桑，辛苦了，我就是赵廉，也就是你要找的郁君。那是一个落拓不羁的男人，弯曲的蟹爪胡，中国旧式月白长衫，黑布鞋，清瘦的脸庞，眼不大，但透着超然坚定的神采，又有几分倦怠的玩世不恭。他的一只瘦长的手，稳稳地托着珐琅咖啡杯，杯子还袅袅冒着热气，另一只手，拎着本书稿，密密麻麻地写满批注。这就是林语堂托付先生翻译的，英文版《京华烟云》……

　　会有这样的奇迹？每一个成功的传记作家都会在梦中，和去世的传主有过这样"白日梦"般的相见。传记作家是可怜的文学工作者，传记写得好，荣誉归于作家，传记写得差，诟病归于传记作者。他们都是卑微的记录者，被大师的光芒所笼罩。但是，谁又能说，这不是一种幸福？一个人总要做点什么，才能证明自己。一个传记作家最好的作品，是对逝去亡灵的告慰。他会带有传记家的挑剔，令人发指的考据癖，考察传主和情人的每一次会面，追问传主难以启齿的隐私。他将和传主成为亲密朋友。他是令人讨厌的崇拜者，更是喋喋不休的窥视者。他们一起喝酒，吃烤肉，大声唱歌……直到梦的醒来。

他踩在南洋松软潮湿的泥土上，想象着，郁君如何迈步走入村子。他甚至想，他踏下的那个脚印，就存储着当年先生落足的尘埃。他仿佛就站在先生身边，看着他疲惫而坚定的步伐。南洋暮色的酡红晚霞映衬下，郁君的眼神转移到他的身上。他心跳加速，晚霞似融化的金子，从高大的棕榈树宽阔的叶子上倾泻而下，滚烫，一直钻入他的眼中。

他在给友人的信中说，他喜欢郁君颓废豪爽的性格。郁君的文字，也是坦诚至极。他年少时沉默寡言，性格执拗，阅读陪伴他度过了美好时光。等到在高校研究文学，就很自然地将郁君当作研究对象。他很难忘记，在中学阅读室，第一次看到《沉沦》。他的脑袋"轰隆隆"作响，多么放肆的语言，大胆的描述！中国人大多叫郁君志士，五四启蒙之子，但他觉得，先生是情绪化的才子。他忧愁又亢奋，坚贞又脆弱。他爱女人，又看不起她们。他不擅长战斗，胆子小，却又轻掷生死。他喜欢炫耀，又自嘲而自毁。

小路上，他看到两片飘零的叶子。它们前后相依，又互相排斥。它们泛着黄色汁液的身体，濒死，但依旧绝望地笑着。那片大一点的叶子，该就是郁君，那片小的，怯生生地依附其后，应该是他。他不想承认日本人杀死了郁君。他来到苏门答腊，也想看看，崩溃之际，日本军人在最南端的情形。他想象，会有很多悲壮，但他也许不得不承认，那里也有太多残忍，无知，贪婪，甚至是卑劣算计。所有的悲壮，都被战败的耻辱稀释了，正像苦涩盐粒，溶化在更苦涩的大海。如此说来，他对郁君死亡真相的寻找，其实不过是告慰自己。

南洋的天空，有一种奇异的蓝，特别浓，将所有杂色挤出画框，仿佛一块看不到边际的倒悬的镜子。那条小土路，也许根本无关紧要。只是他不这么想，他觉得自己踏入了历史。一个人的一生，要走多少路？这不是东京街头的青青石板路，新干线旁的水泥路，更不是中国北京城宽阔的大马路，杭州富春江边温润舒适的小路，更不是炮火纷飞的断壁残垣间，充满污秽、鲜血和断肢的血路，那只是苏门答腊不知名的小路，就在这里，郁君踏上了死亡之旅。

那就是郁君走过的路了。太平洋战争初，郁君从新加坡逃亡至苏门答腊，辗转去往巴爷公务。郁君化名"赵廉"，开了酒厂，给宪兵队当翻译。终战不久，郁君失踪。一个名满天下的作家，他的书被印刷成千上万册，被很多国家的读者喜爱。他做过蒋介石政府的设计委员会委员，也在福建当过参议。他的爱情，举世瞩目。"曾因醉酒鞭名马，生怕情多累美人"，那是多么意气风发，又罗曼蒂克的情感！他生命的最后十年，悄无声息地藏身南洋偏僻小地，娶一个无智无识长相普通，甚至不通华语的女子为妻，他到底有怎样的心路历程？

他要做一名"文学侦探"，调查这桩悬案，生要见人，死要见尸。他要告慰郁君的"怨魂"。

当然，"侦探"这类事，不过也是一个借口。他不过想像郁君一样，去一个陌生的地方。寂寞就像风，把这个世界从他们的身边吹走了。

三

1941年12月，日本二十五军伦美支队，占领马来半岛的英属哥打巴鲁。新加坡被攻占在即。郁君和一群中国文化人，首先撤退到荷属小岛巴美吉里汶。他将儿子托付给人，带回国内，交于陈仪抚养。有人劝说他离开，他总以为日军尚未很快占领新加坡。

这一路，极其艰辛惊险。夜晚，他们乘船抵达小岛，却被荷兰士兵误以为日军登陆，报以机枪扫射。一船人惊慌失措。郁君抬头，机枪焰口吐出火舌，在船的上空嘶叫着，形成了一道道弹网，好似捅开天幕的一颗颗流星。子弹击中船身，发出"嘭嘭"的沉闷声响。海浪拍打着船，船身颤抖，摇晃着。几个女人情绪崩溃，大喊大叫。大家都以为，就要丧命滩头了。幸运的是，船上有人用印尼语和荷兰语喊话，他们才逃过一劫。滞留两天后，他们组成"星华逃难团"，苏门答腊不予登陆，众人只得逃亡到新加坡与苏门答腊之间的小岛石叻班让。

他们原想,从爪哇取道印度回国,但刚下海,战事紧张,只能又逃亡到望嘉丽,在那里过了十几天。

他在日本国内也进行了访查。他找到关根文、秋山隆太郎、池内、西本、大浜等在南洋与郁君有接触的人。他们有的是株式会社、电会社的职员,有的是军医、宪兵,也有巴爷公务的秋山分州长、山下中佐这样的日本官员和军官。他们有的热情爽快,有的支支吾吾。郁君在巴爷公务,结交了不少日本人,主要为了做生意。关根文是美星产业的主任,一个精明的商人。他帮助郁君的酒厂进大米。他最初震撼于郁君流利的带东京腔的日语。但郁君显然不是商人。关根文说,他总看到郁君喝酒,不修边幅,读着古书。有时读到忘情,酒从嘴里冒出,淋淋漓漓地落在胸前,邋遢得很。西本军医也说,赵君(他们习惯还将他认作赵廉,尽管后来也知道他的身份)不是普通人。他能用德语描述自己的病。池内对郁君的感觉不好。郁君总是和他谈女人,讲女人的各种好处,弄得他心里痒痒的,然后带他喝酒,找漂亮的歌妓。郁君总在他酒酣耳热时,提出各种请求。池内没办法,只能帮他去弄砂糖和糯米。

秋山分州长和山下部队长,对郁君却有一厢情愿的"美好"情感。他们认为,郁君是受过多年帝国精英教育的人,是和日本人"亲善"的。秋山念念不忘,郁君请他吃野猪肉和老虎肉,军政监对苏门答腊优秀村区的表彰,巴爷公务总是前几名。山下部队长说到郁君,眼圈还泛着红。他回忆起和郁君喝酒聊天的细节,也追忆了天皇终战玉音放送,他黯然离开的情形。他将一套西装送给了郁君。他还激动地说,郁君是八爷公务的汪精卫。

对于山下部队长的"深情",他有些好笑,又好气。山下中佐有着对名人的热情,也过高估计了自己的魅力。郁君和华人逃亡的中共地下党有联系,也利用翻译的身份,救了很多抵抗日本的印尼人和华人。他在日本刺刀的威逼下,被征召为翻译。与其说郁君对日本亲善,不如说这是很多日本战时中层官员和军人的自我安慰。他们不想让屠杀与恐怖堆满记忆,填充战败的耻辱,他们怀念那段在南洋舒服的征服者的日子。于是,郁君这样的中国著名作家就是最好不过的例子了。最少,他们还可以和子孙吹嘘与中国文豪的交往。真是可笑又可怜。

大浜宪兵和一些底层日本军人,对郁的印象还不错,但又爱又恨。宪兵们总是敲响他居住的旅馆的黑色木板门,大呼小叫。他们多半要投宿或喝酒。如果是半夜来的,大多已喝过一场,要找人付账喝第二场。他们也知道,郁君这个翻译不合格,但一时半会又找不到既懂华语,又懂日语和印尼语的人。他们利用他敲诈钱财,也不得不帮他开起酒厂和造纸厂。

郁君学会了一套和日本人周旋的办法。他贿赂宪兵,请他们喝酒,找女人,借机掩护华人抵抗者和当地反抗势力。当地华人侨领,因为省籍不同常闹矛盾,也被日本人利用,郁君也耐心调解。一次，一个侨领带着几个人，说是奉了棉兰宪兵队指令，来抓陈嘉庚。郁君假意向日本人解释说，陈嘉庚逃走了，这些中国人来找麻烦。日本人暴跳如雷，打了他们一顿。郁君教训他们，不要出卖同胞。看着中国人缩头缩脑的样子，郁君又气又好笑。他对人和善，但对为日本做事的中国人，又看不起。但是，他自己不也给日本人当翻译？

他认为这是郁君的虚伪软弱所在。想到倾慕的人，也有缺点，他的内心很难受。当然，中国人肯定不同意。他们有"忍辱负重"的说法。然而，如果这样，"宁为玉碎不为瓦全"又算什么呢？中国人的性格，有很多矛盾的东西。

当然，在他的采访中，当地华侨大多和郁君关系不错。他访问过保东村陈长培的后人。陈当年仗义地接纳郁君一行人，还想出资，帮这些逃亡同胞开小杂货店维持生计。郁君感激地给陈家写下诗句："犹幸知交存海内，望门投止感深情。"他有些不太懂中国文人的情感。无论如何离乱，他们总能抓住片刻悠闲，享受生命闲暇的美与爱。

这是对死亡的蔑视，还是人性的软弱？

他还是愿意相信，那是一种极潇洒颓废的气度。郁君写道："避地真同小隐居，江村景色画难如。两川明镜蒸春梦，一棹烟波识老渔。今日岂知明日事，老年反读少年书。闲来蛮语从新学，姬隅清池记鲤鱼。"他兴致勃勃地学习苏门答腊土语，这和印尼语也有不同，还有空钓鱼吃。而离他不远的海上,日军的进攻如火如荼,很快就要燃烧到这里。

当地印尼人对他非常警惕,但又不得不利用他去和日本人打交道。郁君逃亡到卜干峇鲁,在当地受到冷遇。雨越下越大,郁君从船上下来,身边只有几个友人随行。大家希望到村子暂避。日本在海上作战的炮声已可隐隐听到。郁君找到当地村长,奉上礼物和一位侨领写的信。村长非常不安,依然要驱逐他们,他冷冷地说,如果不想死,就快点离开村子,否则,会绑着他们,送给日本人。

郁君很绝望,此时出海,危险异常,继续滞留,也有生命之忧。怎么办?

郁君对当地土人有一种悲悯感情。他们受到荷兰人的压迫,华人的生存竞争,现在又是日本人的威胁。村长家的房子很宽敞,是两层幽雅竹楼,一楼客厅,布置了中式桌椅和茶具,几个粗大的青花瓷瓶。几张荷兰画风的西洋油画,也被贴在客厅墙面,泛着潮气,有些要脱色模糊了。高大的棕榈树,叶子肥厚润泽,七叶树与榉树,参差其中,略显突兀。地上是成群的草,间或其间的,是星星点点的米兰花。细细密密的雨,打在郁君身上,是牛毛针般的疼痛。

郁君蹲坐在竹椅上,浑身冰冷,雨水打湿了灰长衫,虫子般的雨水滚下,钻入竹楼实松木地板缝隙。郁君看到,自己的布鞋也沾满污泥。主人正一脸晦气地看着他。那是一张典型的印尼土人的脸,黑瘦,冷漠,线条分明,但短小,紧凑,眉眼突出,不是古代日本祭祀俑般的肃穆,却分明带有几分凶狠和滑稽的古怪。

郁君再次鞠躬、恳求,几乎近于哀求,头发梢的雨水和额头的汗混合在一起,滴滴答答地落在地板上。那一刻,他瘦小的身躯是那么无助。郁君不单是为自己,也是为了一起逃难的朋友,这里还有女眷,如果没有栖身之处,实在困苦凶险至极。

滚出去!村长低声嘟哝,不耐烦的神色已掩饰不住。

郁君是一个抱着普世人性关怀的作家,对不同民族的人,也有一种交流和宽容的心思,谁让他是一个语言天赋高的作家?他能很快掌握那个民族的语言。懂了语言,似乎觉得懂了人家,可以当朋友,甚至救急。这一切都是虚幻的,正如山下部队长和秋山州长一厢情愿认为,郁君是一个中日亲善的人,他也误会了村长。村长只不过不要他们这些异族人造成威胁。

郁君被迫退出村子,却不敢下海,只在村口寺庙暂时栖身。苏门答腊是多神教,印度教、伊斯兰教和佛教都有。佛教势力较弱小。寺庙显然只是宗族寺院的规模,里面也颇破败,只有一个落漆的释迦牟尼莲花坐像。印尼的佛教寺院,只要是华人建的,往往都是三教会三宝庙建制,儒道释三家神灵,都会供奉。看这个破庙,却没这样的痕迹。这也说明,村子的华人很少,甚至可能完全没有。郁君向着佛像默默祈祷。他不怎么信佛，如今倒有点"临时抱佛脚"的虔诚。他们一整天都没吃东西。此时也只能在漏雨的破庙撑起锅，煮点米粥充饥。寺院周围，影影绰绰有着几个身影，带着枪，看样子是村里的武装民兵。他们虎视眈眈地监视着郁君一行人。郁君气苦，不禁写下"茫茫大难愁来日，剩把微情付苦吟"的诗句……

他很难想象，郁君这样一个有身份的人，被一个小小的村长呵斥的尴尬场景。这也许就是"异国"吧。没人在乎你，也没人知道你干什么。这里只有战争带来的不信任感。这是实实在在的威胁。如果村民们把他们抓走，送给日本人，那么，即使郁君身份不被辨认，也会被当作苦役，极有可能性命不保。

晚上，当地人对着寺庙的破屋檐放枪。枪声在雨夜格外清脆，如同击中玻璃器皿的黑漆漆的铁针。这群中国文化难民又仓皇爬起，再次踏上了逃亡之路。

"铁马金戈动地来，仓皇烽火出亡哀。悠悠生死经年别，莽莽风尘万念灰"，也许就是郁君心态的表现吧。中国旧历春节前，出走新加坡，逃亡苏门答腊，悲苦辗转在各个小岛屿。郁君和他的朋友，伴随着日军闪电般的攻击，一路向西不断逃走，一直到六月份，郁君他们才在巴爷公务定居，因为整个南洋都已在日本的统治之下了。

传说郁君和日本人的接触非常戏剧性。郁君自告奋勇去探路，搭乘了一辆牛车。苏门答腊雨水多，道路泥泞难行，一干人等挤在牛车上，只有郁君一个华人。郁君突然听到鸣笛。一辆军绿色卡车绕道牛车前面，停下来，跳下几个身材矮壮、穿着土黄色军装的男人。一个蒜头鼻、绿豆眼的小个子军士，径直挽住牛车，对着车上的人呜哩哇啦地讲了一通。车上的人愣了一下，才反应过来是日军。他们一哄而散，连赶车的老板，也飞快逃走了。

矮个军士愣住，有些沮丧和无奈，但他很快发现，车上还有些人，但吓得瑟瑟发抖。突然，人群中响起熟悉的语言，大意是如何找到通往棉兰的路。军士又惊又喜，却是人群中一个瘦瘦的中年男人和他交流。显然，他不是日本人，但熟悉日语。

军士高兴地走了，临走赠送了一些荷兰盾。日本军士走后，当地土人和走失了牛车的主人都赶了回来。然而，他们窃窃私语，将郁君赶下马车。郁君明白，他们将他当成了日本间谍。很多年后，郁君的中国朋友，特别是党管理下的干部，都对郁君的行为有些迷惑。郁君完全没必要置于危险境地。流落在南洋的中国读书人，不只郁君懂日语，有的人，宁可在山野耕田种菜，沉默寡言，也不愿暴露懂日语的事。如果日本人知晓，肯定逃不脱被征召的命运。

也许，那不过是传说，但郁君进入巴爷公务定居，别人还是晓得了他的语言天赋。有的朋友说，郁君天性爱炫耀，但无论如何，郁君被宪兵队征用后，当了八个月的翻译。他救了不少人，也帮日本人干了不少事，大多是敷衍。那些日子充满惊险。有的朋友回忆说，郁君有说梦话的习惯，因为工作，他不得不与日本宪兵睡在一个房间。他的精神高度紧张，也苦不堪言。他假装肺病，泡在冰水里，又用酒疏通关系，在沙瓦伦多日本陆军医院弄到证明，免除了翻译的差事。然而，宪兵队有事，还是常找他来帮忙。他也利用日本的关系，从巴东日本军政总监那里弄来开设日文学校的证明，开起酒厂和造纸厂。张楚昆当了酒厂厂长。郁君还入股旅馆。跟着郁君的朋友，也总算有了生计。由于能沟通华人、日本人和印尼人，郁君在当地的地位渐渐看涨，以至于被尊称为"赵大人"。

很多人还在关注郁君，日本人和中国人都在找他。老朋友片冈铁兵，也是一个狂热的爱国者，日本军占领新加坡，他便去找郁君，希望他为大东亚共荣干点事。佐藤春夫，是郁君的朋友和老师，郁君的早期作品，很大程度上受到佐藤的影响。佐藤在战争后期写了小说《风云》讽刺郁君，说他拐带走了一位热爱日本的中国学者汪君。这里暗指，郁君在战火初燃时东渡日本，利用日本的关系网，偷偷将文豪郭沫若运回国内的故事。

关于郁君的暴露，有很多说法。有人说，是一个姓洪的福建籍宪兵，见过郁君讲演。洪看中一个南洋女人，郁君没帮忙，他怀恨在心，举报赵大人是中国文豪郁君。也有的说，宪兵总部特高课长看到了郁君的日文诗，大吃一惊，最终查出郁君的底细。但无论什么缘故，日本人没有将郁君押送上级机关，只是对他监视居住。郁君的活动是半自由的，想要顺利摆脱，也并非易事。这就成了一种暧昧的氛围。随着太平洋战争不断走向失败，日本的统治也松懈了。郁君也并非完全没有机会逃走。他耽于冒险的脾气也表现出来了，他拒绝好友逃亡的建议。他要在苏门答腊迎接胜利。

郁君是一个不耐寂寞与麻烦的人，但有时又出奇的好脾气。在新加坡，郁君任战时青年干部训练班大队长，为中国抗战训练青年。战争残酷，也麻烦。很多热血青年来到那个破旧的灰色小楼，通常一哄而来，又一哄而散。郁君对青年是和气的，认真同他们讲训练，做宣传，讲解抗战具体工作，然而，青年爱的是喊口号，散传单，万众瞩目，吸引女孩子。革命更需要忍耐、细致、坚持。办事处值班的青年常溜出去玩点别的，只有郁君坚守办事处。常常下午三四点钟，办事处就没了人，只剩下郁君默默写着宣传文章，算着各种账目。

随着他在巴爷公务的调查不断深入，郁君的南洋生活逐渐清晰了。郁君和女人们，曾是最诱惑人的话题。郁君在东京读书，常流连花街，以至于学费都没有了，窘迫到一个月数次给家里打电报，催问钱款。归国后，他迅速走红，成了文坛领袖，身边的女人更多了。他在老家有原配，但惊才绝艳的女学生出现后，他抛弃名誉，疯狂爱上了她，为她写诗，放浪钱财,把她捧作民国美人。他们终于如愿以偿在一起,但美人要的是舒适的生活,而他要的,却是不断的激情。终于,他在报纸上发表《毁家诗纪》,撕裂般地写出爱情的狰狞。他们的爱也走到了尽头。

南洋的生活,郁君也没缺女人,他和娇美的英军情报总部发报员成了情人。他迁就她,给她写旧体诗,甚至甘愿受辱,这让朋友愤怒。然而,走散也就走散了,他很快在巴东认识了一个三十多岁、毕业于荷兰大学的幼稚园老师。最后,他与一个校长的侄女结婚。女人叫何丽有,当时二十岁,比他小二十多岁,长相普通,不会讲华语。何丽有,这个中文名字还是他起的,有着戏谑味道。他笑着说,女人还是笨点好。女人烧饭给他吃,给他洗衣服,生孩子。他游戏地写道:"故国三千来满子,瓜期二八聘罗敷。从今好敛风云笔,试写滕王蛱蝶图。""风云之笔"丢了,郁君仿佛褪尽了生命的狂气,变成了一个满足于平庸生活的南洋的"中国绅士"。如果日本在南洋的统治继续下去,这多半是郁君的最后形象吧。但是,对于一个爱国志士,一个名满天下的中国文豪而言,这又与死亡何异?

那些小说,曾是郁君的命,甚至比他的命还要珍重。郁君也弃之如敝屣。他把自己撕碎在南洋温暖的风中,血肉和精神飘散于尘埃。郁君想让这种无聊、无意义的生活永远持续,没有炮声、枪声、惨叫声,无法洗干净的鲜血和恐惧,也没有亲友背叛的创痛和绝望。郁君置身于一个悬浮于世界之上的空间，尽管这个空间还有贪婪的日本宪兵和充满敌意的印尼人，但时间在这里停下，慵懒地躺在白云之中。喝着他酿造的美酒，时间醉了，仿佛永远为他定格。他摇着一本书，享受着咖啡、阳光和新鲜空气。革命、战争、文学的争论，还有沉重乏味到让人绝望的责任感，都远离了他。

把自己浸泡在庸俗中，中国人的话叫"和光同尘"。无论如何，也是一种"自我毁灭"的激情。一个极端的作家，无声无息地毁掉自己，无声无息地被杀死，让死亡成为一个永远的悬念。他一生都在流浪，从东京到北平、上海、福建、杭州，再到新加坡、苏门答腊。浪子大江大河的梦的深处，总有一条缓慢舒适的小溪。郁君已将最激烈美好的东西留给了世界，他也要这世界给他点东西。

四

他坐在废墟之中，茫然不知所措。

接近半个月的寻访，郁君在苏门答腊的生活越来越清晰了。巴爷公务地处高原盆地，那里居住的土人是米南卡保族。他们用竹造屋，以阿达布和土丹修葺屋顶。男人戴头巾，穿兜裆布。整个镇子只有两条大街，当年有日本人的种植园、杂货店，也有华人的酒吧，广东味道的小饭店。它的周围有米拉比与新架兰两座火山。他挨家挨户地寻访着"赵廉大人"的踪迹，但一无所获。可信任的叙述是，终战后的一个晚上，一名印尼青年将郁君找了出去。郁君当时穿着睡衣，妻子正在待产。郁君这一去杳无音讯。几天后，他的妻子生下一个女婴。大部分人说，日本宪兵害死了郁君，也有人说，印尼抵抗势力将他作为日本的跟随者，悄悄处决了。

这是他待在巴爷公务的最后一天了。明天他将启程回日本。找不到答案，也在意料之中，但毕竟有些许遗憾。空气湿热，风已奄奄一息，黄昏的光线也越来越淡，好似天边海潮，一点点退却，还残留着些，死死纠缠在竹屋的尖尖屋檐上，亮成一块麻风病人似的亮白色斑点。街角的咖啡吧招牌，也若隐若现地亮着，里面传来俗世的欢乐钢琴声，演奏的仿佛是《支那之夜》。琴声不断重复，声响时大时小，一点点地风化在这南洋土街上，像烈日下被碾成粉末的青水蛭。他踱着步，终于来到那间废墟。相传，那是赵廉大人"赵豫记"酒厂所在地。郁君失踪后，朋友帮忙，又打理了小酒厂半年。中国流亡文人陆续归国，厂子被作价卖给别人。再后来，就荒废了。当地人都说，赵廉大人失踪得很邪门，这里不宜居住，因此，也一直没有人买下来重建。

他不禁想起，很多年前，他曾在大阪的酒屋预见了那一幕。当时，他酩酊大醉，正在酒桌朗诵郁君的诗句。酒保又送上两瓶清酒。他喜欢饮清酒，特别是神户的白鹤、京都的月桂冠这样的名酒。他没有那么多钱，酒保送上来的酒，一瓶叫"双清"，一瓶叫"初恋"。"恋を知り初める"（初恋）、"もっと澄んで"（双清），一听名字，就知道是常见的地方酿造的清酒，但不知为何，他有一种冥冥的启示，认为这是征兆。多年后，当他来到苏门答腊寻找郁君的踪迹时，在这家长满蒿草与绿苔，成为蚁穴和鸟巢的废酒厂原址，除了生锈的烂出几个洞的蒸馏锅，居然也发现了两瓶这样的酒。青白的简装酒瓶，泛着黄的包装纸，模模糊糊地印着日本字，一瓶叫初恋，一瓶叫双清。

难道是神的启示？

他惶惑。郁君喜欢白兰地、五加皮和绍兴酒，但为了符合日本人口味，他还是制造了清酒。郁君失踪的信息藏在这两瓶酒里？它们就睡在角落的木箱，年头太久，酒蒸发得差不多了，只有一点浑浊残液。他伸出舌头，贪婪地舔了舔，一道火线直接从口中跳入喉咙，一路杀伐，不断游走在五脏六腑。他简直要醉倒了。

日本人，这么容易倒下啦？

懦夫！你相信他会找到郁君？……他醉眼蒙眬，不断听到有人在耳边讲话。他看去，竟是那两瓶残酒兀自在空中相碰，发出接连不断的清脆声音。他羞愤。被两瓶酒嘲弄？简直是侮辱学者的名头，但他想，这多半在梦里，否则，"酒灵"怎会开口说话？

你们不要猖狂！他对着"两瓶酒"怒道。

"初恋"擦拭着身体的灰尘，在地上打圈子，冷冷地笑着说，愚不可及，在这里，你不过是一个外国人，怎能很快接触到几十年前战时的杀人案？

"双清"索性躺倒身体，"骨碌骨碌"地滚动着，发出"桀桀"的枭鸟的怪叫，求外不如求内，郁君的事，至今还是日本人的事……他清醒过来，已是第二天上午。他搭上去往武吉丁宜的小火车。他将在那里登上飞往日本的航班。小火车上，他极目望去，远处烟叶田密密麻麻，升腾着一股特有的热气。他仿佛又看到那个留着蟹爪胡的瘦长中国人。他穿着灰色的带兰花纹的丝质睡衣。中国男人的耳朵夹着红蓝铅笔，手上端着一杯冒着腾腾热气的珐琅咖啡杯，轻盈地从他身边走过。他伸手阻拦，中国男人的形象碎了，仿佛一点点的尘埃飘散在风中……回到日本，他按照梦中的启示，去找了苏门答腊日军遗族会。一个去世的年轻宪兵的姐姐，引起了他的注意。姐姐回忆，弟弟说过，根据宪兵分队长指示，曾杀害过一个中国翻译。他的心提到嗓子眼，连忙问名字。果然是赵廉君。他又打听分队长的名字和联系方式。姐姐回忆着，最终道出了一个叫D的男人。

他赶紧与D接触。实际上，他曾采访过D，但D对郁君的下落矢口否认。这一次，他准备了充足证据，要向D"开战"了。D在战前是农业中等学校的学生，征召入伍后做了一名小军官。战后他发了财,生活不错。他还保持锻炼身体的习惯,在剑道比赛中,经常获得荣誉。他也热心公益,捐资修建了苏门答腊阵亡士兵慰灵塔。

他时不时去D的家门口打探,也查电话簿。一次,在新干线上,他还遇到了D,头发有些花白,精气神倒不错。他想尽一切办法,说服D出来讲清楚问题。D始终拒绝。他锲而不舍。就这样,又消磨了半年多,D终于同意见面。那天下午,他怀着激动的心情去了D的家。两人见面,寒暄片刻,他单刀直入,询问郁君的最后行踪。

D沉默着,许久,缓缓地说,讲到郁君,恐怕要从宪兵总部的"力工作"说起……1944年底,荷兰奥贝尔阿凯少将带领着一群印尼人、荷兰人与华人,试图进行暴动。他们称之为"红手帕行动"。暴动失败了,宪兵处死了几十人,也展开"力工作",继续追查华人参与的情况。宪兵发现,中国翻译赵廉涉及其中。

D说,天皇玉音放送后,宪兵部队大乱,平野丰次少将自杀了。

战争结束了,你为何还要下令杀死郁君?

D又说,当时太乱了,守备队原本要全体玉碎,最终还是乖乖地放下武器。宪兵杀人最多,当时大家说,盟军下令处死所有宪兵,宪兵自杀的人也就最多,在巴爷公务和武吉丁宜,大概三十多人吧,还有士兵组织起来,逃到印尼的深山,继续与盟军战斗。

这样的士兵多吗？

也有几十人，山下部队的芹口军曹就比较倒霉。他不懂印尼语和华语，参加印尼人抵抗荷兰的队伍，稀里糊涂地打了一仗，才发现，原来这支队伍是印尼共产党的部队。

那他怎么办？

D感慨着说，当然是自杀，除了死亡，还能做什么？

D又说，赵廉是中国著名作家，了解我们很多事，为了活着的宪兵的安全，我让宪兵将赵骗出来，勒死了。

尸体埋在哪里？

不知道。宪兵执行完任务，也逃到山里，袭击盟军车队。不久，他们也全部玉碎……D不后悔。尽管表达了歉意，但他在D的脸上，看不出真诚的忏悔和痛苦的表情。战争结束了，仅仅是一个自私的理由，就要剥夺一个人的生命，这就是皇军的残暴无耻吧。但他又能怎样？起诉D？为郁君复仇？

毕竟，D也是日本人。战争中死的人太多了，这是一笔糊涂账。

他长长舒了一口气，这也许是最接近真相的事实吧。然而，郁君的尸骨现在还不知埋在何处。不见尸骨，从理论上讲，郁君还有活着的可能。遭逢变乱，宪兵也不一定百分之百地执行长官的命令。况且，他们都和郁君熟悉……深夜，妻已睡去，他独自在客厅饮茶。家还是整洁宁静，和他去苏门答腊之前没有什么分别，只不过夜风酷热，毕竟到了盛夏。他细细品着茶，兴之所至，拿出从苏门答腊买的清酒，大口喝起来。不一会儿，他便有些微醺。这样的氛围，适合阅读郁君的作品，特别是在揭开秘密之后。

> 月亮打斜了。女子医学校前空地上，又增了一个黑影，四边静寂得很。银灰色的月光，洒满了那一块空地，把世界的物体都净化了。

"孤独的死"，也许便是郁君追求的永恒吧。一个浪漫至极的作家，可怕的不是死亡，而是时间的消磨。谁能将宪兵队翻译，那个满脸皱纹、穿着油腻长衫的华人，与"伟大的中国文豪"联系在一起？谁能想到，此人曾娶了中国最漂亮的女人，在日本受到文学大家佐藤春夫的赏识？

文学有什么用？它抵不过机枪大炮，只不过让年轻的男男女女伤心流泪，或顾影自怜。然而，世界如果没了文学，又将多么寂寞？

他是来找魂的，不只是先生的魂，而且是自己的魂。日本虽然落到战败国地位，但日本人拼死努力，彼此道一声加油，每人都精神抖擞地应付社会，仿佛他们从没有经历过昭和战争，而是直接进入明治早期，维新开国，朝气蓬勃。但是，日本的魂和记忆也都被藏起来了。

作为传记作者，他注定只能充当一个历史想象者和旁观者。很多时刻，他将郁君当成了日本作家，因为那份失败和孤独感，执拗地自我放逐和奔向死亡的颓废，是日本独有的东西。一个揭示谜底的传记作家，注定会留在历史。如此说来，他的寻访，也必将录入历史。他这样一个普通日本人，竟凭借这种方式，进入中国大历史。他有了一种热血沸腾的感觉。他听到血液在血管中汩汩作响，如春潮涌动，疾马奔腾。

他斟满一杯酒，遥向半空中举杯，似是哀悼郁君。蒙眬之中，他仿佛又回到苏门答腊，回到那间破败的赵豫记小酒厂。那里就好像是一个可穿梭于历史之间的"时间之门"。苏门答腊的夏夜，也是如此酷热。街道闪烁着火光，还夹杂着零星的枪声。日本战败后，盟军尚未来得及受降，维持治安的依然是日本人。虽然街面的商家，门前的日本旗被悄悄撤走，蒋介石的画像被摆放出来，但行将崩溃的日本人更可怕。他们焚烧档案，在酒店狂欢滥饮，有的在街上乱开枪。空气中充塞着硫磺的气味，一切都在热风中变成危险的事物。远处，新架兰和米拉比两座火山，也蠢蠢欲动，不断嘶吼，向空中喷发着炽热灰烬。他远远地离开小镇，密密麻麻的野草和藤蔓，在空气的压榨下发出"噼噼啪啪"的声音。沉睡的山谷，成群的飞蝇、蚊子，腾空而起，遮天蔽日地逃离温暖的圣地。它们"嗡嗡"的声音，仿佛盟军B2轰炸机令人恐惧的轰鸣。披头散发的棕榈树，绝望地在热风中尖叫。遍布山野，肥大叶片的低矮烟田,也在月光下冒出浓密的烟,发出褐色蝗虫般的咆哮。再远处是墓地,墓碑上放满红色的罂粟花。金黄的玉米地也承受着喷溅的火山灰,发出持续不断的低沉爆裂声,散布着令人迷醉的诱人香味。

他远远看到,丛林边上,几个日本宪兵模样的人,将绳索套在一个穿着睡袍的男人的脖颈上。男人无所畏惧地笑着,仰头对着空中大大的月亮。

乳黄色的圆月,受不住燃烧的酷热,逐渐变成血红色,竟裂成了两半……

五

死亡以巨大的能量完成了他肉身的传奇书写,且扭转了前此轻盈的方向,把它推向无比的沉重和幽深,且因为尸无处寻,死地未定,死而未定——比死更悲惨的,他竟然被夺走了他的死——失踪,把他驱逐于生与死,而游荡于死与生,让他此后的存在更其复杂。和死亡享有不同的存有论的失踪,其实去得比死亡更幽远,不为时空所限,因而也无法用时间坐标和地理坐标来捕捉他。它漂浮如拉康的能指。他就那样被留了下来,他就那样远远地走了。

这是一位马华作家H,在一篇有关郁君的小说中写下的。

H也是教授，讲话比较高深。我写论文，也是这般套路，什么离散、民族国家、现代性等，唬人得很。马华作家在小说中，狠狠嘲弄了一位发现郁君还活着的日本九州的B教授。H虚构了一个长在巴爷公务的华人小孩，目睹了郁君的失踪。他在丛林之中，捕捉到郁君的消息，甚至目睹了他的身影。他收集很多有关资料，然后在一堆粪便旁，找到一个藏有各类纸张的铁盒子，盒子里是杂乱无章的文字——日本教授，也不过是找到了他丢下的盒子。

一堆屎，屎堆旁的铁罐，神秘的文字。

我终于写完了论文。电话里，我向金教授讲述了大阪L教授在苏门答腊探秘的故事。

有学者写过文章，认为D根本不存在。金教授说。

怎么这样？我瞠目结舌。

我们现在依然无法知道D具体的名字，及杀害郁君的相关细节。

为什么不公开？有什么避讳？

听说D已不在人间了。据说日本L教授和D有协议，不能公开姓名。

目前的信息，足够我们找到D。为什么没人去找？我追问。

去找苏门答腊日军遗族会的花名册，日本收藏的相关档案，找到D应该不难。这点追查史料的功夫，只要中国学者愿意,应该不是难事。如果D是假的,那么,历史谜案的侦破,难道只是日本专家的个人臆想与历史内疚心理的幻化？还是说,真相过于沉重,以至于让他只能以这种半遮半掩的方式欲说还休?

金教授没有回答。他沉默着,我能听到老先生巨大的喘息声,好像潜在极深海底的鲸鱼。

揭开秘密,要期待你们这代人,或者下代人,或者下下代人。金教授补充说。

历史总有秘密。真相也是相对的。郁君死于苏门答腊的那个夏天。名人死了,希望他活着的人,总会编出各种谣言,有人说,李自成出家当了和尚,明代建文帝也藏起来当了和尚。在日本人看来,"米骚动"的领袖大盐平八郎也没有被幕府烧死,而是隐姓埋名,跑到中国,化名为洪秀全,领导了太平天国运动。女人的死亡,更令人感到哀婉。最有名的,就是马嵬坡的杨贵妃。有人说她是假死,去了日本,还嫁了人。这样怪异无比的失踪,更符合郁君这种颓废才子的胃口吧,大家反而会记得他,不断提起他。

酷热的宿舍,我喝完一大瓶冰镇可乐,舒服了许多。虽然写完了论文,但我还是感到郁闷。难道,这样一个历史悬案,就让它永远悬置下去?

我决定按照家乡风俗,举行一场"木古茨"招魂仪式。在家乡,我的母亲是一名白巫师。尽管我不太相信这些,但盼望着它能给我一点启示。大阪的L教授，就是通过两瓶清酒，才找到D的线索。我期冀与郁君交流，也希望看到章谦，毕竟，他是我在这所大学唯一的朋友。

我在宿舍外点燃几株艾草，驱赶蚊蝇，也是"木古茨"的要求。我认真打扫房间，用电磁炉烧热一大锅热水，将几块鹅卵石倒入，吱吱地冒出白气。不一会儿，屋里蒸汽腾腾了。按照法事要求，我必须杀一只黑母羊。没有这些，只能在菜市场买只黑鸡替代。我割断鸡的喉咙，让鸡血流入白瓷碗。屋内到屋外，我将鸡血倒出一条血线，在死去的黑鸡腿部绑上一根白线。我再洗干净白瓷碗，将一个熟鸡蛋和滚烫的石子一起放进去，并在熟鸡蛋上插上一根针。黑鸡腿上的白线，与熟鸡蛋上的针也连在了一起。

准备好这些，已经晚上九点多了。我在屋里焚烧了一本郁君的诗集，还有章谦的一件白衬衫。我的嘴里念念有词，不断祈祷。时间一点点流逝。碗里的鸡蛋纹丝不动。

我叹了口气，也感到脸上发烫，堂堂大学副教授，竟相信这些神神鬼鬼的东西。我打开门，正准备撤去那些东西，一阵风打着旋子吹进来，颇有冷意。我探出头，走廊尽处，是宿舍楼的公用卫生间。我影影绰绰地看到，有两个影子。一个高，一个矮，一个穿着西装，一个似乎穿的是旧式长衫。

郁君是你吗？章谦你回来了吗？

我心跳加速，回头看屋里白瓷碗的鸡蛋，慢慢地旋转着。

那根铁针，发出轻轻的颤抖，针上连着的白线，也在微微地抖动。我脚步踉跄，向卫生间慢慢挪去。那里面是声控灯。我咳嗽了一声，昏黄的灯亮了，什么也没有。我返回去，再回头看，灯灭了，两个影子又出现了。

你们为什么不愿见我？

我拼命吼叫，青筋暴起，眼泪要迸了出来。郁君是一个历史大人物，他愿意永远藏在历史的阴影里，章谦为什么也不见我？难道我出现了幻觉？

其实我明白，章谦为何不愿见我。他的电脑中有一篇没发表的论文。我看写得不错，就改了改，署上自己的名字，拿给了金教授。我没办法。如果没有这篇文章，意味着评职称又要拖后。我认识一位重要期刊的编辑，向他投稿多次，他总是很客气。然后打电话过去，就是忙音。偶尔也会发微信说，在开会。过几个月，我再问，他才说，大作不适合我们刊物，请另投别处。我请他详细讲讲，稿子为何不行。他不耐烦，但还客气着，只是说，刊物有审稿会，他只是普通编辑，说了不算云云。

我厚着脸皮给编辑寄礼物，发短信过去，也是没回复。我只能躲在宿舍抽烟，听音乐，看章谦留下的黄色小电影。我在半夜发出神经质的笑声，疯狂拖动凳子，有时也忘记将小电影关掉静音，弄得满楼道都是娇喘吁吁的声音。有同事向宿管科举报了我的不法行为。学院领导严肃地找我谈过话，很多同事都说，我的神态，越来越像章谦了。我的眉毛，变成章谦一样的八字眉，愁苦吊死鬼的样子。他们很担心，我走上他的老路。大家都说，那栋楼风水不好。"文革"期间，曾有两位老教授在此上吊，死状惨烈。由于年代久远，大家早忘了这些事。章谦走后，这栋楼的鬼故事才又多了起来。

这篇偷窃的论文，终于发表在了权威杂志上，我顺利评上副教授。我是个学术小偷。

我擦干泪，两个影子还站在公厕门口，没有面目，没有声音，没有动作，发散着淡淡的臭味，仿佛提醒我，他们是真实存在的，又是不真实的。

一阵风吹过，影子摇了摇，极快，又凝结起来。

你们为什么不愿见我？

我继续呼唤，声嘶力竭。所有宿舍门，都发出奇异的声响。几只灰蜗牛，顺着玻璃爬过，留下一行亮晶晶的涎迹。我站在阳台，向远处的魔都极力远眺。墨黑的天际，云层翻滚，如无数卷曲的军旗。云的深处，隐隐传来雷声，风也隐隐而动，发出无数莫名的叹息。可是，这一切，都无法阻挡魔都的灯火。那些星星般密密麻麻的灯，大的，小的，亮的，暗的，圆的，方的，它们汇集成光的海，光的宇宙，又好似无数孤独飘荡的阴身，不知从何而来，又不知要延伸到何处。我闭上眼，让风鼓荡着衣袖，感觉自己幻化为一页蓝色的巨型纸张，一点点地卷起，一点点地破碎，消散在这光的世界……

一九九七年"海妖"事件

一

早春长夜，寒气还重。不知何时，外面的雨，又开始了枯燥的工作。灯还亮着，白色组装电脑，外壳有些脏的四通打印机，掉了绿漆的办公桌，简易的饮水机，还有一张窄窄的木床，都在昏黄灯光下，飘着油汪汪的光。电脑屏幕闪烁，他自制的波普屏保，一遍遍扭动着身躯。他坐在电脑前，满眼血丝，头发又长又乱，油腻地打着绺，粘在前额。陶瓷杯子里，残茶已凉。烟灰缸的烟头，满满堆积着，好似一场大战后的坟场，长长短短，惨烈而安心。最后一根骆驼牌香烟，还缠在中指上，不断耗散着那些缓慢的热情。

此刻是1997年4月。这是一个"落魄作家"的日常状态吧。不必拉开脏腻的湖蓝布格窗帘，此时整个小区都应陷入了沉睡，如同海底巨大的黑色鲸鱼。那些雨点，就是鲸鱼喷出的唾沫，还带动很多零星呓语。走出小区，是北京郊区顺义黑沉沉的夜。四月的雨夜，有令人讨厌的黏。小区还弥漫着装修的墙漆味道。走出房门，走下那条堆满装饰废料的走廊，声控灯效果不好，光也时断时续，会把影子拉扯成夸张的形状。

走出楼道，越过银杏树和蒙古栎，踩着雨水和青石铺成的小道，一路向北，就能走出小区北出口。

外面的世界，也是一团被黑暗包裹的天地。几个月前，他把妻送到北京国际机场，坐公交返回简陋的工作室，已是深夜了。机场四周，包括小区门口，都扯了大条幅"迎接香港回归"，每个人都喜气洋洋。条幅是刚赶制的，居委会大妈下了通知，让各家住户行动起来，离7月1日正式回归，还有段时间，大家积极准备，到时小区广场安放电视，直播回归现场。这种场面他是熟悉的，儿时住在教育部家属区林园楼，有外国友人来访，或重要庆典，街道居委会都会给大家分配任务。他上初中那会儿，还跟着大人凌晨去打扫马路。那天居委会来人敲房门派通知，他躺在床上没回应。来人敲了好一阵子才走。新小区门口路灯不好，他走过那条红条幅，才辨认出小区入口。这里离市区挺远，倒是有公交直达东直门，也要一个多小时。他用小说获得的奖金买下这套单元房，也是图清静。他有时也住在教育部宿舍，方便照顾生病的母亲。那笔钱是台湾报社发的，还剩下不少。他想成立出版社，想承包荒山，也想搞计算机软件开发。如果写小说实在不能糊口，到时就去开大货车，听说干一天给一百，似乎也是不错的选择。

那天晚上，他看到三个男人，影影绰绰，蹲在小区北墙下抽烟。天色暗，天上飘着小雨，他模糊地看到，那是三个强壮结实、沉默如兽的男人。烟头在他们唇边忽明忽暗地绽开，映衬出坚挺的鼻子和具有压迫感的身形轮廓。他看到那灰烬，顽固地一点点地前进，顶端的红火星，却一直不肯在细雨中熄灭。后来回想起，那肯定是三个贼，趁着小区刚建成，管理不严格，趁机捞点油水。他们满不在乎地忽略着他。他们扛起大号编织袋，步履蹒跚地走向小区外的柏油公路。他闻到油漆味，三个贼大概是民工，给小区某家住户搞过装修。他的身形也很高大，再配上乱发，邋遢的灯芯绒外套，三个贼多半将他也当成外地来京的民工。那个身形最高的贼，走过水洼，趔趄了一下，崴到脚踝，就势蹲在地上。另外两个贼，丢掉烟头，安静地等着他。出了小区，走过那条柏油马路，就会到闪烁着红红绿绿广告橱窗的小街上。小街大多是洗头房、按摩店和黑黢黢的小旅店。夜色降临，广告牌闪烁不停，仿佛外星飞行器警示灯，一个个胖胖或瘦瘦的女人，面无表情地靠在广告橱窗旁。那些流动的色彩，在暗夜之中，在女人的脸上浮游着，摇晃着，好似幽蓝海底的腥甜水草。这些女人以独特的隐喻方式，进入正在发生的历史……他乱糟糟地想着，高个男人慢慢站起，三个男人又都看了他一眼，最后他们都消失在生死不明的远方。

这是他遇到的"惊险"了。走出公寓楼，穿过青石小路，是一个小广场。广场左右都是高高矮矮的冬青丛，铺满浅黄色瓷砖，中央是一个矗立的女体雕像。她好似西方的希腊女神，挺起的鼻梁，高眉深目，但穿着中式齐胸襦裙纱装，有些古怪滑稽。"中西合璧"女神轻扬着手,指向天空。小广场站了二十多个男女,黄昏的光,涂抹在这些人的身上和头发上,他清晰看到那些苍白的头发,皱巴巴的皮肤,臃肿的身体,还有充满渴望的浑浊的眼。他们挥舞着手,木然地做着各种动作。领头的是一个穿着紧身衣的胖女人,六十多岁,声嘶力竭地喊着,强身健体! 旁边的老年人,更加卖力地摆荡身体,仿佛吃了什么灵丹妙药,在此刻返老还童。

他打了个寒战,这就是衰老吧。年轻真好,他想起十八岁那年,住在红土遍地的云南高原的土屋。早晨起床号吹响,他们必须赶紧爬起来,去田间插秧。他们要干到上午九点左右,才能吃早饭。早饭过后,继续干活到中午一点多,再吃中午饭,这样晚饭就省了。他懒洋洋的,照例也要晨勃,"小和尚"高高翘着,不屈不挠,把军裤顶起来老高,被同伴们打趣着,说像剥了皮的兔子。他害羞地弯下腰,跑出十三队宿舍。还是旱季,浩浩荡荡的热风,赤裸着游荡在高原。早晨的光,嘶叫着在芭蕉树与牛肚果树的头顶盘旋。天空蓝得窒息,那是一片亮亮的蓝,没有白云飘过,纯粹得要将人醉倒,仿佛是一片没有边际的倒扣下来的镜子。他那时穿一身大号军装,腰间绑着武装带。燥热的兵团战士,荷尔蒙无处发泄,只想战天斗地。他的鞋上染着红土,四周空无一人,连不知名的鸟叫,都格外静谧。他脱下短裤,奔出一线尿,猛地抖动,冲着天空嗷嗷地喊。不为什么,他就是想喊。他想吃,想做爱,想要跑过高原，横渡澜沧江，去对面神秘的缅甸……如今，除了读书、写作，会见几个朋友，他只能懒洋洋地躺着，心脏总感到不舒服。他不能再奔跑，只能散散步，或那样躺着。这曾是他青年时代的梦想，不用下水田，不用学习政治文件，就这样躺在床上，胡思乱想，遇到好想法，就偷偷记下。那时写日记是危险的，他趴在镜子前，用墨水笔写，写完了擦，擦完再写，直到镜子的世界，变成一片蓝汪汪的颜色。高纬度云南荒山，旱季热风在夜晚也不能停息，依然浩大而神秘。他听到竹笋在地里"啪啪"地拔节生长。他看到大片深红的杜鹃，白色百合，妖艳的紫褐色龙胆花，都伸展着腰身，像脱去外套的女人。晚上的月亮，又大又黄又香，像母亲的鸡蛋烙饼，照得夜晚如同白昼，照得他肚子里每一块缝隙都"咕噜咕噜"地喊着饿……

　　人过四十不值得，那之后的生活，就是被慢慢锤击至死。他郁闷地想着，他已过了这个年龄。他不会练什么气功。这种养生术，千百年来中国人都在试验，从葛洪到张道陵，吞符水的义和拳朱红灯，再到那个在电视上风光无限的、吹小号的东北气功大师，都是可笑的东西。为什么有人信？就是怕死吧。人类愚蠢而贪婪，居然会相信，每天餐风饮露，吐纳修行，就可长生不老。那么多年轻人，也都被些咒语魔镇住，做些没头没脑的傻事。他的一个儿时朋友，参加过什么"带功报告"。一群人在礼堂连哭带喊，有的还磕头，鼻涕都抹在了眼镜片上。他想笑，又感到悲哀。他永远无法忘记，当年他在云南插队，过年回家探亲，在凌晨的北京，目睹一群人排队等着打鸡血的荒诞场景。都是老北京市民，一个个缩头缩脑，一脸呆相，怀里抱着自家的，或买来的大公鸡。鸡也睁着惺忪睡眼，呆呆地看着主人，不晓得是什么阵仗。他们紧紧地抱着那些鸡，等着那些鲜艳的鸡血，化为十全大补针剂，注入他们的身体。这样他们衰老的血红蛋白细胞，就能被新鲜有活力的鸡血替代。经过"换血大法"的身体，也就生龙活虎，比公鸡还机灵。场景如此相似，不过换了身行头，在历史舞台上再来演过，却也滑稽。

　　他从这些老年"武林高手"们面前消失了。前段日子，他在电视上和人辩论气功的事。他讽刺那些"大师"，有人威胁他，也有人诅咒他，要取他性命，家人替他担心，他轻蔑地笑了笑，不当回事。如果真有"气功杀手"，倒是一件好玩的事。那肯定是一个神经兮兮的家伙。杀手有一个硕大的脑袋，好似大号黑铁锅，很多天不洗头，头发蓬松凌乱，发出难闻的头油味，泄露了修炼者的信息。他还有近视斗鸡眼，手中攥着一把健身老头用的龙泉大宝剑。"气功杀手"会在春天的晚上，接近他的公寓。他小心翼翼，又充满自信。当接近房子时，杀手开始"发功"，希望能将对手制服。他肯定不会倒下，反而会成功偷袭，将带功杀手打昏在地。他要制作一个精美的铁笼子，在铁条上雕刻复杂花纹，以款待这个肚子冒着香气的"香功传法弟子"。他要把杀手关在笼子示众。当然，如果杀手是一个近视眼的大长腿美女，这事还可以考虑其他方法和路径，比如说，皮带和项圈……他咧着嘴，胡思乱想。如果气功可长生，那么，死亡还有什么意义？人们对死亡的恐惧，使"时间"变成了生意。他想批判这些东西。从小到大，他看了很多荒诞的事，他都四十多岁了，不想再忍。很长时间，他没想明白，自己要干什么。在一个赚钱的时代，励志当一个作家，对于一个四十多岁的老男人来说，有"胡闹"的嫌疑。但作品在台湾获得大奖后，他反复思考，还是决定辞职当作家。他自己吹牛逼，这叫"反熵"，就是和时代拧巴着，水洼往高处流，人往低处走，小白兔赶走大灰狼。大家都忙着当作家，他就不爱干了。现在大家都忙着挣钱，他反而要当作家，过精神自由的生活。他不屑于混圈子，但也慢慢认识了一些圈子的批评家和作家。有个比他年长的大作家，对他还颇为赏识。可那又怎样？也就是一起吃吃饭，聊聊天。他的心气很高，不愿写"废品"。那些80年代成名的作家，很多人善于装丫挺的，写气壮山河的废话，他心目中，文学不是这样。

他也爱乱说话。辞职这几年，他写过很多骂人的杂文。他批评过一个当红美女作家。女作家人不错，高傲，冷静，善于描写稀奇古怪的女性隐秘心理。他说人家有幽闭症，女作家很不高兴，还是在一个编辑朋友协调下，他们才达成和解。三个人一起在大木仓胡同附近的酒店吃饭。编辑朋友人不错,还介绍他参加香山的文学采风活动。可他待了一天,就偷偷地逃回来。他受不了那样的氛围。一群文学爱好者,虔诚地听着某名作家扯淡,讲讲写作技巧什么的。一个名作家,讲来讲去,颠三倒四,就是把写小说比作修自行车,也不知他是不是工人师傅出身,底下一群学员,还都拍手叫好。编辑朋友让他给女作家道歉,他没觉得有什么错,可请吃饭还是可以的。

女作家那天兴致不错,但酒量一般。她留着短发,清瘦苗条的身材,面貌柔美,但有着一股清冷孤寂的味道。她吃的不多,就是一个劲抽烟,酒有点微醺,眼圈红红的,颤抖着说,男人都不可信。他没想搞女作家,尽管她是美女,但那种阴冷淡漠的腔调,包括她的作品散发出的男人窥视下的女性自恋,都不是他喜欢的风格。但人家很红,书卖得很好,而他不过是一个落魄作者,收到过不少"谩骂性"退稿信。稿子沾满油渍,想来编辑吃着肉包子看稿,气得浑身哆嗦,汤汁飞溅,沾染在了稿纸上。写退稿信的编辑,一定是位充满正义道德感的老前辈。一般而言,对于一个业余作者,编辑给他的退稿信都客客气气,含有鼓励的意思。毕竟业余创作也不容易,但能让一个编辑给作者写一封谩骂性的退稿信,可见这个作者是有多么招人恨。编辑一定在读完小说后,有种将作者按在地板上暴打的想法。"没有光明的人生追求""小说黄色细节太多""故事不知所云"等评语,编辑肯定是咬牙切齿写下的。

他将那些退稿信举在头顶，昏暗的灯光下，那些钢笔字从纸张的反面洇过来，变成了一条条跳舞的小鱼，这些小鱼都有着人类的面孔，尖尖的牙齿，它们正对着他甜美地笑着……

二

小波老师，你这样不行，要把生活弄得好一点，照顾好自己。

女孩同情地望着他。母亲家公寓楼下，有一排居民搭建的平房。他和妻在科委也有房，但那是哥哥单位的，只是借住而已。他不在顺义的新房，就来这里，也方便和朋友见面。房间也简陋，乱得一团糟。他见到来访的女编辑。她是个年轻女孩，瘦瘦的，有文艺范儿，对文学充满热情。她想让更多读者了解他的文字，但事不是那么简单，在文坛出名，不是容易的事。朋友帮他出书，改了俗气的名字，是书商的主意，弄了半天，最后也只能作罢。他的长篇小说，被要求压缩成中篇，但最终还是没有发表，理由是内容出现"牙签"和"避孕套"。女编辑愤愤不平，也无可奈何。这样的事，自从他成为职业作家后遇到不少，很多编辑认为他写得贼黄，没啥教育意义，而根本原因，还是他没名气吧。

我会写下去，奋斗到死。他笑了笑，看到女编辑的眼圈红了，有些不好意思，他也吓了自己一跳，不知为何说出这么悲壮的话。这不符合他的风格。他应该说，认真写下去，直到走到天上，阴茎倒挂。这才是好玩。那天下午，谈到文坛现状，他也有些伤感了。

我可以开货车，重货挺好，带拖斗的，又威风又赚钱。

开货车赚钱后再写小说，还是一边开一边写？女编辑好奇地问他。

当然都可以，我就是货车司机里写小说最好的，小说家里货车开得最好的。他笑着岔开话题，不想让涉世不深的女孩太难过。

他起身，给女孩弄开水。他塌着肩，腰有些佝偻，这肯定让他这个大个子显得很怂。女孩肯定更同情他了。没办法，他的人生慢慢老去。他再也不是那个挥舞着板带，敢于和农场职工斗狠的"野牛"了。他甚至羡慕知青点那头逃亡的小公猪。可惜，小公猪活不到现在。别管人还是猪，早早晚晚，都躲不过杀猪刀。现在他这身板，真不知能否应付大货车的操劳。想象一下，一个落魄海归，前人民大学统计系教师，不成功作家，在尘土飞扬的工地，倾倒出一车车石子和水泥，身旁站着几十个民工，还有一个指手画脚的包工头。包工头夹着黑皮包，喧胖的肥短脸，趾高气昂，挺像大学混得牛逼的留洋教授……

他也想出名，但不太愿妥协。可他现在是一个"社会闲杂"，也要考虑养老、医疗保健的问题。没钱的确让人头疼。

他存了些钱，也不敢乱花。妻对他很包容，欣赏他的创作，并说他写下去，肯定能拿诺贝尔奖。人到中年，激情也少了，度过留学的艰苦岁月，回国后，他们各忙各的，有时也有交集，一起写点东西。他也写剧本，朋友找他写京郊女工储藏大白菜的故事，他琢磨半天，同意署笔名去写，但弄了半天，事还是黄了，想来京郊女工对他的长相，还是不太待见。他还被一个先锋导演逼着改了剧本几十次，算是领教了影视业的厉害，剧本他是自负的，他个人认为那剧本写得"直追莎士比亚"。他在电邮里，将这事告诉了远在美国的朋友，对方笑他果然"狂"得可以。他也想谦虚，可都四十多岁了，再不"狂"，恐怕今后也没啥机会了。

他与失眠和幻听作斗争。他惧怕黑夜，只能靠读书写作，明亮的灯光和浓茶，对抗夜的侵蚀。他常是凌晨三四点才疲惫地睡去。他能听到很多声音。水龙头的滴答声，楼上地板的走动声，野猫婉转凄厉的叫春，都闯入耳朵，让他不得安宁。但这都不算什么，他怕那些莫名其妙的声音，磨锯条的声音，甲虫的哀鸣，女人在他耳边低声的娇喘耳语。还有两个苍老的男人的声音，激烈地讨论什么，似乎与股市和投资有关。他清醒了，这些声音凭空消失，他闭上眼，声音又围拢过来，在床边围成一圈，戏谑地盯着他。他摇着脑袋，恨不得撞墙。但这些声音不依不饶，仿佛地狱缝隙钻出的活鬼，无休止地纠缠着他。

今天他感到特别疲惫，胸闷感愈发强烈了。刚九点，他就躺下了，依然不能入睡。他闭着眼，脑子里好像有东西在强迫他撑开眼皮，让他暴露在黑暗中。狭小的居室，简陋冷清的装饰，像一间牢房或某墓室。过去的记忆化为嘤嘤飞舞的念头，从脑海深处，大量释放而出。童年的铁狮子胡同，被他抓走并烤熟的母鸡，少年时在人民大学广场，看到人们殊死武斗的场景。十几个男女，穿着书做的盔甲，一个瘦瘦的男生，被几只长矛扎中，像叉烧肉，发出"呃呃"的声音。他趴在墙头，手心全是汗。他似乎觉得，那个"叉烧肉大哥"，正瞪眼看他，眼角周围爬着肮脏炽热的眼屎，似乎要和他讲什么。

他还见过从高楼跳下，身体折叠，只剩行李箱大小的老教授，他的脑浆溅在脚边。还有就是云南插队时的红土高原月夜，山东威海那片美丽大海。他在牟平当民办教师，周末就去威海找姐姐，总要在大海旁静静地站上会儿。海是辽阔的，热情神秘，充满巨人般伟力和宽广心胸。他还会想起美国匹兹堡，他们那间狭小公寓。他们第一次请客，给美国同学做的馅饼和饺子，手艺不过关，但美国人吃得不亦乐乎。他似乎看到，有个美国同学，鼻尖粘着点翠绿韭菜叶……那些记忆，甚至他早已忘记，如今冲决而出，在黑暗房间中尽情舞蹈。他的脑袋里，仿佛有一根电灯钨丝似的东西，亮亮地燃烧着，无法熄灭。而他的工作，就是和这钨丝进行永无止境的斗争，直到将它们在天光即亮时悄悄熔断。

夜深人静，他也出来转转，像个幽灵。无聊可以让人成为作家。如果说绝对无聊，就会成为一个"大作家"。深夜的小区，还沉在海底般的蓝黑色色泽中，只有那些蓝色烤漆的长脖子路灯，发着暗黄的光，如同天边闪烁浮沉的星。小区保安室的灯还亮着，也倦了，值夜班的胖保安，此刻在偷懒。没什么异响，连阴暗的老鼠，狡猾的贼，多情的猫，都不知躲到何处去了。垃圾箱也沉默着，如同一个衣衫褴褛、锈迹斑斑的罪人。它被黑暗撑开嘴，在早春的风中呜咽。他只能在一棵树和另一棵树之间徘徊，有柳树、构树、梧桐，还有叫不上名的树。他嗅着它们躯干的气息，抚弄神秘地图般的树皮。它们的纹理如此不同，有的粗糙龟裂，有的平整朴实。他想象阳光如何一点点地钻入它们的身体，如何留下那些美丽的文身。

　　这样的"茫茫夜游"，让他想起塞利纳的小说。只不过，主人公唱着"我们生活在严冬寒夜，人生好似漫漫的旅行"，开始了率性流浪，而他只能像失恋的中年男人，被世界抛弃的丧家犬，在小区绿化带游荡。他习惯将自己交付给黑夜。有时，为了赶一个紧急稿件，他写一通宵，第二天早上在沉沉睡梦中度过。最近，母亲身体不太好，他常过去照顾，就住在母亲公寓楼下的平房里。一次深夜，他发现电脑出了问题，想和朋友要配件，但时间已是凌晨三点，实在不好意思扰人清梦，只能在黑夜的楼下转悠到天亮。

　　职业作家需要大量时间码字，不成功的职业作家，会更枯燥乏味。他也有些朋友，喜欢他写的文字。每个星期，他都要找朋友去川味小馆喝酒。他酒量不大，但酒后话多，他们高谈阔论，让每个酒馆的人为之侧目。他嬉笑怒骂，嘲讽万寿寺是慈禧老佛爷的"脐带"，小说里，他将那里写成一个下水道堵塞，屎尿横流的文史单位，一个失去记忆的研究员，整日呆坐着，写"唐代精神文明建设考"的论文。他骂诺贝尔文学奖，说它只发对两次，一次是给罗素，一次是给伯尔。他还骂红楼梦，说那些文字是有毒的。邻座有人偷偷说，这傻子！以为自己是谁？他很想告诉那位有正义感的仁兄，早晚有一天，他的作品会让世人传颂——当然，不是今天。其实人多时，他沉默羞怯。他还记得，一次文学活动，见到了一位满头白发、精神矍铄的老者，据说是母校某学院领导，但他也只是笑笑。人群嘈杂，大家都忙着向领导敬酒，只有他躲在角落，默默地吃饭，喝酒，默默地走人。

三

1997年4月10日10点。

他看了看墙上的钟表。他多希望这一刻时间凝固。对于人类历史而言，这是无关紧要的时刻，对他来说，则是实在鲜活的人生。他有些胸闷，不知是否因为暖气太热。楼上邻居的女儿，还在练钢琴，也不怕别人投诉。隔壁住户，电视机的声音也不小，在转播球赛。他隐约听着，像是欧洲杯预选赛，意大利对阵法国。他感到烦躁，心慌，爬起来喝了一大杯热水，稍微好受点了，又继续躺下。他决定，明天上午，一定到医院体检。说起来，好多年他都不曾去体检了。主要是懒得去。

一天又一天，他仿佛被遗忘在荒岛的鲁滨逊，只能靠墙上的月份牌，感受时间的流逝。他是边缘人，但这种状态也是他需要的。他不喜欢被拘束，被管理，被教育。当年他从山东插队回来，在街道办电子元件厂当工人。他喝得大醉，被叫醒后，参加学习工业六条。他个子大，趴在会议室后排，如同一只受伤的恐龙，发出震天动地的呼噜声，把主持会议的工业局处长气得半死……下午时，他吃了点东西，泡的方便面。他懒得做饭，也不太会做，他平时喜欢些"上不得台面"的食物，腐竹、猪头肉、豆腐，川菜的锅包肉也不错，油水大，吃得香。在美国待了多年，他还是喜欢老北京食物，饺子、油条、烤羊肉，小到焦圈、豆腐脑、猪血汤。在国外吃汉堡吃得反胃，他在梦中都能闻到那些北京食物的香味。今晚，只能对付一下了。他浑身乏力，实在不想动弹。吃完方便面，那只瓷碗就被他丢到厨房水池。水池的下水口被堵塞了，他也不想疏通，水积蓄了小半箱，瓷碗油腻腻的，就漂在水里，他也懒得管。明天再洗吧，总之今晚上，他不想干这些事。

傍晚，他也散步，除了练气功的老年人，小区也有情侣在散步，还有一家三口。几个孩子，尖叫着在绿化带之间嬉戏，像快乐的小兽。他也喜欢孩子，但深知带孩子的麻烦。他不想浪费有限的生命。有人认为他自私，但他只是顺着心意，更何况妻也支持他。这几年，特别是母亲生病后，他对孩子这件事，有些游移不定。孩子也是生命的延续。老病之时，有孩子陪伴，总是幸福的。相比之下，他对趴在楼道口的那只橘猫，更有好感。它是公猫，懒洋洋地趴在楼道口水泥板上。它很少到别的地方，晚上也很少叫春，有点被阉掉的太监才有的安静气度。它默默地趴在那里，等人给它投喂，又像宣示自己的领地。他通常给橘猫丢下点吃的。橘猫不好看，细长的眼，胖得邋遢，身上沾染垃圾堆的气味，粗粗的尾巴耷拉着，好似脏脏的麻绳。即使有丰富食物，它也不会扬着猫脸，"喵喵"地叫，撒娇求爱抚。邻居们都不喜欢这只个性高冷、对人类充满警惕，而不是"感恩之心"的猫。然而，这也许是他最欣赏它的地方，丑、大、胖，且脾气很臭。这也是一种"特立独行"吧。

冷冷的小雨洒在天地之间，很多雨点被树木挡住了。他没带伞，想赶紧回家。橘猫瑟瑟地趴在楼道口，他喂给它一根火腿肠。他尝试想要抚摸它，橘猫还是冷冷躲开，但浑身颤抖。他才发现，猫的耳朵尖少了一截，滴滴答答地在淌血，想来是残忍贪玩的孩子做的孽。如果不帮它，也许橘猫很难熬过早春。他跑回家，找来厚劳保手套、药棉和纱布，还有消毒药膏。橘猫低声呜咽，弓着背，浑身的毛都乍起，目光凝重，似乎警告他不要太近。他按住它。橘猫挣扎，呜咽声变成凄厉的悲鸣，四肢猛地蹬地，要摆脱控制。他腾出右手，先用酒精药棉轻轻擦拭橘猫耳尖，猫猛地抖动，想来疼狠了。它的身体温热，还带着湿漉漉的雨的气息，透过皮毛，他能感受到无处可诉的悲伤与愤怒。橘猫叫声更大了，连绵不绝，凄厉之中透着悲愤，像一个即将投水自尽的落魄诗人。

四周很静，楼道的灯亮了。阴沉的细雨中，有人探出头，看一猫一人的对抗。他环视那些窗户，发现人影是个揪着猫的中年男子，一个面目狰狞的大汉，就默默地退回窗内。小区绿化带，也蹿出几条野猫，有牛奶猫、花狸猫，还有只脏兮兮、看不出颜色的长毛波斯猫。它们呆呆地站在远处的垃圾箱旁，看着自己的落难兄弟。它们非常平静，没有猫叫迎合那只橘猫。在它们五颜六色的眼珠之中，他仿佛看到了某种深深的悲哀。

愣神的功夫，橘猫的左前爪闪电般抓住手套，拼命撕咬。他有些慌乱，但还镇定着，快速给橘猫换好药。耳朵包扎着绷带的橘猫，不停捋着耳朵，看样子挺不舒服。他想再包紧一点，橘猫翻滚了一下，用他没看清的速度，逃到绿化带之间，头都未回，消失得无影无踪。连带其他几只猫，也一并风驰电掣，掩护着猫兄弟的逃亡。他的心里一阵轻松，也有种莫名的苦涩。不知好歹的猫，手套被咬烂了，好在没伤到手指，否则要打狂犬疫苗了。橘猫不能与人类语言交流，它无法分别善意与恶意，或者伪装成善意的恶意，还有那些看起来恶意，其实是善意的帮助。它也许再也不会趴在这个楼道口了。他明白，因自己的一时冲动，将再也见不到这个怠懒高傲的家伙，就像多年前那只特立独行的小公猪。也许，橘猫只要获得自由，就会扯下那团该死的纱布。它不需要人类廉价的同情。

回到家里，躺在床上无聊，不能睡，又乏得不想读书。他只能在脑海中继续构思小说。他想写一部科幻小说，写写海底的"新人类世界"。想了一会儿，困意突然又上来了，他却挣扎着不想睡。他想摸一摸自己的身体。这是现在唯一属于他的东西。这个高大的躯壳，不算健壮，且慢慢衰老。不知为何，他突然有了这样的念头，他要认真熟悉一下自己，不是"打飞机"，也不是自恋症发作，就是想熟悉自己。他暗自觉得，这世界似乎在一点点离他远去。

他仿佛看到了那只逃跑的胖橘猫，一瘸一拐地走向一处草丛茂密的地方。橘猫是丑的，他也丑。从很小开始，他就对外貌很敏感。元宝式的小招风耳，长脸，小眼，黑黝黝的皮肤，邋遢的着装，连那高大的身材，都有点"傻波"气质。小时因为他常发傻，也不爱讲话，母亲甚至一度担心他的智力问题。因为长得丑，很少有漂亮姑娘青睐他，好在他会搞文学。当年，就是靠一篇小说，才得到了妻的芳心，可岳父母明显不太喜欢他。上大学时，很多同学都把他当成了混社会的恶汉。他自嘲说，别看我长得丑，可我很温柔，很有才，想到你，我的那张丑脸就泛起微笑。他也曾写过一篇关于"丑人"的小说，小说主人公刘三姐,有着天使般的嗓音,但有着矮冬瓜般的体型,三角眼,烂鼻洼,斑秃的头,结果愣是吓傻了爱她的阿牛哥。天地不仁呀,人都是残忍的,也总是喜欢那些漂亮的表象,包括他自己在内也是这样吧。这也许就是宿命吧。

他抚摸着身体。先是脸,他的脸较长,发量少,脸色黯黑,嘴唇厚且黑,但总带着温和的笑意。他跺跺脚,有些发麻,这曾是一双多么结实有力的大脚板!尽管是双扁平足,四十四码大鞋才能盛下,当年他特别爱走路,大家都跟不上他的步伐。少年时代,他在山东牟平插队,能从青虎山走一整夜,走回教书的水道镇。现在这双脚也乏了,时常酸痛。接着,他摸到胸膛,他是大个子,胸膛自然宽厚,小时身体不好,医生说是漏斗胸,但他以肺活量引以为豪,每次体检都能吓到医生。他的腹部有些隆起,人到中年,发福是难免的。他怀念学生时代精瘦干练的身体。那天晚上,他到小卖部买方便面,顺便买了不少火腿。小卖部的老女人郑重其事地告诉他,少吃这些东西!她晃动着手指,眼中冒出多管闲事的责任感,你年纪不小了,这么大个子,又那么肥,吃肉不行的,你要锻炼,练养生功……他厌恶地应付了一下,转身离开。人类最大的美德,也许不在拯救别人,而是学会克制这种热情,首先学会尊重与不干涉。好在他的"小和尚"还在,活泼凶猛,他还能向世界证明,去你妈的,我就不服!堂吉诃德有长枪对付大风车,他的"小和尚"也不赖。当然,这也许不过是自我安慰的狂想……

四

春夜的雨，淋淋漓漓，没有停歇。雨点击打着窗框，发出"嗒嗒"的声响，仿佛什么人轻轻叩着窗。

他重新爬起，打开电脑。屏幕闪动，Windows95熟悉的蓝色页面慢慢展开。拨号上网速度不快，好一会儿，他给远在美国的同学写了封邮件。Hotmail速度还可以，可惜没有汉化版，只能用英文写邮件。他点击发送后，长长舒了口气，刚想玩扫雷游戏，就听到隔壁传来"铛铛"的挂钟声音，抬头看看自家钟表，深夜十二点，马上就是4月11日了。伴随着钟声，心脏被什么东西突然堵住，憋得喘不上气。从前他也胸闷，但这次特别猛烈，他大口呼吸，头上冒冷汗，这闷渐变成疼，仿佛两条凶狠的蛇，一条从胸膛爬过左肩，再传导到左臂，一条盘踞在腹部。他恶心，干呕几下，没吐出什么，眼前发黑，跌倒在地上。他想呼喊，只能嘶哑地叫了两声。他张大嘴，牙齿碰到灰色墙角，蹭下了一大块。他再奋力支撑，但也只是滚过半米距离。他盯着书桌，只要站起来，就能拿到桌子上那部诺基亚1011手机，就可以求救。他再次抬起手，但似乎有千斤重量的巨石压在那里，胸口疼得无法发出声音。那部黑色手机，还有一个摩托罗拉汉显传呼机，都静静躺在电脑旁边，一动不动，像两块死神的图章，冷冷地看着他挣扎的身影。手机旁边，那根还剩小半的骆驼烟，还在冒着袅袅青烟，一点点地上升，消散在空中。这实在太残酷了。他的口中，充满着苦杏仁般的味道，这就是死亡的气味吧。他不想死，他还有很多东西要写，他还有很多话要说，他顾不上了，必须站起来，否则……他的意识模糊了，朦胧地看到电脑不断旋转，波普纹屏保，还一闪一闪地发着光。他闭上眼，眼泪充盈在眼角。他渐渐停止了挣扎，就这样吧，去他的，生死有命，他不想走得那么难过。他要尽量平静一点。他似乎看到，电脑中"咕嘟咕嘟"地冒出蓝色的水，那水顺着桌子流下，淹没了他的身体，又慢慢升高，漂起床和桌子，慢慢升到房顶，终于充斥了整个房间。那是安静的水，纯净的浅蓝，透着腥味和水藻的气息，死死地将他压迫在水底。他伸出手，手掌便轻飘飘地浮动。他想大叫，骂人，可不能动弹，嘴巴刚张开，气泡就从里边冒了出来，争先恐后。这时，有大大小小的东西，也从电脑蓝莹莹的屏幕缓缓游出，游弋着。那台十二英寸的组装电脑屏幕，仿佛是连通另一个神秘地方的通道。那些"东西"，并不是鱼，但有着鱼的形态。

你们是谁？他想喊出声，但已猜到了答案。

"那些东西"渐渐清晰。他们全身墨绿，像深潭青苔，南方水蚂蟥。他们有着宽阔的背部，健美的流线型身体，赤裸的皮肤很有光泽。他们是深海绿种人？他们有男有女，都在他的身边，缓缓游动着，注视着他。女的很俊美，有细长灵活的眼睛，高耸的乳房，纤细的腰肢，一头长长的绿头发，披到腰际。头发看起来很粗，湿淋淋的像水藻。他们的头上都有铜盔，手里也拿着长矛或钢叉。

我是妖妖！一个漂亮女海妖冲他笑，声音清脆，露出尖利的牙齿。

我死了吗？他问，你是小说中的人物，怎么出现在这里？

王二，你离开我们二十多年了。女海妖说，现在要一起去吗？

这不是真的，这是梦，是幻觉！他想醒过来，但无能为力。他仿佛飘飞出躯壳，飘荡在深海般的空间。他看到自己被人从房间抬出去，邻居都挤在门口看热闹。母亲和姐姐、姐夫，都围在他的身边痛哭。他的死状狰狞，脸都扭曲了，牙缝里都是灰泥。他被抬走后，水泥地板上，还印着一个深深的痕迹。公安局做了简单尸检，朋友们把他运送到殡仪馆。他的小说集终于出版了，一共三本，很漂亮的封面，厚厚的纸张，摸上去肯定感觉不错。出版社编辑，郑重地将书放在他的身上。殡仪馆的化妆师，是位中年大叔，而不是美丽的女孩，这让他感到有些遗憾。化妆师熟练扒光了他的衣服，先在他的脸上涂抹各种油彩。人死了，脸就僵了，萎缩了，往往和平常差别挺大，需要补充点血色，看着才生动。化妆师帮他清洗了头，梳好，又飞快地用长柄镊子夹起几块棉花，塞到了他的直肠里，这让他感到有些阻塞。这是防止烧起来，内脏汁液喷溅，气体爆炸。最后，化妆师给他套上了一件大号中山装，将他推了出去，参加遗体告别仪式。哀乐响起，来的人很多，他睁不开眼，可听声音能听出很多熟人，也有些不认识的。大家都在哭泣，有个哥们悄然垂泪地说，小波，你的书卖疯了，你怎么就没等到山呼海啸般的共鸣？他很想对他说，吾诗乃成，大神震怒，我的小说被众人接受，是必然的，老天爷看我不太顺眼吧，不必太难过。可他什么也说不出，他很快就被推到里间的焚化炉，据说这是刚引进的国外设备，烧得特别畅快干净，他好像看到了那些熊熊燃烧的大火……此刻，清脆的海妖之声，又传入耳朵，绵绵不绝：

现在是互联网元年，接下来的日子，这个行业将改变人类的生存。以你的聪明才智，当个高收入的软件师或程序员，不是很快乐吗？为什么要如此抑郁？

每个作家，都有贯穿一生的主题。你的主题是什么？你在茫茫黑夜中寻找什么？

你会被人遗忘，即使书卖上几百万册，还是会被人遗忘。你的妻会再嫁，你的坟头会长满青草，人生苦短，没有从头再来，这一切，值得吗？……他没有回答，不需再言，一切都已有了答案。死可怕吗？好像也没什么，可怕的是永恒的寂寞。没有欢乐，没有痛苦。他仿佛又回到十七岁，伫立于大海边的黑岛礁。那个孤独而强壮的孩子，等待着神秘时刻的降临。他好像看到自己也长出薄薄的蹼，尖的爪子。他纵身而入大海,欢声游动,那一片虚幻的蔚蓝海底,那些点点星星的微光,就是超越此生此世的诗意世界。他的朋友们,那些强悍又深情的海妖,轻轻地将他托举起,庆祝着他的加入。他听到耳边有巨大声音传来,那些壮丽的音符,变幻成一个个山峰般大小的符箓,"自由自在"地飞翔着。他想奋力写下这样的句子:

  海里有无数高山峻岭,平原大川,辽阔得不可想象!还有太平洋珊瑚礁,真是一座重重叠叠的宝石山!我们像飞快的鱼雷一样穿过鱼群。傍晚时我们乘风飞起,看看月光照临的环行湖。我们也常深入陆地,美国五大淡水湖我们去过,刚果河,亚马逊我们差点游到源头。半夜时分,我们飞到威尼斯铅房顶。我们见过海底喷发的火山,地中海神秘的废墟……

寒武纪来信

人文地理学，一名人生地理学，乃以地球为人类之住所，研究人类与地球之各种关系之学问也。更详言之，则人文地理学者，乃详示人类在地球之分布，种类，生活及聚集之状态，更进而研究其盛衰及其文明发达之本原等事项之学问也。

——张声《人文地理学·序》

一

人的记忆是什么？

吴泰州在笔记本电脑快速写下这行字。天慢慢沉下去，办公室静着，只有远处传来低沉的钢琴声，断断续续。旁边是音乐学院的琴房。吴泰州习惯在办公室读书写论文。上完课，他瘫在办公室，没课时，他也喜欢"长"在这里。只有枯燥的上下课铃声，沉默得如同坟墓的氛围，才适合他的性子。最多再有杯热茶，零星琴声，就足够了。

他不爱应酬，平时热衷查找史料，读读旧书。坐在落满灰尘的资料里，他仿佛高高在上的上帝。研究生期间，他研究几个民国二流作家，读博士时继续深入，先做年谱，资料长编，然后是评传和传记，再围绕史料向外拓展。一路打下来，不知不觉，十几年过去了，他娶妻生子，从青葱少年变成谢顶大叔，也从"青椒"荣升教授。这些东西是学问吗？他拿不准，学生们不喜欢，出了小圈子，也没人关心他的"学问"，但靠着这些玩意儿，他在上海的高校立足，在徐汇买了房，也买了车，称得上"小中产"了。

深秋，天气潮冷，吴泰州走下办公楼。无数灯火辉煌，人声鼎沸，可都是些朦朦胧胧的虚影，好似深海水母，忽快忽慢，从玻璃窗杀进楼内，撞到脸上，化成无数扭动变幻的色彩。吴泰州望下去，水母散逃，散作漫天微亮的星。出了学校铁门，一座高楼，连着另一栋大厦，连着那些昏黄路灯，黛黑街巷，蓝色窗帘的酒店，都背过身朝向他。恍惚间，似这人间种种，都已抛弃他不顾，就如那些倏地划着弧线，倒伏在路边的落叶。

他最近状态很差，失眠，头疼，还有胸闷，神情总是恍惚。

手机铃声响了，有微信，是邓辰的，说是明天要上课，无暇取走东西，打发个学生来拿。

吴泰州捏了捏手机，想了想，回复了两个字"好的"。

邓辰是吴泰州带的博士。为培养他，吴泰州用了大量心血。此人说不上有才华，但一则是江西老乡，二则看起来老实能干，对师长恭敬。谁料到，现在的青年人，多是功利之徒。邓辰为了留校，搭上陈院长的路子，读了他的师资博士后，就和吴泰州划清界限。有次学科搞活动，吴泰州让邓辰帮忙，他冷冷地说，自己很忙，没时间干杂事。他又补充说，我现在是陈院长的学生，不能和您来往太多。吴泰州气得摔了电话，甚至病了一场。

吴泰州不过是"酸儒"，在学校没啥势力，这也是情理之中的。

假扮的"老实人"，如同过期药片，总能给人以"额外"的伤害。伪装的质朴，比真实的狡诈奸猾，也许更令人齿冷。

他打电话和导师诉苦。导师八十多岁，远比他通达。导师笑着说，泰州，你还是没活明白，别人的事，你管不来。人生在世，不过安己安人，不要说你一个大学老师，多少高官富豪，也不过身死名销，踏踏实实做点事，也许多年后，还会有人记得你。

就这样算啦？吴泰州心有不甘。

亏你还研究史料，导师说，当年我被批斗，被学生按在小便池痛殴，还折了胳膊，又能怎样，还不是在这种人手下当老师，隐忍几十年？和这类人浪费情感和精力，不值得。

邓辰跟着吴泰州学习多年，吴教授的办公室，邓也与他合用，放了很多资料与杂物。如今，他要彻底与吴泰州分割，东西自然不能再放在那里。

想到这里，吴泰州又来了气，要将邓辰的东西连夜清出去。他气咻咻地回去，埋头收拾办公室，扫出一大堆杂物。一个大信封引起了他的注意，里面还套着一个老式牛皮大信封，上面用娟秀的毛笔字写着"爱琳小札"。有很多信纸，有些是民国末期生产的竖排红线工业酸纸，更多的是五十年代的劣质草边纸，纸张品质差，又黄又脆。他的心陡然跳得紧，颤抖地抚摸那些纸，小心翼翼地辨认字迹。这是来自民国上海某二流作家和一位女性的通信。不知为何，信被收集在一起，又落入邓辰手里。想来是他在方浜路藏宝楼文物市场淘到的，有了这些东西，可以写不少C刊论文，也可以搞到些项目。

吴泰州心中狂喜。深夜的办公室，静得可怕，刺眼的灯光倾泻，仿佛某种舞台追光。他精神抖擞，又有些慌乱，心思电转，邓辰想必花了不少功夫，怎么如此粗心大意放在办公室？他大概过于自信，觉得吴泰州老实"书毒头"，迂腐君子，不可能做出啥不好事体。

他敲着牛皮信封，好似敲打一块脆弱的糖稀，又似是太上老君的包袱，里面裹着什么灵丹妙药，或者说，还有一颗怦怦跳动的鲜活心脏。

他找出几封信，读了起来：

张某平先生：

听说你到了白凤岭，忍不住给你写了这封信。殊为冒昧。我是你的忠实读者。二十多年前，读过你的《梅岭之春》《莒莉》，喜欢那些凄美的爱情故事。沧海桑田，世事难料，当年的翩翩才子，居然流落至此，令人唏嘘。我不太了解先生过往的历史，零星听过一点。我只是家庭妇人，从未在外工作，社会上的事不太懂得，但先生如此下场，总觉不忍，唯愿你身体康健，渡过此难，早日摆脱牢狱之灾。上海炎热，不知皖南那边如何？时已入夏，汗暑无常,万请珍重。

夏安

您的读者爱琳

己亥年夏某日

答复的信比较长,字迹潦草,也更有意思了。

爱琳同志:

惠书敬悉,欣慰无量。请不要叫我先生。现在是新中国了。我也不配别人叫我同志。就喊我张声吧,这是化名,有时也用作笔名。前几年,我用它在报纸上发东西,聊以糊口。名字只是代号,它提醒我,我曾是作家。我在一个补习学校代课,痴心妄想,去东北的大学教书。我被人民揪了出来。我之所以有今天的下场,完全罪有应得,不必为我惋惜。

世界天翻地覆,看起来坚固的东西,也烟消云散了。这是一个伟大的时代,人民当家做主,新人新事层出不穷,旧的都破碎了、消失了,也该包括我这样的旧人。这不值得可惜。可惜的是,我年近花甲,罪恶累累,无法在纯洁社会改造自己,只能亦步亦趋,努力学习跟上。我的那些不堪旧作,还有读者念起,无论如何不能不说是奇迹。作为作家,肉身的毁灭也许能忍耐,但只要作品有人读，便是永生。就此而言，有你这样的读者，我是幸运的。

　　我来此两周了。我去年被判二十年徒刑，押到安徽合肥改造，后来又回到上海监狱。从上海到此，要先乘船到湖州。住一夜，从湖州坐汽车到广德，在那里停一夜。第三天，我们来到喇叭口，坐上农场汽车，天黑才到达目的地。我们路过一条长长的沟壑，据说叫岳飞沟，是岳武穆抗金的地方。汽车行驶过沟边，热风吹过，发出"呜呜"的声响，好似数百年前死去的古代士卒在孤独哭泣。四下只有荒野，长满白色茅草。监狱孤零零地建在荒野，好似大海的孤岛。人生无非是无数希望与失望的旅程，等待我们的终点，殊途同归。由此看来，所谓苦和乐，也不过是一个过程，可以坦然接受。

　　这里天是古铜色的，地也是铜色，盐碱度超标。经常下雨，地面变成一坨坨脓包式的烂泥，踩在上面发出"扑哧"的声响。我们吃的是红糙米，住的是茅草屋。警卫、管教和我们一起受苦。他们忠于职守，严格管理我们这些社会残渣败类，还经常教育我们，帮助我们思想上进步。和我一起来的，还有很多上海无业游民与流氓地痞。他们也都苦不堪言，有些年纪小的，晚上还在牢房里偷偷哭泣。

　　我的心脏不好，又有高血压，背痛得厉害，咳嗽不停，晨起时特别乏力，走上一段路就气喘吁吁。我必将埋骨于此,只不过,不能预测最后的日子何时到来。

张声敬上

书于白风岭

1959 年 8 月 8 日

二

邓辰找学生拿走了东西,没有问牛皮纸袋的事儿。吴泰州有些忐忑不安。过了几日,邓辰那边还没动静。吴泰州又纳闷了。邓辰不问,吴泰州的心里反而没底了,或者是说,这里面有什么阴谋?吴泰州还没幼稚到以为邓辰良心发现,主动给他送研究资料。

如此一想,吴泰州更要细细审查资料了,几十年前的旧人和旧事,一点点地展露在他的面前。他研究着,品评着,慢慢被资料吸引住了。这里面有很多吸引人的故事,这也是史料给他带来的乐趣吧。

张声先生:

　　我去过你在真如的"望岁小农居"。如今那里已搬进一家公家单位。白色的小楼,远看还雅致,走近了看,肮脏破败。二楼是办公室,一楼的院子,住了好几户人家。院子草地上挂着孩子的尿布和女人的粗布内裤,空气里是污浊的气息。我在此良久，想象着你在这里读书写作的场景。你是那么优雅自如。

我想向你请教有关"爱情"的话题。我晓得这不合时宜，您也是不合时宜的人，就让我们这两个不合时宜的人，谈些不合时宜的话题吧。周围的人都在努力生产，超英赶美，建设伟大国家，我这样闲人般的主妇，还在耽搁于梦幻般的情感。

第一次看你的小说，是十六岁那年。我读到痛哭失声，为书中女人们的命运。我的先生，原本在外国人的银行工作，如今成了一名国营商场的售货员。他感到落差很大，每天都要喝酒，对我不理不睬。我恨他不争气，也无可奈何。理发店的阿四是个机灵可爱的青年，他常来安慰我。人温柔，又有些钱，时常带我白相，我们慢慢在一起了。阿四有老婆，我也有丈夫，我感到苦恼和痛苦，甚至想和阿四离开这个压抑的世界，但我没有这样的勇气。我还有一对不到十岁的儿女。他们是无罪的，我也爱他们。人的命运最终是孤寂的。我的哀愁，我的寂寞随着时间的行进，一刻一刻加深。我每天只感到一种空虚。我的身心刻刻飘摇不定。

我是个坏女人了。我感到恐惧。先生，我该怎么办？

苦恼的爱琳

己亥年秋某日

爱琳出轨的情节，吸引了吴泰州。想到民国这位专写三角恋的张作家，爱琳的问询，也在情理之中。根据他掌握的史料，张某平此人不仅是声名狼藉的"恋爱专家"，也牵扯到讳莫如深的政治事件，与第三党、兴亚建国会、黄会等组织都有说不清、道不明的关系。如果这些资料是真的，绝对是在学术界引爆了一颗炸弹。可这些陈年旧事，又有谁真正关心？不过是他们这些搞史料的自娱自乐罢了。

爱琳同志：

　　所谓"爱"不过是一个时间的巨大谎言。恋爱是游戏，是刹那间的情感，热的东西有冷息的一天，新的东西也有变旧的时候，冷息了的恋爱要向他方面要求热，旧了的恋爱再向他方面寻新，一起一落都有必然的循环运命。因为有这种循环和必然，恋爱始终在不安中震动，永无静息的震动。

　　可是，变化了的"爱"，有时更是一种伤害。我爱我的妻，可我又认识了敏君，我不能自拔，只能把她娶回望岁小农居，安排住进"瓶斋"。那栋小洋房，花光了我所有积蓄，也是我在乱世苟延残喘的"伊甸园"。我想享受齐人之福。我自恃稿费可以养活一家老小。可我的东西越来越受到冷遇。《明珠与黑炭》被国民党查禁。左翼作家说我恶俗不堪，沈从文和苏雪林把我归为品位低的通俗作家，通俗作家又认为我和政治关系太近。只有李长之为我说好话，称我为"自然主义小说家"。我曾组织文艺漫谈会，但没有攻击鲁迅。虽然他写很多文章骂我，说我是"开书店、造洋房"的文豪。他是正直的人，只是爱高帽子，喜欢青年围着他转，当圣人，如今他的确是圣人了，我只能无话可说。抨击黎烈文的确如此，他腰斩我的小说，让我的声誉一落千丈，连用真名教书，也没了办法。我被青年学生赶下了讲台。总是自己太过软弱动摇，事前太相信人，事后又抱有幻想。真是糊涂可笑。

自己做的"因"，就有自己的"果"。民国三十四年后，我日渐艰难，时常失业在家，只能用笔名给小报写稿子糊口，以至搬离望岁小农居，在江苏路石库门买了旧房。就是这旧房，也差点被国民党接收大员夺了去。家庭也变得冷酷。两个妻子和几个孩子，时常争吵，我劝解无果，也被卷进去。报纸记者以"三角作家的家庭互殴"这样的题目，博得大众眼球。我的妻和女儿，时常打骂我，甚至连家里的东西，也不让我使用。我只能在外面和别的女人胡混。新中国成立了，我被判了刑，受到了应有的惩罚，我的妻儿也终于和我这个堕落作家、无耻文人划清界限。我曾为这个家做的一切，也都成了笑话。

一个早春上午，我被公安从家中带走。公安宣读了拘押令，大家都如释重负。我简单收拾了一下，踉跄地出家，我贪婪地回头，闻着早饭时留下的烧卖香气，再看一眼熟悉的屋,那些熟悉的人。屋瓦泛着绿星,藏着一窝小燕,也好奇地挤着脑袋,叽叽喳喳地看着我。浓郁如酒的阳光梳洗着我。我眩晕,四周一切似乎燃烧着,白发如火在头顶飘扬。家人们看我的眼神,全是冰冷寒光,视我为仇寇。敏君甚至不愿多看我一眼。她鄙夷的神态,令我震撼。那不仅仅是伤心,而是对人间冷漠的感受。

小说是骗人的。爱情想必也如此。我不过骗着别人,时间久了,自己也当了真。哪有什么"情"和"爱"?如果有,也最终会被时代打败。我们这些旧时代的人,看到太多光怪陆离、不清不楚的东西,如今一个单纯明朗的时代来临了。时代让我们非黑即白,可我只想站在巨浪之外的滩涂,求一点最后的安稳。谁料想,巨浪之后,还有更大的浪来临,进而席卷滩涂,我不过粉身碎骨罢了。

我劝你忍耐。新社会不承认通奸。你是从未出去工作过的妇人,又有何谋生能力?更何况,在全国大跃进建设国家的火热形势下,出去工作,就要有组织管理,你又能走到哪里?还是忍着吧,或许事情会有转机。人生寄一世,奄忽若飙尘。孤身而来这世上,迟早也要孤身而去,人生很漫长,也很短暂,忍一忍,痛苦总会过去的。

谨祝秋安。

张声敬上

1959 年 9 月 10 日

吴泰州很是感慨。当年张某平也是叱咤全国的著名作家，谁料到却落得如此下场，不能用真名，只能化名为"张声"，在劳改农场了却残生。张某平也是吴泰州的研究范畴，但不是专门研究，他也是海派作家代表人物之一，九十年代时性爱小说热闹了一阵，张某平这个写情爱的老祖宗，又被人从坟中挖出来，很多出版社出了他的选集，市面上也有几本传记。他和研究此人的颜教授聊过张某平的史料问题，很多问题也是含含糊糊。

　　吴泰州脑袋昏沉沉，也没有想出结果。学院开会，他见过邓辰，还是趾高气扬的样子。他真想在他那张脸上打上一拳。奇怪的是，邓辰还是没提资料，只是意味深长地看着他。那是一种半是蔑视半是怜悯的笑意。吴泰州一直认为，自己是个清高的人，不屑流俗，可事情到了身边，才发现，自己的气量实在不怎么样，同导师一比，差得很远。

　　吴泰州的头疼更厉害了。晚上失眠，吃安眠药也不管用，只能去医院查查。拍了一通片子，花了不少钱，最后说没啥毛病，就是神经焦虑，只给开了卡立普多、谷维素等药片，就打发了他回家。吴泰州性子冷，遇事也不和家里商量，妻子和儿子都不晓得他出了什么问题，只觉得他最近神经兮兮的，讨厌得很。

　　深夜时分，吴泰州睁大双眼。窗帘半拉着，楼下昏黄的路灯将光线从缝隙中透进来，让他稍微有点安慰。卧室的一切，都因为这点光明,在黑暗中漂浮着虚虚的轮廓,好似海浪里的礁石。吴泰州悲哀地想着,他之所以如此伤心,还是他将故纸堆看得太重,由这些故纸堆出来的所谓的"学问",他说不甚重视,但心里实在以此为傲——除了这些东西,他还有什么?他的人生枯寂而失败。他只是下意识地在邓辰身上寄托希望,希望他能成为第二个自己。相比而言,张某平是幸福的,即使他困苦不堪,最终死于牢狱,可他的名字已存在于历史,他的作品,至今还有人阅读。

湖色窗帘上,有一只小小的虫爬伏在那里,一动不动,仿佛定格在了时间之中。

三

张声先生:

秋已深,您过得还好吗?我已下决心,不再和阿四来往,尽管生活枯燥无味,但我还是喜欢文学。我也想写点东西,但总不知如何提笔。

我父母家在石库门,我中学毕业于上海圣玛利亚女中。读书时我就喜欢小说。我不同意您说的小说骗人的话。我相信文学的力量,文学在我的眼中是神圣的,它寄托着真善美。我喜欢古典文艺,也喜欢读您和郁达夫、无名氏的小说。我不甘心这样死,我还想活,也不想无聊地活着。除了养育孩子，我总要做点事，这样活着才有趣、开心。

我不想写政治口号，也不熟悉工农生活。写作对我而言，是一件隐秘的快乐的事。我只想为自己写，让那些喜欢我的人，读着这些文字感动。我能写点什么呢？我该如何选材、下笔？真心希望能得到您的指导。我能喊您一声"老师"吗？

学生爱琳

己亥年秋某日

时间一天天地过去，吴泰州的心情逐渐好了。资料丢在一边，好似也没那么重要了。邓辰不来要，他也不会拿来用。只不过，闲暇时间，他挑出些读读，就当是读"小说"了。这些年，他整天钻在故纸堆里，和世界也越来越隔阂，好似太过平静的杯中清水，出一点事儿，就如巨浪翻滚，波涛荡漾。

他逐渐深入到那些资料中去。他了解到张某平很多不为人知的生活细节。他喜欢的茶叶，他爱吃的菜，他做过的很多糗事。他除了给爱琳写信，也给家人写信，给上级机关写申诉信，可惜都石沉大海。张某平最后的时光，是在艰苦的劳动和不断写信中度过的。信里他说的也是含含糊糊，特别是对他不利的人和事儿。信件是窥视人心理的重要途径。内外交困、穷途潦倒的张某平，有个女粉丝崇拜，自然可以搞点暧昧，顺便抒发心情。这也是人生末路最后的安慰。扪心自问，他处于那样的境地，也不可能做得更好。这样想来，吴泰州又感恩社会，给了他一个稳定的、有面子的大学教职，能让他钻进旧纸堆，逍遥地过日子。如此说来，和邓辰那点小矛盾，就不算啥了。

文人都是麻烦。吴泰州自认是学者，不是文人。他搞不来创作，尽管年轻那会儿写过古体诗，也早忘得一干二净。在吴泰州看来，作家、文人是世界上无聊的人，无聊到以风花雪月自娱自乐。但是，他们这些"研究"作家、文人的学者，不是更无聊吗？这个问题，吴泰州倒没往深处想过。他看到爱琳向张声请教写作，也感到好笑。一个出轨的家庭主妇，一个落魄的作家，创作在他们那里，就是些小资情调，外加点"腻腻歪歪"的东西。张某平的回信倒有些自知之明，但也是"酸"得要命，太无聊啦：

爱琳同志：

　　文学是充满诱惑的工作，也是最危险的职业之一。它让你寝食难安，让你魂牵梦绕，也让你难以自拔，甚至献出生命和热情。我劝你慎重。

　　人的命运是奇特的。我出生在广东梅县，一个破落的大家族。早年艰苦求学，所求者无非光宗耀祖，丰衣足食。我本胸无大志，偏偏又不安现状。从日本回来，我在广东蕉岭铅矿当技师,在武昌师范大学当地质学教授,又在商务印书馆当地质学编辑。如果安心做个研究地质的学者,或矿场工程师,也许文坛会少个作家,但想来我可以安然度过此生。文艺成就了我,也给了我噩梦般的宿命。它给了我荣誉和财富,也把我推向了严酷的政治,直至万劫不复。我是多么痛恨这只缪斯吻过的手!

人上了年纪,时常做梦,总能看到很久之前发生的人和事。我最近劳动量大,吃得却少,管教哨声尖利,晚上头疼欲裂,没什么对症的药,只能忍痛给你写信,转移一下。我梦到第一次去广州乘船的经历。我还梦到父亲哄我睡觉,给我讲《三国演义》,整晚给我打蒲扇。他是全天下最疼爱孩子的父亲,我也想当个慈父,可我过于放纵自己,甚至到了众叛亲离的地步。《冲积期化石》是我早期的作品,也记录了我在日本最初的文学冲动。我幼年丧母,家境窘迫,全靠着父亲当教师挣几个钱,养活父子两人。我当时发誓,要赚够钱,让父亲享清福。可子欲养而亲不待,日本留学期间,父亲走了,只留下我孤零零地活在这世界上。

收到你信的那天,我梦到父亲的坟墓。我因为爱着父亲,才走上了文学道路,如今我快去和父亲在天堂会合了。我与朋友合办过创造社,他们有的死了,有的走散,有的高升当了大官。我是个落后分子,思想堕落,弄不来革命文学，家国情怀也表现不好。我也很难写好爱情，只能瞎编"三角故事"骗骗稿费。一个时代结束了，一个更大的时代轰轰烈烈而来，如同奔驰的火车，早已不容我辈再多说多写。

如果你想写点东西，就写写大自然吧，花开花谢，云卷云舒，蚂蚁在树下忙碌，蜜蜂在枝头工作，这都是好的，那些大大小小的岩石，活过了亿万年，身体里更存储了太多秘密和故事。你捡起一块长江石，能听到江水冲刷的声音，鱼儿接吻的低语，甚至能听到血与火的厮杀声。你找到一块戈壁石，能听到严酷的风声，感受到它在寒冷中的战栗。那不过是短短几千年前的事，你把心贴着石头，闭上眼，还能看到岩层形成之初的情形。鸿蒙太初，陆地很少，滚烫熔岩疯狂流淌，慢慢汇入海洋，那里有千奇百怪的生物，紫色的天空，巨大的电浆流喷射成壮丽的彩虹，映衬着远古的月亮，好似一块乳黄的化石……

由此想来，耻辱失败的人生，不过是短暂瞬间，没什么值得悲伤。人类短暂的历史，也不过是自以为是的执念。如果说，文字有什么好的，那就是让你记录历史的痕迹。光荣的痕迹，耻辱的痕迹，或暧昧庸俗的痕迹。它让你有机会被后人知道，你存在过。如此罢了。

但愿你写出喜欢的文字，如非得已，不要拿出来发表，徒增烦恼。

祝笔健顺利！

张声敬上

1959年10月6日

地质工作在吴泰州看来是好的,有个地质学者说过,占领山河,何如推敲山河。和大自然做伴,探索科学的奥秘,总比卷到政治中要好。如果张某平一辈子安心做学者,会不会也活成他这个样子？这就是造化弄人吧。话又说回来了,张某平的一生,又是波澜起伏的一生。他活得精彩,就是那苦,也是造物者严厉的惩罚,可不像自己,生活乏味平淡……吴泰州看了这些资料,突然生出念头,想痛痛快快地活,不要窝窝囊囊,像张某平这般,想骂人又怕得罪人,到后来只是被利用和抛弃,在小说里骂几句,又有何用？他不是小说家,他要行动起来,如果他再见到邓辰,要当着全体老师的面,怒斥他的忘恩负义,哪怕得罪陈院长也在所不惜。他也明白和陈院长的矛盾所在。去年评选市级优秀拔尖人才,吴泰州被抽到当评委,可他没有给院长争取这项荣誉,反而将称号给了学院的一位徐教授。徐教授学问很好,朴实木讷,不善于走动关系。吴泰州当时也不知为何,意气用事,做出了这样的举动。回来后,被老婆骂得狗血淋头。陈院长好长时间不搭理他。他和这位徐教授也不熟悉,帮助他评上荣誉,他也没有任何表示,连顿饭也没请吴泰州吃过。吴泰州又感觉懊悔失落。他想扮演公正清明的包拯，可惜被救的百姓"根本不拿包子当正经粮食"。

这次事件之后，陈院长给他小鞋穿，先是逮住他给学生监考迟到，在学院微信群里怒斥了一顿，又来个"釜底抽薪"，挖走自己的学生。吴泰州和陈院长吵闹过几次，双方不分胜负。但陈院长是"院长"，总有无穷手段对付吴泰州，吴泰州只能忍着。吴泰州想着自己慷慨激昂的场景。邓辰肯定是被他怒斥得灰溜溜的，陈院长严肃的脸上，也闪着无可奈何的寒光。这才是人生快意吧。

吴泰州想着，丢掉资料，扶着眼镜笑起来，笑声在走廊里回荡。

四

人生都是得意时忘形，倒霉时抑郁沉痛。苏东坡式的旷达，也不过是文人们的意淫。吴泰州回江西老家，很喜欢乡亲们羡慕嫉妒恨的眼神。他轻描淡写地讲着大上海吓人的房价，老乡们被骇得直瞪眼。他还懒洋洋地讲到各种高档娱乐场所，好像他是那里的常客。他的学问，也是用来吓人的"武器"。他和老乡们是两个世界的人。现在他在学生和领导那里吃了瘪，想起自己牛哄哄的样子，也很惭愧。自己和张某平有啥不同？钱财，房产，车子，优渥的地位，这些东西，古代和现代有什么不同？比起张某平，他可差得很远，起码人家在上海买别墅，出入上层社会，一度介入中国高层政治。他算什么？不过是可怜的小爬虫。如此一想，他又有些同情张某平。张某平是生在了动荡时代的"庸人"，而他则是盛世"小庸人"。所谓"阶层差异"，不过是一群隔着纱笼的蟋蟀的痴梦，听到彼此的声音，就以为高虫一等或低虫一等，其实在造物者看来，都是任意摆布的蝼蚁罢了。

这批资料吴泰州陆陆续续地看完，心中的怀疑也越来越重。好的资料研究学者，也应该有一颗"侦探"的心，能识别历史的诡计和暗藏的玄机。这类书信，如果从白风岭寄出，依照当时劳改场严格的审查制度，很难顺利往来。即便有人违反纪律，帮助张某平投寄和收取，这些信件又是如何被保存的？爱琳女士真存在吗？还是说，这些信都是被监狱没收后，收集整理而成的？又是谁对张某平这样一个"死老虎"感兴趣？不得不说，新中国成立后，张某平活得狼狈，但还有自由，后又不幸牵扯到某重要案件中。案件主犯，正是当年他在创造社时期认识的好友。

爱琳女士：

你上封信问我好不好，我介绍一下这里的情形吧。白风岭处于广德和郎溪交界处，地貌格局复杂。石英岩与砂岩、粉砂岩比较多，造成岗地和丘陵多。这里的萤石、叶腊石丰富，如果开采后做成漂亮的摆件，会给书房增色不少。这里的野菜也多,有马齿苋、野韭菜、老鸦蒜、蒲公英、水浮莲、水葫芦、稗草、鸭舌草、节节菜、回叶草、丁香蓼等。漫山遍野的野花,是这世界唯一的亮色。从田里劳动回来,看着荒野中的野花,为这些平凡而又伟大的生命感动着。生命总是好的,活着才会有希望和爱。

夏季,劳改农场经历旱灾,地被晒得开裂,好像惊人的伤口,喝水都变得困难。秋季,旱情缓解,秋雨连绵,浇得人心里长了毛。好不容易盼到了冬天,又是如此湿寒。我在潮冷的地板上被冻醒,却以为是在小洋房,要找洋酒取暖,或是在日本包宿的主家,喊着让女仆去拿热茶,用日语呼唤了一声,才突然醒悟,我是在监狱呀。这里连续下了一周阴雨,阴寒得厉害,关节病痛得睡不得。晚上,四下荒野有狼,瘆人的嚎叫声此起彼伏,我并不害怕,反而觉得亲切。仔细听着,好似从极远的地方传过来的哭声,断断续续,哀哀切切,时而低沉,时而高亢。

最近形势较紧张。农场外有敌特分子捣乱。他们在农场周围点燃数十堆篝火,似乎是为台湾的敌人飞机指明方向。黑暗里,火光狰狞,吓走了狼群和野物。管教们整夜轮班,怕发生意外,非常辛苦。有的犯人也不安分,还妄想着美蒋变天,暗中磕头祷告。他们太愚蠢了,都需要被教育。

你问我写信累不累?我习惯写东西了,几天不写,手还有些痒。在这不能写小说，但能写些字也是好的，写信对我来说快乐而充实。我也不断写着申诉信，虽然没有回应，我也一直在坚持。我不想死在监狱，那实在是太过凄凉。

由于营养不良，我的腿脚浮肿了，按下去都是坑。你能给我寄点上海的奶糖和点心吗？这些能放的时间长。实在不好意思，太谢谢你了！

张声敬上

1959年10月20日

也许这个虚无缥缈的"爱琳"，一开始的确是真的，后面这几封信，是否还是"爱琳"本人写的，就不清楚了。按照日期排序，后面这几封，非常简单潦草，远没有前期信件内容丰富。虽然只有半年多时间，但两人通信多达二十多封，可见联系密切。因为没有信封，他无从根据邮戳来判断真伪，只能苦苦地思考。吴泰州的心里，还有一件悬而未决的事，那就是这批资料到底是不是邓辰的？他为何不和自己讨要呢？

吴泰州整夜地失眠，人很快憔悴下去，眼睛直勾勾的，头痛欲裂，耳鸣如雷，发展到胸闷心慌，课也没法上，只能在家里休养。妻子看他整日发呆，也心情烦躁，和他大吵了几架，不再搭理他，每天只是给他弄了饭，就出去跳广场舞，要不就是到美容院。儿子上高中住校，一般也不在家里，即便在家也忙着学习,没空搭理他。

吴泰州实在忍不住,给邓辰打了电话。谁料,邓辰一口否认,说,什么资料,我根本不晓得,那不是我的。吴泰州吃了瘪,心里疑惑更浓了,又跑去查收发邮件记录,也不是近期别人寄给他的。难道有人要借这批资料暗中谋害他?

黑夜里,妻儿都已睡下,他躲在书房,呆坐着,抱着那些资料,好像小心翼翼地怀抱着可爱的婴儿。他拿出张某平的最后一封信,小声诵读着:

爱琳女士:

糖、奶粉和点心都收到了。好久没吃到上海的东西了,太好吃了,非常感谢。但你说,最近的几封信,你没有收到。这也很正常,请你不必去邮局查问了。

大田里的活儿,我快做不动了。我想改造肉体,改造思想,可已油尽灯枯,没了气力。

夜晚难熬。胸闷,气短,满头大汗,好似溺水的人,被压在那强大的水下,不得喘息。为了配合大跃进,监狱养了千头猪,要实现猪肉产肉量翻两番的目标。晚上,猪娃们吃不饱,都在嗷嗷地叫,更让人不能入睡。每人定量只有二十一斤,早上不到六点,大喇叭放革命歌曲,鼓舞人们去山上找苜蓿,积粪,给猪吃。实在没那么多正经粮食,猪不上膘。

据说有犯人殴伤管教。管教们心情也不好。十一月份，上级传达了指令，白凤岭归了安徽。管教干部们从此不是上海人了，工资待遇降低很多。你不要再给我写信了。这也是我最后一封回信。我病得直不起腰，这几日竟下不了床，只能挣扎着给你写点东西，我口述，让狱友代为执笔。我熬不过这个冬天了。我不怕死，只不想死得这么丢脸。有啥办法？我是一个人生的失败者。从梅岭到皖南荒野，这里就是我的葬身之地。我再也无路可走。

绝望是不真实的事物，只有短暂的窒息和等待，才是可以计量单位的东西。只要我们还有呼吸，日子就要继续。我们如此贪婪地想活着，无法光明正大地活着，就苟且卑微地活着。只要你还能感受这世界，你就无法真正地解脱。我只想缩在这世界里，变成一颗坚硬的核桃。我只想悄无声息地活着，活到一定年龄，悄无声息地死去。可这些也都成了奢望。我逃不掉，我在人群之中。人生匆匆，我要享受上帝的恩赐。只可惜，我想通过这支笔，赚取人生的享受，却一错再错。

之前给你的信，不知收到没有，管教说，我的信有些内容不好，予以扣留，有的可以发出，但需要修改。我改不动了，就这样吧，你能收到最好，收不到，就当是我自说自话了。

我死后，家人不来看我，麻烦你来一趟，我这里还有商务印书馆发行的几本旧书，包括人文地理学，送给你做纪念，骨灰随便扬了吧，散在漫天白茅草间，与天地共休息。

来世再见吧，祝好。

张声敬上

1959 年 11 月 29 日绝笔

结束了吗？爱琳女士最后如何了？吴泰州带着点迷惘，长长地舒了口气，仿佛终于读完了一部长篇小说。他看着那些发黄的纸片，突然发现，纸片上的字迹，虽然有些是第一套简化字，大部分还是繁体字，但好像并非那种老式蓝黑墨水留下的印记，而是比较新鲜的钢笔痕迹，似乎经过了做旧和晾晒处理。难道这是一批"假资料"？

他惊骇地从椅子上跌倒，妻拉开灯，睡眼惺忪地质问，大晚上不睡，你折腾啥？

吴泰州什么也没说，只是愣愣地盯着散落一地的材料。妻看了一眼这些东西，惊讶地说，你这些天就为这些玩意儿犯傻？

你见过这些材料？吴泰州惊讶地说。

你都忘了？妻没好气地说，这些破烂，不是你让买的吗？

我买的？吴泰州更震惊了，说，怎么会是我？一点印象都没有。

不是你买的，还是我买的？妻撑了他一句，又说，那年你去日本访学，临走前嘱咐邓辰，从文汇路旧资料市场，购了一批老档案材料，你都忘记了？

吴泰州这才模模糊糊记起，好像的确有这事。当时他急着出国，看到这批资料，就让邓辰代为购买，并让妻签收的，难怪印象不深。这批资料是假的？谁伪造这样的资料？吴泰州想起旧图书市场那个贼眉鼠眼的文物贩子。他买这些资料，也花了不菲资金。也伪造得太像了吧，造假的人功底很深，最起码有现代文学硕士以上的水准。

他仔细想想，这些资料的确有问题。50年代末期劳改农场通信制度，他多少了解一些。犯人大致一个月可与外界通信一到两次，且要严格审查，透露农场信息肯定不行，也不会容许大段地讨论人生。对于问题信件，大多要归入犯人副档，由中队档案室统一管理。当然，如果有特殊目的，想钓出监管人更多心理隐秘，进而考察评估，就不好说了。可张某平能有啥价值？爱琳女士真的存在？现在的造假风气真可怕，连史料都有假货，害得他空欢喜了一场。

这些天的紧张困惑水落石出，吴泰州没多少欣喜，反而有了几分失落。他披上衣服，独自下楼，已是午夜，小区沉睡着，几盏昏黄的路灯伸着脖子，孤独地醒着。吴泰州背着手，缓缓地踱步，感到暗夜一点点地从脚边缠绕上来，又倏然飞走，强烈的阳光照过来，时间在快速回拨，周围风景不断变化，高楼消失了，变成了简易平房，再变成旧式红顶石屋，最后变成了一片荒野。吴泰州一片眩晕。他深一脚，浅一脚，在无人的荒野前行，星光灿烂，高耸入云的巨大厥树随处可见，墨绿天空不断旋转，怪鸟飞腾，无数披着兽皮的野人举着简陋木矛，从他的身边走过，继而是成群结队的长毛象。他甚至闻到野象的骚臭味，看到它身上爬动的虱子。他刚想伸手接触，就飞快跌入一个裂开的峡谷，大股洪水冲向他。他拼命挣扎，呛得咳嗽，又被洪水冲入一望无际的海。熔岩在海底翻滚，蠕虫在沉积物中打洞，奇虾与软舌螺，还有很多不知名的生物，飞快地游动着。眼前最多的，还是成千上万飘荡的三叶虫。它们围着他欢快舞蹈，仿佛某种诞生仪式。这是寒武纪吗？吴泰州感觉自己融化在了史前海洋……

五

吴泰州这学期课不多，课余时间，非常注意养生。他每天早上跟着小区的一群大爷大妈练习八段锦和养生桩，没事就打坐，培养元气，减少烦恼。他和邓辰、陈院长的关系缓和了，虽不能相敬如宾，最起码见面不再吵架。那批真假莫辨的资料，被吴泰州丢到地下室。他是一个严谨的学者，不能将这些暧昧的东西拿出来。他在整理资料时，还发现了一张简短信笺：

张声：

　　你好，我是许爱琳的丈夫，请你不要再写信给我的妻子了。你正在白风岭接受人民的改造，要好好地反省，不要再放毒气给无辜的女人。否则我会汇报给监狱党委，对你不客气。爱琳本就是神经质的女人，如今更有些疯疯癫癫，还闹着要和我离婚。不管你有没有别的心思，都请你自重，不要再增加自己的罪恶了。人民的眼睛是雪亮的，一切反动派都是纸老虎，最终会消失在群众的汪洋大海中。

　　祝改造成功！致以革命的监督！

爱琳的合法丈夫
1959 年 12 月 7 日

　　他从未去过安徽的白风岭。不知为何，他想去看看那里，捡些石头做纪念，据说那里还有寒武纪的化石，想来这也是一件有意义的事。

谋杀女作家

一

1996年，夏天快结束时，我接到命令，调查女作家被杀案。

六点半，我在家吃饭，摩托罗拉汉显传呼机响个不停。我反射性跳起。妻埋怨说，回家也不消停。我是刑警，案件就是时间表。我飞快瞄了眼传呼机的内容，丢下饭碗，穿好警服，去总队报到。人在半路，传呼又来了，让直接去现场集合。

天气闷热，傍晚霞光逐渐退却，离得很远，就看到闪烁的警灯，围聚的人群，蒙着光晕，仿佛涂抹着一层古怪的红釉。同事们说，他们拉了四条警戒线，才保证了现场原貌。楼道口有一汪水，泛着锈味，里面泡着几片早熟腐烂的青黑色梧桐叶。昨晚下了场大雨，依然没有凉爽之意，不能阻挡血腥味从楼上传来。技侦和法医的几位同志，现场取证，寻找检验痕迹。我仰着脸，看了看那栋单元楼，正想顶上前，迎面"咚咚"地蹦下个穿白大褂，拿着照相机的瘦高法医，跳过水洼，蹲在楼门口的冬青丛旁小口地呕吐着。

桑树上的蝉拼命嘶喊，最后的晚霞也逐渐消散。人群骚动，潮水般散开，又泡沫似围拢，昏黄路灯下，照亮着一群大大小小的，闪着光的"眼镜"，好像深海跳舞的银鱼。上海虹口区凉城新村，住的大多是复旦和上海大学的教师。知识分子都好事，又怕事，更何况，女作家生前又是敏感人物。

总队的吴大队长，虹口分局的张局，刑侦支队的杨支队长等领导，都赶到现场，沉着脸不说话。家属被隔离在屋外，哭得瘫软。技侦老刘和小季，小心地在女作家侄女破碎的眼睛上提取了一枚指纹。客厅橱门也有。后来复勘，又在卧室找到一枚更清晰的指纹。老刘又找到带血的白袜，也放进证物袋。我穿上门口准备的白色塑料鞋套，慢慢溜了进去。

都是血。三室一厅的房子，喷溅得到处都是，墙壁，电视机，书桌，还有天花板。受害人有两名，女作家和她的侄女，分别趴在西屋和客厅。茶几还放着黄色水杯，也吸吮着两滴血。我用手背试了试杯壁，里面有水，也并不很凉。凶手手劲很大，凶器是女作家的菜刀，女作家被砍了十几刀，主大动脉被砍断，头都快掉了。血压之下，人的血会飙到天花板，呈现出放射喷溅状态，仿佛一朵邪魅的地狱之花……脚下有点绊。凶案过去几个小时，黏稠的血，有些黑硬，扣着脚心，痒痒的。为了保持案发现场原貌，技侦特别小心，蒸笼般的房间，血腥味仿佛沸腾的海水，将人的身体都煮透了。吴队走上来，问我的看法。初步判断为谋财，家里翻动痕迹明显。门锁没有被撬，嫌疑人应是熟人，具体就不好说了，仇杀、情杀都有可能，谋财也可能是表象。吴队点头，说，老徐，基本同意你的看法，马上去市局开会，总队、支队、重案队的都来了，还有几个老顾问，几方面碰头，出个方案。女作家影响大，可能会惊动国外媒体。

这么多人关注女作家？我说。

你认识女作家？吴队有些愕然。我说，就是仰慕，八十年代，我也写点歪诗。

吴队笑了，说，你那黑脸的德行，还是文学青年？

我说，年轻那会儿，谁没点激情，后来戒了，怕捅娄子，刑侦工作忙，整天和罪犯打交道，闲下来还要操心女儿学习，早没这闲扯淡的心了。

吴队点着我，说，要尊重文化，别总想着赚钱，送孩子出国。

我当然明白。这和案子没啥关系。中国要加入世贸，融入世界大潮，谁还关心舞文弄墨？女儿上高三，学习不好，几次模拟考，顶好能上大专。我和老婆都愁坏了，社会还传着大学生可能不包分配了。读个大专再失业，不如高中就想别的办法。老婆有个朋友是留学中介，说能把孩子办到欧洲读书，外国学历好拿，可我们都是挣死工资，哪有那么多钱？

从市局出来，已是深夜。"8·25专案组"成立，案情分析会上，几路人马汇总情况，理清思路，烟屁股丢了一地。我用路边电话亭给家里回了电话，让她们早点休息。领导让我们兵分四路。我靠着市局办公室躺椅迷糊了两个小时，带人排查了女作家在上海的关系，大多是知识分子和文人。我们半夜过去，他们当然紧张。听到简单介绍，有的失声痛哭，有的麻木惶恐。也有人呈现出兴奋神情，跃跃欲试地说，女作家有海外关系，是不是有境外势力干涉？是职业杀手，还是欧美间谍干的？

办案有纪律。我们含糊地说，具体情况，这几天媒体就会披露，不方便多说。文人的想象力真丰富。这年头谁把作家当回事？海外关系是好事，马上跨世纪了，我巴不得多几个海外亲戚，把孩子搞出去。

访查四五家，天就大亮了，没啥收获。我们回警队宿舍休息几个小时。我强撑着，又去路边摊买了油条大饼和豆浆。回来后，警员们东倒西歪，睡得昏天黑地。刑警是辛苦活儿，有了案子，就要不分昼夜地压上去。

我此刻也没睡意，索性吃了几口油条，坐在总队院里的小凉亭下，抽着烟，看着深夏清晨醒来的上海。早上出任务的同事们，此刻已出发了，总队的院子清静，花木繁多，外面的马路上车水马龙，工地上"乒乒乓乓"的噪声，扰得人烦躁。又有几座高楼拔地而起。熙熙攘攘的人群，都在忙着讨生活。天气晴朗，带着点晦暗，鳞片状的云，贴在天边，一群灰白鸽子翅膀之间，鲜红的太阳，挤出血淋淋的头颅，渐次染红了周围的天幕。

有点反胃，又想起了凶案现场。刑警见多了横死与暴力，心理总有点扭曲。女作家没多少钱，偌大名气，家里布置寒碜，没啥高档家具，只不过书多，还有草编、布偶类小玩意儿。和家属确认过，丢了两千元人民币和几百美元，还有些零散首饰。凶手真贪婪，也笨得可以，一块旧手表要偷走，几十块钱仿银手链要搜走，连女作家侄女的外国邮票也捎带打包，也不怕暴露，可见也是怂贼。

有的小区居民认为是民工干的。女作家在上海多年，还是"土包子"。女儿在美国定居，她放着国外不去，非要回国。回来罢了，还弄了一群安徽老乡在小区窜来窜去。听说她还要在小区买间房，帮着来上海找工作的老乡落脚。家乡发了洪水，她也要搞国际募捐，可家乡的官员，并不买她的账。根据死者好友反映，死者豪爽热情，喜欢接待老乡和学生，但对让陌生人进家，一般比较谨慎。一个花白头发的本地大妈，气咻咻地说，阿拉可是上海人！一群乡巴佬，天天流窜家里，早晚要出事情的。

我不以为然。乡下人就偷东西杀人？我虽然出生在上海，可父亲那一辈也是从安徽逃难来的，说起来和女作家也是半个老乡。

一支烟燃尽，我眯着眼，有些困意。有些情况没和吴队说。上警校之前，我一点也不想当警察。我最喜欢语文，想当个作家或诗人。那时的年轻人，一半以上都想当作家。我有段时间很喜欢女作家，甚至有些崇拜她，她有个性，但不是叛徒。她爱祖国，在外国也不说中国坏话，不在国外住着，跑回来受罪。我要是她，肯定留在国外享福。

我和女作家没什么交往，只见过几次。九十年代，她的创作量还很大，但影响力衰微。更年轻的读者，很少爱读她的东西。最后一次见她，是去年公开颁奖典礼。她上台发言，本来按程序，她讲几句客套话。她刚讲了几句，开始抨击相关领导对她的不公平，挨个点名，滔滔不绝，台下大乱。女主持人窘得要哭，前排领导纷乱躲避，左奔右突，场面滑稽。她的性格没变，还是咄咄逼人，毫不留情。可时代变了。无人阻止，也无人为她鼓掌。很多人用看疯子的眼神，冷冷瞅着她。这也许"不合时宜"吧。偌大舞台，她独自表演，无人喝彩。她孤零零地立着，苍老的面容，虽是倔强的，但在刺目灯光下，也显出了衰败的落寞。她就像老去的豹，爪牙犹利，但郁郁葱葱的山林，已没了她的用武之地。

她一生都活在"传奇"里。这样一个女作家，如此人生收场，也实在是"传奇"。这便是人生无常吧。谁是杀她的凶手？凶手难道就是图财？

二

没错，是我。我杀了那个有名的老女人。

爷爷总唠叨那个学生，他带过的女学生，也是最优秀的学生。

几十年前的烂谷子陈芝麻，爷爷还记得清楚，那时爷爷是班主任，也是中学教导主任，学校里有个黝黑健壮的女生，短发，戴着圆眼镜，讲话滔滔不绝，有大批判气势，爷爷发现了他，让她参加市里的演讲，出头露面。女孩眼里有两把刀哩，爷爷喜欢摇晃着脑袋，挠着头皮，讲着这些事。他每次都有点得意，眼里也闪着光，好像那女人是他亲闺女。

几个姑姑不争气，没考上大学，老爹上了师范，不过也就是中学教师，我更差劲，上了临泉的"野鸡中专"，教师乱七八糟，学校说是学中医，其实就是让我们按脚丫，毕业也不管分配。相比那个成功的女人，我就是彻底的失败者。

我这辈子，惨透了，写下来，肯定是一个感人的小说。可我不会编故事骗人，我没这个本事。妈的，就像那个女人，虽然也遭了罪，但这辈子风风光光的，到哪里都是"人尖子"。她读书时学习好，考上重点本科，受学校赏识，嘴巴又厉害，找了个丈夫也是帅哥。闹造反，她是"小钢炮"，受到大人物青睐，在大上海工作，就是离了婚，被批判，也找了个帅气的诗人。诗人还为她自杀。赶上改革开放，"小钢炮"又成了"文艺先锋"，万众瞩目，虽然听爷爷说，有领导批判她，但她还是出了很多小说，书都被翻译到国外，拿美元哩，生个女儿也牛，听说是在美国读博士。

我们县上那些"老右派""老反革命"才是真苦。爷爷所在中学的一个老师，老牌师范本科，课堂上讲了讲《九三年》，就被发配到西北，五年后回到界首，在乡下讨了个不识字的婆娘，种了一辈子菜。改正错划对他来说，没啥实质作用，再回学校连字都快不认识了，也就教不成书了。我遇到他在卖菜，脸上皱纹对垒，吓人，谁也想不到，这么个怂人还是大学生。

都说她在"苦难中成长"，苦个屁，她是蘸着别人的血，走自己辉煌的路。

苦难也分等级。高人一等的苦难，是最动人的好戏，有眼泪、掌声，还有钱，我们这些庸人的苦难，那叫"惨怂"，是冗长的坏戏，鸟毛没一根，好人看着也要打哈欠。

我也不想当失败者，是亲戚害了我。

我小时候，最崇拜英雄。我喜欢董存瑞，也为黄继光流下热泪。大了点，我迷上港台录像，最爱周润发演的"小马哥"。发仔用美元点烟的动作太帅了。"古惑仔"上映，我迷上"浩南哥"郑伊健，砍人的姿势帅得一塌糊涂，"大天二"也酷，好几个靓妞死心塌地地陪着他。说起来，上班后，我还是最佩服李嘉诚。那是真正的富豪。这个时代，有钱就是成功，有名，有地位，有好房子、好吃的，有女人，就有一切。

初中那会儿，我也想上进。我跟着爷爷，他对我非常关心，我的成绩在班里排十几名。我曾有过些美丽的梦。我想考华东师范大学，毕业后读研究生，然后留在大上海，当一名体面的大学教师……然而，弟弟也被打发到爷爷那里。弟弟比我帅，学习比我好，爷爷的兴趣很快转移到弟弟身上，对我日渐冷淡。所谓"望子成龙"，也要分什么子，弟弟是"龙子"，我只是"臭虫"。我的成绩不断下滑，无可救药。我原本有个要好的女同学，也因我学习差，被家人阻止和我来往。我永远不能忘记春天那个夜晚，小丽约我在学校操场见面。月亮是惨黄色的，像一块发霉的黄油蛋糕。我站在白杨树下，听着柔风吹着树叶作响，想着小丽那双蜻蜓般迷人大眼，感到莫名心跳加速。小丽来到树下，在离我很远的地方站定，喊了声，小峰，不要再见面了！我追问她为什么，她哭着跑了。她跑得那么快，好像怕我有传染病，她的脚步声，就是一只只坚硬冰冷的锥子，扎得我心直冒血！

人啊，人！为什么这么冷酷？难道人就因为一张试卷被分成三六九等？

我没钱，没背景，学习怂，长得也不帅，二十多岁开始，我甚至开始谢顶。可我也曾是个高傲的人。我有的，只是一颗敏感的、不屈服于命运的心。

可这些有什么鸟用？

更大的打击还在后面。我后来勉强上了临泉医学中专，老师不正经上课，把我们当成免费劳力，到中医院当杂役。我咬牙坚持，认真学习技术，想毕业后开按摩馆。人都喜欢享受，我的技术不错，也自学很多中医知识，肯定可以把按摩馆开得红红火火，挣钱后衣锦还乡，让瞧不起我的人大跌眼镜。开店需要本钱，我向父母和爷爷说，借他们的，生意好了，肯定还。他们嘲笑我，说我这样的怂包，干啥啥不行，不肯借我。

姑姑说，给我安排工作，也只是说说，最后作罢。父母也对我漠不关心，好像我的存在是多余的，遭人嫌弃。我在临泉中专谈了女友，要结婚，没钱。他们都躲着我，生怕我借钱。我狠下心，去学了厨师。不是吹牛，我在药膳方面有一手。学中医那点聪明劲，都用到这上面了。我做的养生鸡汤，爷爷喝了都说好。在颍上或临泉当厨师，肯定不行，地方太小，不能施展才华。再说，这里也没人借给我钱。我想开饭店，开姜汁加工厂，都被家人否定掉了。他们躲着我，都是怕我借钱。

我也是要脸的人。一个人，如果家里人都像躲瘟疫般躲你，再待下去，有啥意思？好男儿志在四方。我自信满满地去上海闯荡，凭着手艺，肯定能在上海混出来。我让爷爷给戴老师写信，让她帮我在上海立足。我倒要看看，爷爷天天吹的"名人"，到底有多大能耐。

冬天的早上，天气冷，我喝了两口烈酒，踏上了去上海的火车。我兴奋，又有点悲壮。天生我材必有用，我要奋斗，我要成功。我不能窝窝囊囊地度过这一生。

那时我不晓得，踏上南去的列车，也踏响了死亡之旅倒计时。事情过后，我无数次在梦中惊醒，在黑夜中凝视镜子，想起一生的一幕又一幕。半年前，意气风发的我，又慢慢从镜中爬出。妈的，我早该死了，也肯定活不成。我无数次幻想，警察破门而入抓捕我的场景。我的梦里，有一只凶残的手，又宽又厚，骨节粗大，长着几个粉色肉瘤。手举着一把雪亮菜刀，对着我的脖子狠砍。刀我认识，是女作家的，刀锋刚磨过，有股切菜砍瓜的熟悉气味，还有铁屑和血腥气味。我的头缓缓掉下，那一刻，我看到两个女人，一个年轻，一个年老，她们背对我，肩膀抖动，似乎在默默地哭。我掉下的头，好像看到老女人脖子上挂着一串菩提佛珠，佛珠上包着一层血膜，油腻腻的……

这一天，最终会来，谁将我送上法场？

三

我想过，如果抓住凶手，会是什么样子。

或许是个凶残的家伙，孔武有力，满脸横肉。当然，也可能是外表柔弱温顺的男人，内心却很残暴。案件进展慢，总队压力很大。到安徽协查的刑警，迟迟没有反馈有用线索。小区里一个滑旱冰的小孩，说看到个半秃头，穿红衬衫的陌生男人，案发时间从居民楼出来。这人有重大嫌疑，和我想的不太一样，这是个外表普通的男人。

老刑侦们分析很精到，有人说，茶杯上蒙着厚厚的灰尘，用这样的杯子倒水待客，可见客人并不招主人待见，应是"不熟悉的人"，但又有一定联系。嫌疑人能毫不犹豫地喝下这样的水，也表明他对人际关系迟钝，或者说地位卑微。临时起意夺财杀人,没有精心准备,否则哪有心情喝水。

重新布置排查,人又撒出去,像几滴水渗入茫茫沙漠,转眼消失了。我接待了女作家的女儿,她刚从美国赶回来,细心地列出了嫌疑人。忙着做笔录,询问,分析案情,转眼又是一天过去。天气依旧炎热,闷得发慌。我拖着疲惫的身体,从总队回家,自行车也不想骑,就想慢慢走回去,放松筋骨,也能在午夜凉风中清醒头脑。行人不多,霓虹灯闪烁,还有昏黄的街灯,混杂着车水马龙的喧嚣。陆陆续续地,从黑暗深处涌出一群叽叽喳喳的女人,她们衣着暴露,举止轻浮,肆无忌惮地尖叫,调笑,摇晃着泡着香水味的肉体。快十二点了,她们是赶午夜第二场的夜总会和KTV陪酒女。

我立住,看着这群女人潇洒走过身边。

世界变化太快,让我这个土生土长的上海人也目瞪口呆。我是八十年代初读的警校,学校读书氛围很浓。社会读书气氛也好。现在的孩子,读书考大学,大部分为赚钱,学习好的都奔外国大公司。不爱学习的更多,只想着钱。也有老公安不同意我的看法。他说,学生不爱读书,自古就是这样,真正爱读书的,也是少数。五四时期学生上街闹事,忧国忧民肯定是有的,但在街上表演活报剧,总比闷在书房有意思。八十年代一下子改革开放,大家年少时读书太少,有一种"文化饥饿症"。你们"停课闹革命",不也是欢天喜地?你现在当刑警,怎么也不见你整天捧着书本?平时有了闲,还不是打牌喝酒?

我无从反驳。我真的快老了，再不能对新鲜事物保持热情和好奇心。

十几年前，我第一次读到女作家的小说，是通过王援朝。依稀记得，那天刚参加完训练，援朝跑过来，兴冲冲地，有点神秘地递过来一本书。书页卷曲，被揉搓成海带般模样，灰黑色封皮有张铅笔画，是个美丽女人，封面突出那双犀利热情的眼。胆子大哟，援朝拍着胸，小声说。我说，害我呀？学校开会，清除精神污染，你是想立功吧。援朝涨红了脸，悻悻地说，不看拉倒，赶紧给我。我攥紧书，说，拿回去没那么容易，我检查下有没有黄色情节。援朝摆着手说，别瞎说，这书就是胆子大，写的是学校整人的事，主人公何荆夫那叫壮烈，被打成了"老右"，跑到边疆混了多年……很多年过去了，我忘记当初讨论的内容，只凭着回忆补足那些细节。那是一个春天的午后，我刚参加完训练，蓝色训练服湿透，"滴滴答答"地淌着汗，空气中弥漫着新鲜的芙蓉花味道。我站在一大群草木之前，风声不大，树叶发出银币般的脆响，午后阳光，透过繁盛枝条，水银般地滴落在敏感的皮肤上，灼伤了它们，留下沸热充血的感觉。我的汗渍洇湿了封皮，形成了一个椭圆形印记，好似触目惊心的死亡邮戳。我突如其来地被某种惊悸情绪包裹住了。透明汗珠如同眼泪，奔涌出额头和脸颊，流过胳膊和手指，跌落在尘埃里，在我和王援朝脚下滚动流淌。宿舍楼前人不多，他们从我身边走过，发出各种声响，我浑然不觉，只感到那汗珠没有尽头，仿佛虚脱般的，头顶不停闪烁出寂静却刺目的亮光……的确是本"滚烫"的书，语言直白，很有冲劲，回荡着忧伤旋律。那是以死亡为代价的，鲜血淋漓的思考。"每个人都要重新认识自己。人总是比神更难以理解，因为神是人造的。"后来我又读到传说中的《诗人之死》。诗人的边疆诗，我非常喜欢。女作家当时是专案组成员，却和被批判的诗人谈起恋爱，可这有什么奇怪？就是畜生，发情期到了，也要公母配对。母鸡喜欢羽毛鲜亮的大公鸡，公鸡钟情于叫声清脆的母鸡，这有什么错？

我狂热写诗，模仿朦胧诗，也写过性爱诗。诗人喜欢胡思乱想，可部队纪律要求铁一般服从意志。我将诗写在笔记本，再将笔记本偷偷锁在橱子深处。只有王援朝晓得我写诗，他讽刺说，你是披着虎皮的骚狐。我不生气，写诗的确是隐私。我还偷偷参加诗人活动。杨浦的上海医学院内叶家老花园，是诗人聚会的地方。我穿着便装，穿梭在热情洋溢的人群中，顺便留意那些美丽女孩。江南园林风格的白色小桥和凉亭，留下了我们的身影。我们大声朗诵诗，也一知半解谈论哲学，谁的口才最好，懂的新名词最多，总能引起大家的惊叹和羡慕。

我第一次见到女作家。她穿着粉红色纱裙，留着大波浪长发，戴着金边眼镜，不漂亮，但时髦又自信。她叼着一支粗粗的雪茄烟，毫无顾忌地吞云吐雾。她语言犀利，嘲弄了那些老古板，收到了青年们的喝彩和掌声。浓厚的烟雾，将她不算好的身材遮掩住，也多了几分神秘。她还领着我们唱歌，从革命歌曲一直唱到邓丽君。所有人都被她的热情感染。这是个天生叛逆的女人，也少不了万众瞩目。有人不喜欢她，说她是"魔鬼"，造反时当司令整人，造反派完蛋又成了"新人"，专门批判造反派。诗人为她自杀，她却以诗人的死博取名声，历史谁能说清呢？我抬头仰望着她，她有力挥舞着手，黝黑的脸发出爽朗的笑声。我特别注意那双眼，透着自信的光，仿佛世上没什么能难倒她，我禁不住吟诵起了小说中的名句：我是一具有血有肉、有爱有憎、有七情六欲和思维能力的人。一支久已被唾弃、被遗忘的歌曲冲出了我的喉咙，人性、人情、人道主义！……我抬起头，已到了小区门口。半个小时的路，我足足走了一个半小时，现在是凌晨一点。我家在三楼，灯还亮着。妻子放心不下，也知道这些天有大案，怕我有危险，又不敢多问。我打开房门，妻端来杯热水，我虽然疲惫，还是和她轻声说话。我住着老式单元房，筒子楼改装的大一室一厅，女儿大了，嚷着没独立空间，只能给她隔出一个小间。客厅就小得可怜。单位说要分房，要按职级。我八十年代警校毕业，也破获了不少案子，但不太喜欢往领导跟前凑，就是个资深刑警，没捞上一官半职。分房子这样的大事，好多人盯着，估计也轮不到我。再说，紧紧巴巴攒点钱，都留着给孩子将来用。

　　妻看我疲惫不堪，小心地和我说了贷款的事，她说银行有熟人办理个人贷款，为了孩子的前途，她拼着下半辈子还债，也要把孩子送出去读书。我有些生气，这么大的事，为何不和我商量？妻说，不正和你商量嘛。

我看着她笃定的眼神，不知说什么好。人为何要追求能力之外的事？女作家的女儿，本就学习好，在美国读书也读到博士，这样的女孩有几个？就像我，本是小警察，可偏喜欢什么文学，追求个性思考，工作这些年，没按社会规则往上爬，苦的还不是家人？

女作家这样强悍，也拗不过命。诗人为她自杀后，听说也有男人追求她，最后也没什么结果。她孤苦一人。如果家里有男人，这场凶杀，也许会是另一个样子。人要认命。几十年前如此，现在依然如此。再过十年，二十年，三十年，世界会变成什么？或者和从前一样，谁知道呢？

睡了一个多小时，传呼机又响了：

　　案件有重大发现，女作家的安徽同乡某某，有重大作案嫌疑，外勤已基本查明行踪，火速归队，执行抓捕。

四

走下火车，第一次踏入上海，激动得不行了。

人家都说，上海是大都市，机会多，《上海滩》中的许文强，就是在这里变成了大亨。我哼着"浪奔、浪流"，包袱都轻了很多，仿佛一捆艾草被轻轻松松地丢在肩上。上海的天是蓝的，地是软的，生煎香气扑鼻，空气都是甜的。站在那些高大的白色洋房前，看着来往穿梭的人群，我狠狠捏着拳头，心里发誓，上海，老子来了！我一定要出人头地！

我费力找到女作家的住址。上海车太多、太快，人也太多，急匆匆地，让我提心吊胆。我头晕目眩，脚下像踩着弹簧，眼里都是星星，凄惶地不晓得迈哪条腿，才能跑得快点。我进到小区，保安防贼似的瞧着我的大包袱，问了半天。我堆着笑脸，说了半天好话，又提到女作家，保安才放我进去。他讪笑着说，哦，女作家的农村老乡多嘛，听说过。

我第一次见到女作家，隔着铁栅栏防盗门。她的声音沙哑沉闷。在一排排铁条之间，我看到一个夹着烟的老女人，戴着眼镜，警惕地打量着我。烟雾弥漫，从铁条间隙撞过来，让我后退好几步。我嗫嚅地喊着阿姨，说是界首那边过来的。女作家依然没开门，冷冷地问我，有何事。我说出爷爷的名字，她的态度才转变了，开门让我进去。女作家追述了和爷爷的情谊，突然变得热情，她给我倒了杯热水。这是我在上海喝到的第一口水。热水顺着喉咙流到胃里，顿时变得暖暖的。她问我，要不要来点茶。我赶紧摇头，拿出了爷爷的信和捎给女作家的家乡茶叶。她打开信，叹息着，挥舞着手，讲述她中学时代的故事。作家都喜欢讲故事。她讲得那么起劲，我耐着性子，默默听着。她讲了好久，见我有些困乏，才问我来上海有何事。我说，想让她推荐个饭店当厨师。我有厨师证，而且手艺不错。

女作家摇头说，她生活圈子不大，不认识饭店经理，只能慢慢帮我寻着。我木然点头，有点不高兴。这和爷爷说的不一样。女作家不是上海名人吗？我这才仔细打量她的家，没有高档装修，家具也寒碜，客厅正面挂着书法字，写着"任性斋"。人家是有钱任性，这些文人啥都没有，只有穷酸的任性。她送我几包巧克力和牛肉干，还有上海点心，说是在安徽平时吃不到。我又问能住在哪里，她给我推荐了宝山区呼玛村，一个城乡结合部的小区，那里房租便宜，贴招工广告的多，容易找工作。

我昏沉沉地走出她的家，随着大铁门"哐当"合上，这才发现，好像忘记问如何乘车到呼玛村了。我坐了十个小时火车，又在市里赶路，那时已是傍黑天。除了胃里晃荡的热水，好像还没吃啥正经东西……

她还送了我一本小说，那书我在爷爷那里看过，都是些大学老师发的感慨，我读不懂，也不感兴趣，可这次到上海，抽空又看了，有些话挺深刻的，她说"生活不像以往想的那么可爱，但是更不像我曾经想象的那么可怕。生活就是生活，生活的全部魅力，就在于它是充满矛盾的，动荡不定的。她吞噬人的灵魂，也锻炼人的灵魂"。这话挺励志，很像卡耐基的成功人生格言。我也想当个成功的人,也要锻炼自己。

我天真地以为,上海是我的福地。第三天来上海,我幸运地找到了工作。我有点小骄傲,我凭着能力找到工作,没用女作家帮助。1996年上半年,我一个月能挣一千五百元,爷爷是退休中学高级教师,退休金也只有一千元。我打电话报喜,家里沸腾了。人人都夸奖我有出息。我给家里买了糖果和点心,高高兴兴寄了回去。我计划买个传呼机,和家人联系方便,再买个照相机,将我在上海的经历记录下来。

幸福没有持续多久。大老板和二老板闹矛盾,领了两个月工资,酒店就发不出钱了,还欠着两个月,拖着不发。一气之下,我偷走酒店的干鲍鱼,也没人注意。二老板承包酒店,又干了几个月,酒店彻底黄了。我又到政通酒店,工资只有一千元,还发得不及时。我想想,也就忍了。有个上海厨师过来,他掉头就将我辞退了,理由是我没上海户口!

就差给老板跪下了。那段时间,我不是没出去找工作,我的技术不错,可就因为不是上海人,想找个体面点的工作太难了。我不能这样灰溜溜地回安徽,那样还不如让我去死。我不能忍受亲友们鄙夷的眼神,未婚妻失望的目光。她等着我拿钱回去,结婚成家。

只能再去找女作家。这次女作家对我冷淡多了,说,她真不认识酒店的人。我说,那借给我点钱吧,我想继续在上海找工作。她勉强给了两百元。我见到了女作家的侄女,她在职业中专读书，快毕业了。她是个漂亮女生。她也是安徽人，原来也在颍上，和我操着相同方言，因为是女作家亲属，她可以光明正大地来上海，有上海户口。

我攥着这两百元，飞也似的逃走了。我不想求人，天天在招聘市场转悠，找不到合适工作，兜里的钱越来越少。我听老乡说，福建那边钱好赚，台湾的钱更多，如果有笔钱可以偷渡过去，那就到了天堂啦。可我没钱。

我穷晃荡了半个月，终于要彻底完蛋了。我咬咬牙，决心再找女作家。这是最后的救命稻草。她是名人，认识很多领导和有钱人。她不肯下力气帮我。我这次说啥也要赖住她。我也是有血有肉，有七情六欲和思维能力的人，我就是欠个机会。如果给我一个机会，让我平等地和别人竞争，我至少会成为收入稳定、令人尊敬的厨子。

那个夏天的下午，注定是我短暂人生最刻骨铭心的时刻。我轻车熟路地找到凉城新村。我穿了一双力度皮鞋，黑西装裤，红色衬衫。这是我唯一拿得出手的行头。给我开门的，还是女作家的侄女。她心情不错，看到我，脸拉了下来，但还是勉强同意我进来。我坐在沙发上，她捡起个杯子，洗都没洗，就倒了杯水，杯壁还蒙着污垢。我看着她讥诮的眼神，装作若无其事地喝下了半杯水。女孩调着电视，有一搭没一搭地和我聊天，说女作家要过一会儿才回来。我这才知道，她要毕业了，姑姑已帮她找了工作，在上海的一家事业单位。

我的眼前金星乱冒，浑身发抖。都是职业中专毕业，都是安徽乡下人，她比我命好，因为有个上海姑姑，就安稳过日子。我费尽心机，拼死努力，只能被灰溜溜地赶走……我心烦意乱地瞅着电视，节目里有个日本女教师，和她的学生讨论就业问题。她们神态高雅，眼神快乐，可似乎那每一句话，都是冲着我说的，都那么刺耳。

　　女孩转过身调台，我看到了短裙，还有露在外面的光滑的长腿。天气实在太热，蝉的嘶叫似扯破了我的耳膜。电扇转个不停，短裙摇摆，被风吹起，露出一点红色内裤。我感到有股血涌到眼眶，脑袋里轰轰炸响，炸弹似的。我来上海半年多，每天忙生计，无暇想女人。那天不知为何，我鬼迷心窍，就想干了她。我从后面扑上去，掐住她的脖子，使劲掐，她蹬着溜光的腿，不断蹭着我的裤子。女孩头发上香气钻鼻，我更兴奋了，好像将整个上海压在了身下。

　　她的气息越来越弱，身体不动了。我这才梦醒般松开手。我都干了什么？我这是犯罪。可我不能回头了。我这个杀人犯，要赶紧跑路。我下意识踢开她，翻箱倒柜地找钱和东西，现金，存折，首饰，随身听，还有外国邮票，我都要。我要多搞点钱。

　　我翻找着东西，听到钥匙响动，女作家回来了。她进到客厅，丢下拎着的食品袋，诧异地问我，你在这里干什么？我盯着她，反正杀一个是死罪，杀两个也没啥。我不能被别人逮住,送到监牢。我拿起茶几上的香水瓶,猛砸她的头。她是个老女人,但力气不小,头被敲破了,还拼命反抗。我踹了她一脚,跑到厨房,拿起把菜刀。这才是我的老朋友。它刚被磨得锋利,正好来杀人。我在乡下剁过猪,咋样砍肉最顺手,有些心得。我砍着她的脖子,大股血喷溅,像漏气的喷壶,到处都是。脖子快断掉了,像我劈砍的冷冻鸡脚。我的眼皮一片血色,看东西模模糊糊。电风扇还在疯狂摆头,客厅的灯不停地晃,刺目吓人,我似乎回到了故乡的戏台,那是竹子扎的。年底有大戏,大家尽情欢乐。台上的人,享受着大家的欢呼和掌声。我从未想过,有一天我也能登台演戏,还是我这窝囊人生的高潮戏。灯光下,濒死的女作家发出"咯咯"的求救声。我突然发现,这个有名的老女人,脸上那么多褶子,血光和灯光下,那张黑胖的脸,那双松弛浑浊的眼,如此丑陋衰败,一点也不好看。

她颤抖着,说出最后的含糊不清的句子:"你会后悔!你一定会后悔的!"

五

九月初,安徽农民工某某杀人畏罪潜逃,到界首的兴盛餐馆干起了老本行。他也许早忘记了杀人的事,或者干脆麻木了。当上海抓捕组出现在他的面前,他没有惊慌失措。我们制订了严密的抓捕方案，先由年轻刑警以其同学的名义，给他的爷爷打电话，套出了餐馆地址，火速赶了过去。为了不引起警觉，我们在餐馆点了菜，吃了一会儿，我故意找来老板，说，菜炒得味道不对，要见见厨师。老板指了指后厨，我们过去，见到一个秃头男青年，蹲在池边清洗盘子。我和另外一个刑警飞快扑过去，将他放翻，压着手腕，戴上铐子。

他挣扎了几下，平静地问，你们是哪里的？

我说，上海公安！某某放弃挣扎，叹息着说，我早晚有这一天的。

押解回沪的车上，我问某某，为啥要杀人。女作家是好人，为文化做出很大贡献，还义务帮助家乡。某某的表情很茫然，喃喃地说，他也不知道。

1996年夏天，终于要过去了。天幕黑黢黢的，高速上车辆不多，一张特大广告牌矗立在高速入口，隐约看去，像写着："加入世贸组织，中国拥抱世界！"凉凉夜风，吹进车里，没有惊醒微醺的人们。总队那辆警用面包，一路颠簸，抓捕组非常辛苦，除了司机强撑精神，警察们都有些熬不住了。某某也靠在前面的铁网前，打着瞌睡。车速不慢，沿途逃走的路灯将一条条昏黄的光带塞进车里，不断变幻闪烁，仿佛播放着一个个生命记忆片段。我想起了自己的青春，女作家的传奇，还有某某的故事。

人啊人，多么可爱又可恨的生物。欺骗与抗争，相爱与杀戮,这一切或许每天都在上演,也最终都会过去。谁晓得下一个十字路口,会出现什么?

补录:天网恢恢,疏而不漏,在各级领导的关注指示下,在人民群众的大力支持下,广大干警艰苦奋战,争分夺秒,追查凶手。历时二十一天,犯罪嫌疑人终于被上海警方抓捕,从安徽界首押回上海。至此,一起震惊海内外、社会影响极大的"8·25"特大凶杀案胜利告破!经过审判定罪,数月后,1997年初,罪犯被执行枪决,受害者得到安息。

外卖员与小说家

火焰中的马,将驮来斗大的星辰。

——题记

一

我骑着电瓶车，路过美好广场。美好广场在市中心，很大，很美好，最显眼的建筑，是塔尖般的黑色大楼。它闪着光，即便下雨，大楼也不知从何处折射出异样黑光。它看起来像外星飞船，或光的锥形体。他们说，大楼参考建筑大师贝聿铭在巴黎建造玻璃金字塔的神奇构思。

这是城市的"梦幻"所在。我每次骑到这里，都忍不住停下，看一眼，深深呼吸一口气。我被它震撼到了。我的幻觉中，这座大楼飘浮在半空中，像飘浮在宇宙的神秘角落，永远在我触手可及，又不可能到达的空间。

同行对我这个"发呆"的家伙表示惊诧。他们风驰电掣，风风火火。有的年轻人，在电瓶车上摆上小音箱，伴着欢快音乐，或把手机别在腰上，放着喜马拉雅小说连播，在大街小巷穿梭，如闪电，如泥鳅，更像城市肠子里的"细菌"。他们俏皮的防晒蓝纱衣，既不遮挡公司标志性上衣，也能显出他们与众不同的潇洒。

我不像"外卖小子"，也不是闪电或泥鳅。我更像梦游的

"傻细菌"。他们不晓得我的感受。就在那座黑亮的大楼里，有我在江都唯一的知心朋友。

两年前，我从山东老家来到这里。我读过师范学校，毕业后在镇中学教书，和领导弄得不愉快。九十年代末，中学撤销，合并进县一中。我不在教师岗位聘任名单上，领导让我当保安，或买断工龄，自谋职业。我那时年轻气盛，辞职后，搞起小商品批发。混了十几年，赔得干不下去，想出去讨点活路。孩子读高中，老婆帮工厂做饭，也没得几个钱。我转来转去，在老乡引荐下，来这里送外卖。我不想送外卖。我四十多岁，身体也不好。可我还能干什么？上工地，身体吃不消，做生意，听见这几个字就发怵，也没本钱，打个散工什么，辛苦不说，也挣不到钱。

我应聘外卖员，担心人家嫌弃我年龄大。老乡帮我染了发，刮了胡子，还在老家医院办了假健康证明。当年办一代身份证，由于疏忽，我的实际年龄比身份证大三岁，不认真看，能糊弄过去。人家都说，江南经济发达，有钱人多，这里是省会，点单的人多。我有个小梦想，儿子高中毕业后，考这里的大学，将来能当个大城市居民。

我是个"慢人"，干活儿慢，吃东西也慢，老婆说我前世是"乌龟头"。我不适合外卖这个行业。有啥办法，我有重听和神经性耳聋。我不敢说，偷偷吃点药，凡事慢慢来。慢慢地送，慢慢地取，挣得少点，不出问题就好。我买了辆二手电瓶车,有点年头了,踏板都磨秃了,速度提不上去,浑身打战,像我咳嗽的样子。同行笑我说,这是"老龟"骑"小龟车"。客户心急,要骂人,单子送少了,平台要扣钱,我只能苦笑着承受。我的想法很简单,咬牙挺住,撑住这几年,无论如何,撑到儿子上大学。

我和小刘送黑色尖顶大楼的订单。我在十七层,他在十九层。送完会合,他比我早下来。小刘来自广西,十七岁,矮矮瘦瘦,嘻嘻哈哈,懂得照顾人。我们都住在西郊状元巷的破旧出租屋。他可怜我这个半大老头,房租替我多担了些。有时晚上回去,我困乏得不行,他会给我做饭。我们平时开开玩笑,相处融洽。小刘看我气喘吁吁,把车支好,摘掉头盔,扶着尖下巴,笑着说,建民大叔,你真是个老龟!照你这么送,又要被扣钱啦。

"老龟"是我的绰号。我讪笑着回应,说,碰到了一个朋友,聊了几句。

小刘撇着嘴,说,吹牛吧,大楼里有你的朋友?

我笑了笑,没有反驳。我们很快分道扬镳。小刘毕竟年轻,没上过高中。我是老牌师范学校中文系大专毕业生,文化人的事他不懂。尽管那所师范学校如今也撤销了。大楼十七层是家报社,我"最好的朋友"小说家宇文无量先生就在那里工作。他和我同年,是报社部门主任。我们认识时间不长,但彼此惺惺相惜。

我们都是城市的"观察者"。我每天骑着车，在城市的肠子里游动，我清楚这个城市肉身的真相。哪里腐烂了，哪里还健康，哪个隐秘角落肮脏无比，哪块土地外表辉煌，实际衰败。宇文先生是这个世界的精神观察家。他有一套稀奇古怪的理论，还写了很多晦涩的小说。有的我能懂，有的我稀里糊涂。但我相信，宇文先生是一个文字的魔法师。

也许，有一天，他真能改变这世界……

二

我和宇文先生的交往，是去年夏天我刚来这里的事。

我有些害怕黑色尖顶大楼。不是它的模样，也不是衣着光鲜的男女，而是门口看门的保安。那是个白胖的家伙，每次我送外卖，都被他盘问半天，搞得耽误时间。我后来发现，他是针对我的。其他外卖员进进出出，他问也不问。每次他都嘟嘟哝哝地骂我"乡巴佬"，难道因为我浓重的鲁南口音？他和鲁南人有仇？只要我进来，肯定被他刁难。有一回，我被他训了半天，给十三层一位小姐送的麻辣烫都凉了。那个长发飘飘的年轻女孩，毫不犹豫地给了我差评，并退了单。公司让我承担损失。

我垂头丧气地下楼，又被保安截住，奚落了一顿。我真想狠狠和他打一架。可我不敢。我蹲在光滑的大理石板上哭泣，鼻涕垂在地板上。一群人围着我，指指点点。大楼外，下着小雨，雨点像白亮的小刀，扎在我的心脏上，却没有血。

不要看不起乡下人。

有人在我身边说话，抬头看去，是一位穿着体面的先生，五短身材，胖胖身躯，头发稀疏，鼻梁上架着金丝眼镜。他用黑色公文包的左角指着保安，清晰地说，你要向送外卖的朋友道歉，没有人可以蔑视他人的尊严。

他讲得很慢，一个字一个字蹦出，好像那些字是坚硬的黑石块，蹦蹦跳跳地砸在地上。保安的脸红了，说起江都土话，夹三夹四听不清。保安是本地人，看不起"外省穷人"。先生不管这些，威胁要叫主管，保安终于认怂，红着脸向我道歉。

我的眼泪止不住了，不是为保安道歉，而是那位先生叫我"送外卖的朋友"，多么温暖的称呼！我来这里几个月，第一次听到体面人这样称呼我。

他热情地招呼我在咖啡厅坐坐。我惴惴不安，他和我说鲁南家乡话，并介绍说，自己叫宇文无量。他是兰陵人，离我的家不很远。我放下戒备，吃了点东西。我饿坏了，絮絮叨叨地讲了个人经历。

宇文先生认真倾听，目光充满同情。我告一段落，他才叹息着，摇着头，连声说"不容易"。他告诉我，他在这城市十几年了，今后有困难，可以找他。也可以过来聊天、打牌，他喜欢打牌，特别是江都流行的"掼蛋"。我羞涩地说，我只会山东

"够级"，不会"掼蛋"，他连声说，没关系，聊聊就好。

他加了我的微信，告诉我他的电话。我感激地点头。他想了想，又塞给我几瓶药，悄悄地说，老哥，耳朵不舒服？我说是。他又说，悠着点，单子少点没事。我这里有进口药，你按时吃，吃完了再和我要。我也有这毛病。

他冲我挤挤眼，挪步向大楼走去。我的眼角湿润了，萍水相逢，我遇到了好人。大楼人来人往，灯光闪烁，雨已停了，黑色大楼，仿佛一个旋转的无底洞，将一个个人影吸进或吐出，成为闪着光的泡泡。宇文先生半秃的头顶，从后面看去，也好似一个飘移的油腻的光点，不断发出神秘的信号……

三

宇文无量住在阴阳营附近，离大楼大约半小时车程。他不会开车，也没车，上班骑着辆木兰。他有老婆和儿子，也在遥远的山东，很少听他提老婆，说起儿子，却是满脸骄傲。他给我看过照片，一个清秀的大男孩。

为啥不让他们过来团聚？我问他。

宇文的目光有些忧郁，没有回答。他家里非常脏乱，一个茶杯，脏得粘在桌上，拔都拔不起来，连我这个老男人都看不过眼。他不会做饭，不是在外面吃，就是点外卖。我告诉他，外卖不能吃，都是做好的料包，不晓得放了多长时间。宇文自嘲地说,我就是生活在垃圾堆上的男人,吃点垃圾,也是正常,早死早托生。

我吓了一跳,没想到他这么悲观。他的工作不错,收入也好,可生活搞得乱七八糟。他家里除了垃圾多,就是书多。文人都这样吧,这些书大部分和文学相关。他对藏书也不在乎,问我喜欢哪些就拿走,当是送我的礼物。他说他是个小说家,不是学者,不搞图书收藏,书就是让人看的。

你写过什么作品?我好奇地说,我没听过你的名字。

他眼睛发亮,滔滔不绝,介绍他的作品,我一篇也没读过,他的发表阵地,都是不太出名的杂志,最起码,全国权威杂志,他没发表过。他讪笑着说,那是他们不识货。他气愤地说,中国文坛都是圈子,一个圈子互相吹捧,不是一个圈子,小说再好也要打入冷宫。

那你还继续写?我问道。

我是傻子。他的眼角湿润了,嗫嚅着说,没法子,就喜欢这个。

我读师范时也喜欢文学,那是二十多年前的事了。我也梦想着当作家,可几次投稿失败,我晓得不是那块材料。他最早也是师范学校毕业,后来又读了自学考试本科,来江南都市闯荡,这么多年下来,也扎下了根。

人和人不能比。都是师范生,我窝窝囊囊,沦落成外卖杂工,宇文无量迎难而上,不断奋斗,成了领导干部,还是小说家。

谈论文学，必要喝酒。酒是"梦之蓝"，下酒菜是外卖鸭脖、松花蛋、花生米，还有半只烧鹅。我们吃得不多，喝酒不少，能和文化人喝酒，是我的造化。他聊社里的漂亮女人，老总的隐私，刻薄地嘲讽几句。我提醒他，不能背后说领导，会被穿小鞋。他一笑了之。

小说家都喜欢虚构。他讲起文学，云山雾罩，听得我脑壳发胀。宇文的小说，我根本看不懂，或者说，那些玩意儿，就不是小说：

> 我听到耳朵里的鹤唳、猿啼、马嘶、虎啸、狼嚎。它们使我分裂，不是单细胞自我繁殖时的分裂，众多细小的我在体内狼奔豕突，化身为那姿态优雅的鹤、在古木间敏捷翻腾的猿、桀骜不驯鬃毛披散的马、金黄色的嘴中嚼着玫瑰的老虎。

这是"意识流"吗？我动用可怜的记忆，终于想起了这个词。

我写的不是那些老套的东西。宇文盯着我，有点失望。

魔幻现实主义？《百年孤独》派的？我笨拙地说着，二十多年前，我读过那本书，内容模糊了，就是感觉很神奇，很扯淡。

魔幻？他反感这个词，他说，那些东西过时了，我们在进入一个蜂巢似的有机体。是比《百年孤独》要魔幻百倍的匪夷所思的新现实。一个知识生产呈指数级增长的块茎结构，一个人可能真正获得主体性（自由）的个人时刻，一个"技术奇点"随时可能爆发的前夜……你疯了吧？我担心地说，搞这些东西，太痛苦，好好当主任，争取当副主编，不是很好吗？有稳定工作，有房，升职加薪，还要怎样？我做梦都想像你一样哇！

我夸张激动的表情，吓到了宇文无量。他后退几步，苦笑了几声，说，哪有你想的那么好，装孙子，讨生活罢了。

我想让他放松点，给他推荐网络小说《凡人修仙传》，他瞪着我，脸涨得通红，先是悻悻，然后愤愤，许久叹着气说，风马牛不相及，我励志要做中国的萨拉马戈，通俗的文字，最终会消失在风中，而我会不朽！

他的眼里全是狂热。我有啥资格给小说家推荐书？萨拉马戈是谁，我也不晓得。

我自觉地回到外卖员对"成功人士"的心态，对他恭敬起来。宇文无量也不好意思，赶紧向我道歉，说，胡说八道，别当真，还是喝酒吧。

我看到他额上的冷汗，劝他不要喝了。他放下酒杯，吃了两颗药，休息了一会儿，才缓过来。我问他，你咋有这么个姓？兰陵人大多姓兰，我从未听到有姓宇文的。宇文戏谑地对我说，你挺认真，该来我们报社当校对。我的确不姓宇文，也不叫宇文无量，我原叫兰文亮，宇文无量是笔名，我和家里闹翻了，到派出所改了姓名。

为啥叫这个名字？我不解地问。

听着牛逼吧，他咂着嘴，乐呵呵地说，中国人喜欢对高大上的东西肃然起敬。

文人都爱装。宇文无量这名字挺装，我听不懂的小说语言也是装。很多年前，我谈恋爱时，和老婆说起我不成功的文学创作，她也是这样说我的。

四

我奔波在城市的肠子里，渐渐麻木而适应，像一个细菌适应了肠道的生活。我居然能攒下钱，给家里寄去，老婆很高兴，儿子也是。但我还是慢的，"老龟"何时也变不成"骏马"。小刘还是帮我，也取笑我。我接受他的帮助，对那些善意嘲讽，照单全收。我没和小刘讲宇文无量的事儿，这种事超出他这类人的理解范围。

送外卖的生活非常枯燥，我盼着每周半天的休息日。每到那天，我打扮得整整齐齐，去宇文家里吃饭、聊天。宇文怕孤单，常找朋友聚会。他的朋友都是文人，作家、诗人、出版社编辑、大学教师、电视台记者。聚会时宇文必点红酒和蛋糕。

他们在酒酣时朗诵诗，我有些自惭形秽，一个送外卖的，上不得台面。

宇文无量很体贴，介绍我时，说是要好的老乡。那些朋友没轻视我，有人讲，外卖员才能接触真实生活，不像作家都是憋在家里，瞎胡编。大家都笑，气氛融洽。

他们讲的东西，我不太懂，什么后现代主义诗学，量子文学裂变啥的。我只能面带微笑，似懂非懂地点头，好像自己也变成了他们的一员。

宇文绝对是中心人物，所有人对他都尊重，关心，称呼他"天才作家"。他风趣幽默，嬉笑怒骂，一会儿贬低某当红作家，一会儿感慨时运不济。大家应和他，也打趣他，是个自恋的疯子。一个胖胖的大学教授崇拜宇文，高声喊着，宇文没夸大，他就是中国的萨拉马戈，下一个中国诺贝尔奖获得者！

宇文脱了上衣，露出肥乎乎的肉身，举着块蛋糕当奖牌。他喊所有女人"某姑娘"，喊所有男人"兄弟"，大家被他搞得挺温暖。宇文向王女士表白，写诗送她。大家起哄，王女士羞红了脸。王女士在电视台工作，气质不错。宇文无量抹了把所剩不多的头发，深情地朗诵，王姑娘！自从认识你，我才意识到，我对人世间怀有极大深情！大家爆发出掌声和近乎悲鸣般的赞叹。宇文无量脸通红，一个趔趄，摔倒在地，又引起一片笑声……他们不聊文学，不喝酒，通常就打"掼蛋"。四人一伙儿，疯狂开打。我不喜欢打牌，负责添茶倒水。文人打牌很疯狂，吱哇乱叫，又笑又骂。他们渐入佳境，也就不喝茶了。我闲着没事，在宇文家找书看，依稀记得，有海明威的《永别了，武器》、井上靖的《敦煌》，我偏爱老作家的作品，宇文推荐的小说家，我都不喜欢。

过了秋分，江都的风有些凉了。宇文家住在阴阳营的凤凰山庄。那是一个比较老的小区，没有电梯。小区绿化还好，宇文住三楼，我斜靠在窗前，贪婪地翻看小说。对面楼层的灯光折射过来，楼下的路灯昏暗，照亮了潜伏在黑暗中的枇杷树和芭蕉树。黑黢黢的天幕，没有云，惨淡的月光，仿佛一股股流动的黄色字符，安静地浇灌着我。我喜欢读书，更喜欢小说，喜欢虚幻世界的悲欢离合。但我很多年不读书了，生活的压力让我喘不过气，只有在宇文的家，我才找到了当年热爱读书的感受。那时我十八岁，刚考入师范，对世界充满热情。我无论如何也想不到，二十多年后，我会成为江都的外卖员……

五

人们总说，快乐的时光是短暂的，痛苦是漫长的。我的感受是，有时痛苦的光阴太过漫长，反而不觉得苦，可当一个更大的痛苦来临时，你才发现，短暂的痛苦更让人无法忍受。我们外卖员，一怕不讲理的客户，二怕刁难人的保安和门卫，三怕交警抓罚，四怕骑行出问题。外卖员交通事故多，我们也不想开快，我跑不快，身体也不好，只能求稳。每天早上出门，我都要对着屋里的一尊白瓷观音像拜拜。这是我在鸡鸣寺请来的，都说那里灵验，我不想菩萨保佑发财，只要这一天稳稳当当，顺顺利利就行。

那天我出门走得急，忘记拜观音，心里不得劲，去清凉门外枫蓝公寓送单，果真出了事。那小区我常去，5号楼下，不知被谁泼了水。天凉，但没冷到结冰，水蒙在地上一层，又滑又腻。我没停稳车，摔了下来。客人的饭全洒了，我脸上的皮也蹭掉了，车子撞瘪了一块。

好心人扶起我，要送我去医院。我没那么多钱，出租屋有创可贴，胡乱处理一下就好，就是车子麻烦，要拿去修理，耽误时间。我一瘸一拐地回家，路上给小刘发了语音微信。小刘让我早点休息，车先放在家里，他中午抽空回来帮我推出去修。

我浑身火辣辣的，好在都是皮肉伤。我躺在床上，电话响了，是宇文无量。我说，老兄，怎么这时想起我了。宇文语气低沉，很痛苦的感觉，说，建民大哥，来我家吧，我病了，今天你不要上工，来陪陪我，工钱我算给你。

我也浑身不舒服，可想到宇文平时的好，还是咬着牙，强撑着，打了出租车去他家。宇文和我不是一类人，但我佩服他的才华。我把他当成在这城市真正的知己。他从不肯求人。他打电话给我，说明的确撑不住了。这就是我们这些孤身在外的老男人的宿命。平时不管多么热闹，一旦出了事，除了几个知心朋友，没人帮你。

我见到了蜷缩成一团的宇文。他脸色如白纸，手指颤抖，虚弱得几乎说不出话。我让他躺好，先喂他吃药，又烧了开水，煮了莲子银耳粥。我闻到他身上的酒气，他哼哼唧唧地说，领导本来许给他副主编，如今却突然换了别人，他气不过，出去喝酒，早上爬不起来了。

我说，你要爱惜身体，必须戒酒，要学会做饭，多吃蔬菜。

宇文苦笑着说，我讨厌做饭，蔬菜有哇，不信你看床底。我翻出来，是一大堆八宝粥空盒。那些东西含糖高，不适合宇文这样血糖和血脂高的人。我简直被他气乐了。

我打扫屋子，去楼下超市买菜，又焖了米饭。芹菜炒土豆丝，清淡可口，西红柿炒鸡蛋，富有营养，外加鸡汤，补充身体能量。宇文无量问我脸上的伤。我淡淡地说，摔了一下。宇文吃了饭，又洗了澡，才缓过来，又开始耍贫嘴，说，建民，你要是田螺姑娘多好，我娶你做老婆。我没好气地说，仙女看到你这猪窝，也被吓跑啦。

我不了解宇文无量的私生活，只晓得他喜欢和女人耍贫嘴，我故意说，天才作家没情人呀。宇文拨打了一个电话，是售楼小姐，开始是她骚扰宇文。后来因为声音好听，宇文也骚扰她。售楼小姐姓陈，陈小姐说，如果答应买楼盘，就和他约会。宇文的确考虑换房。他告诉我，他和前妻的女儿在外地。

他想让她大学毕业后，来江都工作。你还有前妻？我对宇文复杂的情感表示惊诧。宇文对陈姑娘说，先约会，再买房。买房的事拖下，约会的事也就黄了。他对着电话说，陈姑娘，送你首诗，觉得好，就和我约会，好吗？他开始念诗：

那些残忍的海水呵

与秋天的晨曦一起涌入口腔

那时，有火焰中的马

将驮来斗大的星辰

多好的诗！我赞赏着。陈姑娘不这么想，她在电话里怒吼，宇文你这个混蛋，不买房也行，先在直播上送6666礼物！陈小姐开直播？我好奇地问。宇文耸耸肩，说，我给她出的主意，前段时间疫情紧张，楼盘生意清淡，她生得漂亮，不做直播太可惜。

你们至今还未见过？我说。

宇文尴尬地搓搓手，悲哀地说，好看的姑娘都不喜欢诗了。这是文学的悲哀，更是我们的悲哀。我们这个年纪，没钱，没颜值，没人理会啦。

我掸他一句，我可没那么多闲心，老婆孩子还操心不过来呢。说到"老婆孩子"，宇文的脸色黯淡下来。我晓得掸到他的痛处了，转移话题，说，你们这些作家，其实都活在虚幻的想象世界，我们外卖员，才真的接触真实的社会呢。

可我会把你的故事写得精彩无比！宇文说到小说，来了精神，非要我讲故事。

宇文无量找来纸笔，说要做记录。他像个孩子想得到心爱的玩具。我讲起如何被校长陷害，起因不过是窥破了他和女老师的私情。我讲起做生意赔本的事。生意伙伴卷走所有钱和货，人间蒸发了。我连孩子学费都拿不出，总想自杀，琢磨着怎么死不痛。我讲起耳神经受损的事，那是在钢架车间干活留下的后遗症，钢架倒塌，我还砸断了两根肋骨……那送外卖呢？宇文又问。

我讲到黑心的店老板，连厨房间都没有，就敢开外卖专送店。我讲到受到的种种刁难。我说起送外卖碰到的形形色色的客人，得自闭症的年轻女孩，疯狂厮打的夫妻，给自己点三十个生日蛋糕的单身男人，还有将外卖盒都收拾干净，写上名字，堆满房间的古怪老人……这些都是失败和压抑的故事。我本不愿讲，那天不知怎么，就想和宇文说说。也许我只是想安慰他，人听到比自己倒霉的人和事，心情总会好一点。也许，我不过是想找个作家倾诉。我没有宇文那样的浪漫史，我不过是蝼蚁般挣扎在底层的中年男人，我只想让生活稍微好点，有点盼头，人间就值得了……宇文听着听着脸色慢慢严肃了，说，和你一比，我这些苦不算啥，人间不值得哇，这倒是很好的小说题目，在这个后现代蜂巢社会，大众的苦都被享乐主义表象掩盖了。

我说，你又拽我听不懂的了。宇文笑了笑，他也承认，写大家看不懂的小说，也能挣钱，现在稿费不低，一个长篇发出，也能弄十几万元。我羡慕地说，你太幸福了，能干喜欢的事，还能挣钱，我能活成你那样，这辈子也值了。

很长一段时间，我都在回忆那个时间片段。那是我最后一次见到宇文。天色近黄昏，我才离开宇文的家。秋天的黄昏，格外浓烈，仿佛江南一带的黄酒，浓浓地从窗棂渗透进来，弥散在宇文坟墓般冷清的房屋里，开始是书橱、大衣柜，接着是茶几和电视机，再后来包括我们，也都慢慢地被这黄昏埋葬。窗外寂静极了，连楼下的鸟叫，小贩的叫卖声，街道上匆忙行驶的车辆的轰隆声，都像被掐住了喉咙，一股腐烂的死亡气息，慢慢爬上了我们的额头。他坐在床上，抽着烟，烟雾让他的身影在我眼前时隐时现，也让这黄昏的色泽变得更加晦暗，好似琥珀色糖浆。无论如何变化，我始终能记得宇文的那双鱼泡眼。它们发射着闪电般的精芒，有着无数的秘密……

六

时间过得真快，那次分别，我再没见过宇文。他被派到外地学习一个月，回来后，又整天忙碌，未有时间聚会。我也是忙，老婆晓得我艰难，将儿子托付给父母，来这里照顾了我大半个月,流着泪回去了。我和宇文约了几次,都未成行。眼看到了冬天,江都格外寒冷,十一月份,路面有了薄薄的冰。刚进十二月,居然飘起鹅毛大雪。

中午刚吃过饭,突然接到电话,声音听着低沉哀伤,也很陌生,是位女士,说是宇文无量的好友,售楼处的陈小姐。我想了想,才想起是宇文送过情诗的"陈姑娘"。她叫陈安妮。她说,宇文和她前不久终于见面,宇文说,建民是好友,把你的电话号码给了我。

安妮告诉我,宇文无量已于昨夜病逝于办公室。

我的脑袋"轰"的一声。安妮通知我,明天参加宇文的追悼会。我放下电话,许久没有回过神来。窗外飘着雪,这是北方也少见的鹅毛大雪,雪花仿佛无数燃烧的白色的火,铺天盖地而来,一片,两片,无数片,埋葬了我的记忆。我打开窗,对着肃杀洁白的世界怒吼,没有回应,只有白色的火,在无声坠落。大地合上眼睑,拒绝回应我。我回想和宇文交往的点点滴滴,泪水成串滑落。他对工作和创作太投入,我劝他调到清闲的部门,他总说,当了副主编再说吧,有了级别,也好调动。谁想到,他并未等到这一天。

我想到最后的那番谈话,人间不值得,大抵如此吧。

追悼会如期举行。我见到宇文现任妻子、前妻、儿子、陈姑娘,还有"王姑娘""赵姑娘""封姑娘"等。宇文父母年龄太大,没有出席。宇文安静地睡在花丛中,脸显得比平时要大,方方正正,有些暗紫色。他平时人缘好,朋友也多,那天来了不少人。女性朋友虽不能嫁他,或当他的情人,但都把他当成"男闺蜜"。朋友们肯定了他的创作。那位研究文学的程教授也来了,他沮丧地说,四十多岁的这代作家,赶上文学好时代的尾巴,像宇文这样低学历,出身小城的青年,通过打拼,成为文化精英的例子,现在更难复制了。

我离开殡仪馆,踉踉跄跄地奔走在雪地上。雪停了,道路又硬又滑,必须走很长一段路,才能到主干道打上出租车。我坐在路边花坛,想好好地哭一场。我在这个城市最好的朋友走了。我应该哭,可我哭不出来,只干呕了几下,最后跌倒在雪地上。

傻蛋,搞什么呢?

耳边响起一个声音,很熟悉。我环顾四周,寂静无人。

你不是刚去送我吗?我的腔调都听不出?声音有点戏谑。

我吓了一跳,居然是宇文的语气!白天见到了鬼?

我使劲晃了晃脑袋,耳朵痛得要命,我得了幻听症?我的耳朵一直有毛病,先是耳蜗神经受损,后来又有重听,听力下降。难道因为我过度悲伤,思念宇文所致?

别琢磨了,这就是机缘吧。宇文的声音又传来,我告诉过你,多重宇宙是存在的,人类在算法上的进步,已接近宇宙秘密的一角。我被卷入某个空间奇点的内爆,精神脱离了肉身,刚才你去送我,莫名其妙地接通了你的频道……我害怕极了,找到团卫生纸堵住耳朵，仓皇之间，终于打到了出租车。半个多小时后，我坐在了房间里，惊魂未定，感到心脏"怦怦"乱跳。奇怪的声音不见了。我瞪大眼睛，看着墙上那个黑色圆石英钟。晚上六点了。石英钟仿佛一个邪恶的眼，嘲弄着我的神经质。我正盘算着明天去医院看病，那个该死的声音又响起了！

晚上好，老刘，想我了吗？

我跪地，磕头，一把鼻涕一把泪地说，宇文，我对你不薄，你要是寂寞，头七时候，我烧几个纸美女陪你，你千万不要吓我，我上有老，下有小，死不得哇……我祷告后，声音消失了。接下来几天，只要闲着，声音就会骚扰我。我买了个更大的观音像，还买了十字架、古兰经，就差去伽蓝寺求和尚解救了。可那神秘的声音，还是跟着我。我不敢和别人说，特别是小刘。这事说出去没人信，我怕被当成精神病送到医院。我被折磨了几天，人瘦了一圈。我实在受不了，怒吼道，你到底想怎样？

建民，你晓得你为啥总是失败？又穷又苦？声音缓缓地说。

我愣住了，讷讷地说，我笨，命又不好。

因为你不懂得网络时代的游戏规则。这是一个知识与资本席卷一切的网络丛林时代，知识不仅体现在学历上，更体现在人们利用知识掌握规则的能力，也包括资本。

你又讲得这么深奥，我没好气地说。

简单说，你为啥送外卖拿钱少？除了身体素质和年龄因素，没有将知识转换为规则能力也是重要原因。宇文的声音说。

还有这么多说道？我很疑惑。

算法的精髓，就是知识对一切的微观操纵，想成为月收入过万的外卖员吗？

声音充满了诱惑。这诱惑的声音，仿佛只存在了零点几纳秒，又像是长久地回荡在我的脑丘，成为一种激荡的旋律。我视野里的一些物体变重，另外一些物体迅速变轻。空气有了某种变化，是人类尚未能理解的某种神秘化学反应。我坐在东环三路马路沿上，看着无数男女像电子般急速穿梭，无数的光与暗影被分开，浮现出一张在梦中反复出现过的脸，宇文无量那种胖胖的可爱的笑脸。

小说家指导的外卖员，一定是最牛逼的！

那个诱惑的声音，又响了起来……

七

我感到自己裂开了，变成了两个人。

没人能理解我的惶恐。四十多岁，突然发现，自己被颠覆了。我是外卖员，一个有文化的外卖员。我毕业于师范学校，有大专文凭，为啥要相信脑电波能脱离肉身，单独存在于另一个人的耳朵里，这类荒诞不经的事？我应该去看医生。

可我没有。身体内的"宇文"，有那么多不为人知的秘密。白天，我照常工作，我警告他，不要打扰我，否则一拍两散。晚上，我躺在床上，化为脑波的"宇文"就和我聊天。他在女性方面的确较失败。他也是官迷，太想当副主编，为此费尽心机。他还爱钱，炒股，写电视剧本，都以失败告终……我拿这些事和宇文的朋友验证，都是真的。我简直不敢相信，那个声音就是真的"宇文无量"。他的肉身死了，他的精神，还以这种方式存在。

人生寂寞，有个朋友难得。我渐渐适应了和"宇文"共生的生活。每天回来，都和他聊会儿。"宇文"说过，如果我允许他二十四小时以脑波形式和我对话，他就让我成功。

我不相信。转念一想，我都和脑波对话了，还有什么不相信？再说，我现在太苦，挣的钱太少，家里用度窘迫。

我咬牙答应了，突然，眼前似乎现出一行字：欢迎来到算法世界！

宇文的声音，认真而缓慢："今天开始，你不是刘建民了，你不再是失败的中年大叔，困境中挣扎的病人，不再是孩子的父亲，妻子的老公，你是算法中觉醒的游击战士。你的代号是π，或者说'派'。"

"为何是圆周率？"我不解地问。

"圆周率是无穷小数,这代表你的无限潜力。佛说,一花一叶一世界,恒河沙数,更有大千世界。你会发现身体里另一种可能。"

"你还是宇文吗?"我喃喃地说。

"你可以叫我宇文,也可以叫马克,来自英文matrix,数学矩阵的意思。我是以一种脑波理性结构存在,叫这个名字最合适,以区别于宇文无量本人。"

"听着挺像传销,我从前吃过亏,可不敢再干那些勾当了。"我说。

"严肃点!"马克(或者说宇文)有些恼怒,继续说……按照马克的观点,我可通过算法,成为送外卖能手。我表示怀疑。我的破电瓶车平均跑六十迈,小刘的摩托跑八十迈,小刘年轻,手脚眼力比我敏捷,肯定比我挣得多。马克认为,不能这么算,跑得快,出事概率就大,年轻会粗枝大叶,不稳当,遭到投诉概率也增大。那种认为跑得快,拉得多,就能多挣钱的外卖员观点,不过是最低端的算法,会被平台不断试探出身体承受极限,变相透支体力。

关键是准确性和稳定性,马克分析道。

马克让我先从"知识积累"做起。按照他的统计,平台根据路途大数据算法,给我划定的送外卖范围大致在三十个社区。我首先要熟悉地图,熟悉每条道路路况,特别是所有近路和小路,我还要熟悉每条路红绿灯时长,及不同时间段每条道路人流密度。这加大了知识量，我要熟悉每条街道旁的重要建筑，以判断影响车速的可能性因素，比如，中小学上下学高峰期，菜市场早晚高峰期，5号路口因有高架桥下桥口，7点左右特别拥堵，建设路马路最宽，路况也最好。我还要熟悉每个社区有几个门，社区内部楼层分布，甚至要细化到小区保安是否好打交道，哪些小区客户较偏执，哪栋楼的电梯情况……其实有些东西我们平时也留意，但我们太依赖高德或百度地图这些网络工具，对很多微观层面的东西缺乏认识，我从没认真记录研究过，更没有将这些信息做成数据表格。在马克的催促下，我用几天时间整理完成那份厚厚的资料，又用几天时间将它们背下。即便这样，有些情况，我也来不及反应。马克说，还有我嘛，我当你的外挂，也相当于算法分析外脑，准确提醒你注意事项，同样的身体素质，你会发现，你有着不同的业绩……我首先听从马克意见，狠心买了辆好电瓶车，不是要多拉风，或速度多快，关键是好的稳定性、刹车性能与防护性。然后，我开始了"开外挂"的外卖生涯。接到订单，不用看高德地图，或听平台指示，马克马上帮我计算好最佳路径，遇到红灯，马克提前告知我，我准时刹车，遇到不好的路况，他会提醒我绕行。当可以加速时，他能帮我准时计算出加多大油门，他还让我准备两盒好烟，疏通保安和门卫的关系。他会随时提醒我各种危险，比如，湿滑的路面，突如其来的高空坠物。我沉下心，不再慌张，也不会慢慢吞吞，而是精准稳定地送好每一单。令我惊讶的是,我当月的业绩,超过了这两年来所有单月成绩。三个月下来,我的业绩不断上升,心态越来越好,身体也锻炼得越来越好,直到某月,我的业绩居然跃居公司前三名,成了众多外卖员瞩目的月收入过万的"外卖王"。

在公司表彰大会上,我领取金灿灿的奖杯,听着台下的掌声,看到无数双羡慕祝福的眼睛。我幸福地眩晕了。白灿灿的灯光,仿佛盛开在夏季的莲花,晃得我透不过气……小刘非常惊讶。我从一个需要他照顾的老弱病残,逆袭成了"外卖王",这让年轻气盛的小刘很不服气。他质问我为何有这么大的变化,我微笑着说,知识就是力量。小刘更加恼怒,认为我拿他开涮。他秘密跟踪我,试图发现我的秘密。我在马克提醒下,轻松甩掉了他。他又发狠提高送货速度,不料闯红灯一次,被交警罚款,后来,又撞了一个老太太,自己也摔断了腿。

我记得从前的情分,请假照顾他,却被他骂作假惺惺,看他的笑话。

我不和他计较,帮他做饭、洗衣服。憔悴的小刘揪住我的衣服,满眼都是血丝,他的眼瞪得吓人,嘶哑着嗓子,问,建民叔,到底是咋做到的,能教教我吗?

我心一软,马克的声音冷酷地响起,派,我们理解的事物,是小刘这种知识结构的人无法理解的,你不会要把我的秘密也和盘说出吧? 你说,他会信你吗?

我欲言又止，在小刘的哭声中，离开了他的房间。人是自私的，见得别人落难，见不得别人的好。我关上房门，呆呆地坐在床上。隔壁小刘的哭声，还时断时续地传来。他骂我，肯定是鬼附身了。我们的友谊完蛋了。这该死的算法，我揪着头发，陷入了深深的自责。马克叹息着说，外卖平台，就是一个大数据算法，我们都身在其中不自知。你和小刘的友谊，不过是底层民众的互助形式而已。它根本抵抗不住人类的嫉妒和财富的诱惑。

你这个魔鬼！你不是善良的宇文无量！我怒吼道。

马克识趣地闭上嘴，归于沉寂。他的声音的确是宇文无量的，但没有丝毫情感波动，永远是那么清晰、准确，不带一丝波澜。

春天来临，我连续两月夺得"外卖王"，公司还奖励了一台联想笔记本电脑。我用它和妻儿视频，也用它查新闻。我的变化越来越大，竟然谢顶了。寒碜的出租屋，也洋溢着异样的喜气。我每个月多给老婆寄四千元，电话那头全是惊喜。这让我的内心充盈着幸福。这幸福像蜜糖，蒙蔽了我的神志。我顾不上那么多了。我需要钱。我不需要任何人，我只要有马克这个脑电波朋友就足够了。

春天的风是甜的。我早上出发，离开富华苑，经过清凉门大街，在苏果超市门口，买上一份早餐，然后，穿过经四路和纬八路，在植物园打个圈，经过美好广场，看着那个外星飞船般的神秘黑色大楼，开始一天忙碌的工作。马克会根据心情，给我的耳朵播放各种舒服的音乐。我像一阵风，稳定而热情，带着温暖的威力；我像一团火，在繁忙的都市大地，徐徐展开，从白天到夜晚，带着炽热的光芒；我更像大海，在一片片的人潮之中，在一条条山峰式的路径上奔波，等待着万千星辰滚滚而来……我对着镜子里的自己笑了笑，轻声说，马克，谢谢你！

我们是关系最好的外卖员和小说家。我们已经不分彼此。

八

关键词：算法

什么是算法？我实在不明白。

马克嘲弄地说，派呀，和我在一起这么久，还是没开窍！

马克说，算法代表着用系统描述解决问题的策略机制。它的特点是有穷性、输入项、输出项、确切性与可行性。自从有了互联网，世界改变了。目前，人类行为，貌似受到工业时代甚至前现代规则控制，比如，人际关系、权钱交易等，但实际新规则已显现，且日渐强大。人类的一切，都会被算法溶解。讯息控制下，资本积累不是层积式的，而是内爆式，这背后是人类欲望的无限性。人类有多贪心，对时间和空间的占有欲就有多强烈，算法就有多冷酷无情，多高效。算法让社会变成信息控制的，类似蜂巢网络的组织结构。厨师、编辑、教师、房产中介、出版、出租车、销售商这些职业早晚被淘汰，包括你们外卖业！

那天好像很遥远，我说，小刘和我这些人，都在送外卖，全国几百万人送外卖，公司把我们都开除了？凭啥？

不是开除，是用不着。马克继续说，机器人可以替代人类外卖员，比你们更高效。互联网超级大脑形式，可以在算法上以几何倍数增加效能，它可以淘汰大多数人类工作。互联网可将所有房源信息、顾客信息，形成立体多维的对接方式，房产公司通过动态微操控，准确与客户对接，对客户而言，他在第一时间了解最佳房产信息和最低价格。

网络购物不也这样吗？用精密算法，用最低价格垄断市场，然后再提价。还有网约车，等到技术成熟到无人驾驶，我们还需要喋喋不休的司机？我们有提前准备好的食品包，提供最快捷、便宜、好吃的中餐，我们还需要自诩传统的骄傲大厨？

关键词：虚拟部落化

"虚拟"我知道，"部落"我也明白，是原始社会生存组织，"虚拟部落"是啥？

这便是将来我们的生活。马克肯定地说。

我们变成原始人？这怎么可能？我不相信。

技术发展的极致，就是极致的个人生活，人类失去共同体约束，就可能重新变成原始人。当然，核战也是选项。人们不再对看似永恒的宏大概念保持敬意。社会即将量子化，走到一体化社会反面，出现新"聚落化"。人们像原始人那样，乞求一团温暖篝火，分享人生经验和故事。只不过，篝火和故事都变成虚拟化了。

我们将来不用出门？或者说，像原始人一样，分成几个部落？我说。

我们将虚拟化，被固定在互联网虚拟世界，丧失行动能力。外卖业也是促使人类丧失交往能力的杀手。人们越来越懒。未来等到外卖也被机器取代，人类就变成某种互联网附属生物。没有所谓"穷人"和"富人"的概念，人类和网络的对立，将是新的阶级构成。

人类只能以最原始的方式，介入资本生产。比如，直播业。这也是一种"贪心算法"，寻找最快捷的方式达到目标。人类只能坐在电脑旁，靠着各种表演，获取钱财和存在感。比如，人类的道德标榜下，嫖娼是不道德的，但互联网聊天，以视听全方位刺激的延迟美学幻觉，或AI技术，加强脑部兴奋，甚至超过肉身物质刺激。人类对肉身占有欲下降，也标志着人类在原始欲望层面行动能力的降低。

人们不需要妻子和老公？孩子怎么办？我还是听不懂。

马克说，虚拟算法前，性欲的独立和虚拟化，将导致家庭关系解体，家庭本身就是社会再生产组织方式，社会生产不需要以性的解决与社会形态结合，看似牢固的家庭价值观念也就解体了，建议你看看恩格斯的《家庭、私有制和国家的起源》。

胡扯！我很气愤。我是个家庭观念很重的男人。我在江都做的一切，都是为了老婆和儿子，否则，我才不会和马克在脑袋里扯淡。

关键词：文学

我和马克讨论最多的，还是文学。

我对宇文的作品并不喜欢。我更喜欢上世纪90年代的长篇小说，现在的作品，真是没意思，又琐碎，又无聊。相比而言，我倒觉得，网络文学有些意思。

马克说，文学的消亡，在网络时代是不可逆的，但又是慢慢弥散的过程，它会转变成其他形式。现在的文学，其实可称为"幻觉性作品"，另一种是"真实性作品"。

就是写实文学吗？我问。

马克说，相反，现实主义文学是"幻觉文学"。所谓幻觉文学，就是制造这个时代的幻觉，好像我们还活在工业时代；"真实的文学"，恰是揭露网络时代生存真相。

马克说，知识不再是启蒙力量，而代表一种权力，在于时间和空间的微观操控能力。工业时代，知识和信仰相联系，也与文学功能相连。如今我们不再需要文学提供信仰,文学的娱乐功能不如网络和影视,它只能变成某种传播形式的附庸。未来社会,纸张也会淘汰,与之相伴而生的古典文学与现代文学,也会逐渐弥散。

那你还写什么小说?我说。

马克说,我只是宇文的精神体。他的小说是反映算法世界量子化生存网络现实主义的,也可以说是未来小说。他在结构、语言、意识上拆解工业主义稳定的审美幻觉,告诉你,现在网络蜂巢社会,到底是怎样存在的……无数黑夜,我和马克讨论着,昏沉沉地睡去。繁华而孤独的城市,我成了"外卖王",我还有好朋友随时聊天。对我这样一个异乡来的外卖员,还能有比这更幸福的事吗?

九

时间过得飞快,我在马克指点下购买股票,又发了点小财。我不解地问马克,为何宇文挣不到钱,我却能挣钱。马克说,宇文很理性,也很感性,他的感性成就了他,也害了他。我开始憧憬着,过几年在江都买房,我要把老婆孩子接来,过上大城市的生活。

我和马克共用大脑的时间越长,我变得越来越疲倦、慵懒。我嗜睡,回家后八点多睡觉,早上六点才醒。马克说,没关系,我可以沉睡,他可以替代我跑外卖、炒股票,等我醒来,再干自己的事。我欣然同意,却发现,自己的意识越来越模糊,我喜欢一切都听马克的,甚至无法反抗他的决定。

某天早上,我去卫生间刷牙,被镜子里的自己吓了一跳,胖胖的圆脸,半秃的头,鼓出的金鱼眼。我长得越来越像宇文了!我捂着嘴,明明是想害怕的尖叫,嘴角却上扬,脸上浮现出了一抹阴沉的、邪恶的微笑。我惊慌地问马克怎么回事,马克说,不必担心,相由心生,我和马克共用大脑,时间长了,自然会这样。

我非常恐惧,模模糊糊地想起,网络小说《凡人修仙传》里有所谓"夺舍"的说法。我大喊着,马克,你是不是要夺走我的身体?马克依然平静地说,怎么会呢,我只是脑电波结构,不会变成真正的主体。

我大喊大叫,让马克滚出我的大脑,我不需要他了。马克说,太晚了,你已和我签订了共用协议,协议生效后,不得反悔。

我痛哭流涕,瘫软在地上。我常发现,电脑中莫名其妙多了些文件。我仔细翻看,竟是些小说!是我梦游了吗?马克承认,我熟睡的时候,他写的。严格意义上说,是宇文的情感脑波写的。我惊骇地说,怎么你们还有两个?马克解释说,它是理性脑波,足够强大,宇文的情感则是潜藏的,微弱的,只有当我完全沉睡,主体意志削弱,情感脑波才会出现。所以,我是无法和它交流的。

不是很好吗？马克说，你不用送外卖了，你也可以成为小说家，过上体面的生活，"外卖员小说家"，这种噱头正是文坛和媒体喜欢的。而且，为了照顾你的趣味，我们为你写了一部网络玄幻小说，有名又有利，何乐而不为？网络小说是装置艺术，所有故事的因素拆解后，重新组装，就可以有一个精彩的幻觉艺术品啦。

我终于明白，为何如此嗜睡。我喜欢写作，也是不成功的中文系师范生，但不需要用别人的思维写作。几天后，我又收到一笔钱，是网络公司平台打来的，说我已成功与网站签约。这是第一笔费用，今后，只要按时更新，订阅数高的话，还有提成。

马克让我昏睡的次数越来越多。一次，我还在床上发现了正在酣睡的女孩，竟是售楼处的陈安妮。她的睫毛长长的，窈窕白皙的身段，透着青春的娇美，那双修长的大腿，当日我印象非常深刻。梦中，我感觉有两条蛇在缠着我，想必就是它们了。我赶紧跳下床，质问马克怎么回事。马克说，宇文生前喜欢陈安妮，没有得手，他太酸腐了。我用了点小算法，把她搞上床，也是了他一个心愿。你也不吃亏。

我说，你怎能这样？我是有老婆的人。马克说，不要虚伪，你电脑里也有色情片。我惊慌地逃离屋子。陈姑娘没有追究我。半小时后，她醒来，平静地离开了。我躲在楼下，看着她的身影消失在小区门口。小区门口的玉兰花开得正欢，那肥白的身姿，让我的内心也有些蠢蠢欲动。我甚至想再次遇到她，几天后，我们真的在大街上相遇，她也好像不认识我了，扭着头走了过去。我真搞不懂这些女人。

你不能这样！不能强迫我！我对着镜子喊道。

镜子中的人，慢慢露出微笑，说，我只是按协议办事，我们是最好的朋友，我不会伤害你，相反，我帮你赚钱，还会惩罚那些伤害过你的人。

我就这样，被马克指引着，干了很多莫名其妙的事。我来到美好广场的黑色大楼。我不解地问，为何要到这里？马克说，惩罚恶人。我看到那个江都本地的胖保安。他还是那样嚣张，颐指气使，看着就犯贱。马克说，你不是恨他吗。

你不要犯罪哇，我说。

马克说，他看到胖保安在绿色铁皮保安室看报纸，保安室的顶灯已松动了，今天恰好下雨，他要让一个外卖员分神，撞到保安室大门，顶灯会有百分之三十的可能坠落。另外的可能是，胖保安冲出来破口大骂，和外卖员纠缠，他这时就报警，通知媒体，高级商务中心保安侮辱外卖员。保安损害物业形象，被开除的概率是……我浑身发凉，事情果然像马克所说。马克点了外卖，并指示我在保安室门口洒了点橄榄油。毫无防备的外卖小哥来到保安室前，听到了气球爆裂的声响。我踩爆了一个气球，外卖员撞上了保安室大门，顶灯落下，砸伤了胖保安。他出门和外卖员厮打，被众多群众围观拍照，还有赶来的媒体……雨水冰冷，我的心也是冰冷的。无数雨点，像无数银白色的凶器，击打着我脆弱的头颅，化为大大小小的雨虫，从我的下巴坠落。墨色的天空下，那栋黑色的大楼，还在折射着异样的光芒，傲然挺立于车声与人声喧闹的世界。它正冷冷地打量着我。我顿时感到眩晕，好像有一股强大的吸力，要将我吸入某种未知的空间。

我早不恨这名保安了，我呵斥着马克，发觉他越来越痴迷于掌控一切的快感。马克冰冷地说，我为你做了这么多，你难道没有感恩之心？我揪着头发说，你说吧，让我干什么，我干就好了，只求你快些离开。

马克没有回答，他让我去一家花店。我顺从地骑着摩托，来到和平路口那家叫作"梦星辰"的花店。花店门头不大，门口一大溜绿植，还有一连串的彩灯。我看到一个熟悉的身影。是宇文无量的儿子，追悼会那天我见过。那是个清清瘦瘦的小伙子，大概十八九岁。他和母亲在山东生活，高中毕业后，他没考上大学，闲在家里。宇文无量去世后，那套位于阴阳营的三居室就给了他。他来到江都，在这家花店打工。孩子又瘦又高，蹲在一盆发财树旁浇水，他拿一把白色喷壶仔细地浇着，发财树绿油油的叶子滴着水珠。

你想让我照顾他？我问马克。

马克没有回答，我却听到了持续的抽泣声。马克怎么会哭？我又问了一遍，那哭声消失了。马克冷静的声音又响起，你是帮宇文照顾，我们帮了你这么多，你有义务做这些。

我忙不迭地答应，再次催促马克离开。马克说，这么希望我离开？你就这样对待你的好友和恩人？我哭了，乞求马克放过。我只是外卖员，不想成为伟大作家。我只要活着，我还有老婆和孩子。马克的声音突然变得尖利，说，你的一半也是我的！包括你的妻子和儿子，我也要活着！你别想摆脱我，大概率上讲，π 的精神主体消失的概率在增加，鲁棒性是指一个算法对不合理数据的反应能力，就是容错性。你的精神主体，将作为一个错误，慢慢被算法清除……我绝望了。这都是报应，是我贪婪的报应。我即将不存在了，即使肉身尚在，也不过是供别人使用的躯壳。我不甘心，又无可奈何。这时，我的脑中又响起另一种声音，不是马克，而是我熟悉的宇文的声音，他焦急地说，建民，快醒醒，你要坚强地反抗……我惨叫着，向街上涌动的车流撞去。我不能活，也不能让马克得逞。我冲着那辆最大的黑色拖斗车撞过去，雪亮的车灯闪烁，仿佛群山之中狼王的眼……

十

第七医院坐落在观音山脚下，风景优美，环境幽静，适合休养。我醒过来时，已是车祸的第三天。医生们说，人体是奇妙的，我的苏醒与康复，也出乎他们的意料。老婆和儿子从山东赶来照顾我。这让我颇为欣慰。另一个让我高兴的事是，耳朵里马克的声音不见了，任凭我如何呼唤，它再没有出现。

医生说，我患有幻听、抑郁、梦游等症状。面对着医生权威的白大褂，我嗫嚅地讲述了马克出现的过程和经历。医生解释，马克是你幻觉中人格分裂的产物。他是不存在的。脑波结构这种东西，不可能存活于外体。我分辩说，我怎么会有那么多稀奇古怪的知识，那都是马克告诉我的。

这些书上的知识吗？医生从病床底下拿出个大纸箱，里面有霍金斯与布拉克斯莉合著的《人工智能的未来》，托夫勒的《第三次浪潮》，《薛定谔讲演录》，罗韦利的《量子引力之旅》，托马斯的《算法导论》等书籍。

我怎么会有这些书？我非常惊讶。

医生又说，为了解你的病情，我们通过你的亲属，在你家找到这些书。真看不出，你除了热爱文学，还有"民科"的爱好。这些东西，可能是你的朋友宇文无量送的，很多书都有他的印鉴，你受到暗示，出现了人格分裂幻象。

医生三十多岁，白白净净，明朗的脸上挂着自信的微笑。

我真的病了？一切都是幻觉？我不能接受。

要相信科学，医生嘴角上扬，说，不要将科学与迷信混杂，听说你也喜欢网络小说，"夺舍"这样的故事，也被你挪用到了幻觉中……我的脸红彤彤的，原来我真是病人。医生的药有催眠效果，我不断做着梦，那些梦混杂着明亮与阴影，我梦见自己化身万千，是古城墙上斑驳的砖、被风摇动的青树、色泽艳丽的蓝色鸟羽。还有无数身穿不同朝代服装的江都古人，都在我的梦中纷纷起舞，他们有长发垂肩的太平天国战士，有凶光四射的日本士兵，还有不断在我的耳边爆炸的炸弹声。然而，我最终化身为无数的汉字字符，飘荡在空中。而美好广场那座神秘的黑色方尖大楼，正在一点点地裂开，如同一艘闪着银光的宇宙飞船。"奇点"就在这里引爆，时空就在这里扭曲变形，在我破碎的空间，也有着无数的碎玻璃，那里反射着宇文无量的笑脸……我住了十几天，办理了出院手续。江都的医院实在太贵了。我只能回出租屋慢慢休养。我决定等身体好些了，就卖掉电瓶车，和老婆一起回山东老家。小刘常来看我。他非常同情我，想说些什么，又欲言又止。

老婆伺候了我好些天，神情憔悴，眼也红肿着，小刘向她招招手，他们躲开我，到屋外闲谈。我偷偷贴过去偷听。老婆问我何时发病的，小刘叹息着说，我也没有确切了解，我只知道，自从我拿了公司的"外卖王"之后，建民叔就有些神神叨叨的了。

他平时什么样？老婆又问。

小刘搔着头，想了想说，也没啥，整天笑，但不理人，自言自语，眼神直勾勾的。

老婆止不住抽噎，小刘小声安慰着，又说，我该早点通知你们，建民叔常说些疯话，他说和陈安妮小姐有过一夜情，谁能相信？陈小姐坚决不承认。他到处和人说，自己是"外卖王"，其实他的业绩很一般。大家背地里，都喊他"老龟"。

老婆说，建民这人心思重，没想到他走到了这一步。

小刘又说，建民叔买了电脑，深夜，他不睡，趴在桌上写东西，翻着眼白，流着冷汗。我趁着他不在，偷溜进去看，电脑上写着——《我欲成神》，应该是一部网络小说。他疯狂起来，会写小说，我真是第一次知道，一个送外卖的，真的可以当作家吗？……老婆和小刘后来的谈话，我没有听清楚。但这些话在我的耳边，已如五雷轰顶。原来一切都是假的，马克是假的，"外卖王"是假的，我的成功也是假的。宇文无量真的已经不在了。他再也不会以任何形式，存在于这个世界里。一切都是我疯狂的幻想吗？

我抱着脑袋，蹲在地上，头痛得仿佛裂开般。我突然发现口袋里有一张纸条。我打开，正是熟悉的宇文无量的笔迹，上面工整地写道：

我在，我一定在，我的体内有亿万个宇宙，群星夜鸣，隐隐如雷。

侧写师遗情录

这不可理喻的世界里，谁知道什么是因，什么是果？谁知道呢？也许就因为要成全她，一个大都市倾覆了，成千上万的人死去，成千上万的人痛苦着……

——题记

一

硕大无比的玻璃窗前，我眯起眼，感受第一缕阳光透过铅灰色乌云射出的瞬间。那缕光毫不费力地穿透1084社区所有的玻璃，抚摸着每个祈祷的人。光线毛茸茸的，似乎有无数温暖的金色小触须。

人们低声念着祷词。电子屏幕滚动播放着大洪水时代之前的阳光画面，配着赞美阳光的歌曲。无数额前有着扫描码的仿生人，站在人们身后，悄无声息地侍立着。

祷词是2188年第一批入驻社区的侧写精英编写的。三百年过去了，地球的气候没有变好。我从识字时就被教导熟记那些祷词。人类科技进步很快，社区也越来越坚固，越来越高大，可对付泛滥的海水，我们没有取得重大胜利。人类只能龟缩在城堡般的社区里。

我的位置，在社区第五十层。这是一个中高层位置。临近中午，我刚结束工作，组长兰成告诉我，太阳出来了。社区法令规定，太阳日要停下工作，进行祈祷。

窗外，乌云还在积蓄能量，喘息着暂时退却。被雨水涨满的海水，也短暂地平静下来，仿佛一片片闪着光的黑鳞。

社区建在山上，离海水有相当的距离。它屹然挺立，似睥睨天地的上古巨兽，反射着金属的银色光芒。只不过，如果仔细观察，能看到坚硬如金刚石的钛金属支架，隐隐透着灰红色锈痕，好似人类黏稠的血，粘在上面，赖着不肯走，时间久了，就成了遗迹。

我看着窗外的一切，泥泞的山石路，凶恶的海水，一切那么遥远，又好似如此之近。我有种撞开玻璃，跳入海水的冲动。我被这种古怪念头吓了一跳。也难怪，人类天性热爱自由，在这钢铁罐子中活了三十多年，如同被囚禁，谁都变得有些怪异起来。

这是三个月来的第一个太阳日。兰成老师忧郁地对我说。

这么久了吗？我大吃一惊。

兰成继续说，这是近三年没有过的，据内部消息，海水上升速度加快，留给人类的好日子不多了。

有什么关系？我耸耸肩，说，反正我不在拯救名单上，我更关心下班后，到哪里更开心。

兰成老师想劝我，张了张嘴，只是说，你是侧写师，有义务帮助人们安定情绪，服从命令，人们只有在我们的安抚下，才会更好地工作，我们团结奋战，才能战胜洪水。古人说过，人定胜天，你的沮丧情绪会感染其他人。

我看到兰成的脸，想起他组长的职务，不得不将剩下的话咽到肚子里，毕恭毕敬地说一番义正词严的言语。兰成气质儒雅，个子瘦高，背脊却弯得狠，从后面看，活似一端发霉绵软的棍形面包，一半有毒，一半还勉强维持着营养。

兰成老师对我的表态很满意，又询问我为十五层的孩子编写歌谣的进度，这才慢慢地踱着步子回到研究所。他极度自律，绝不浪费时间，坚信自己工作的价值。他最喜欢写生物基地或智能部工程师生活的小故事，或者出海捕捞资源的粗野船员的故事，有些喜剧性，又非常励志，他将它们发表在共享意识空间，期待很多人呼应，只可惜，应者寥寥。

他依然勤奋地写着，并期待我变成他的样子。他很少思考规定任务外的事。他不能闲下来，他不能不填满可怕的空虚。也许，停下来思考，对他来说，才是最痛苦的。

我转回头，贪婪地看着阳光。祈祷完毕的人们，也都缓缓退回工作间。社区常年光线不足，走廊的灯亮着，光洁整齐的地面，仿佛涂满水银，光滑、潮腻。狭小的工作间，除了门上的电子符牌，也同样整洁。工作间外，都会有一个仿生人垂手而立，悄无声息。它们随时准备为人类提供各种服务。我讨厌它们一成不变的面孔，又不得不承认，生活离不开它们。

一个女型仿生人，递给我一杯热橙汁。我喝了一口，温温的，甜甜的，尽管这种生物技术培育出的果子总有股怪味，但资源匮乏的今天，这也算是小奢侈品。我甚至有些羡慕那些出海的人。他们虽冒着生命危险，但享受到了难得的自由，他们是时代的英雄吧。

别想太多，快乐地活着，你可不想变成兰组长那种老怪物吧。

我身边影子一晃，出现了个笑嘻嘻的青年。他是我的同事，也是好友金刚。他属于历史侧写组，我们常在一起喝酒闲聊。金刚又瘦又高，像条敏捷的小鲨鱼。他有种敷衍上司的本领，组长们对他赞赏有加，但我知道，他背地里也没少干违反纪律的事。

我说，我可不像你，左右逢源。

阳光闪了闪，击碎众多包围的阴云。大钢珠般的冷红色太阳，爬出地狱之门，漠然地注视着下方世界。我疑心太阳是金属打造的赝品，是科学家为欺骗人类设计的。光的温暖转瞬即逝，继而变成白辣辣的球，仿佛燃烧的酒精团。

我聚焦探测仪，看到底层排水阀打开，外层万斤重纯钢闸门也缓缓升起，一群穿着防护服的船员，蚂蚁般蠕动，踩着泥泞的山路向下。这里有三层码头堤坝，可抵御海水进攻。山与海的接界处，停泊着悬浮机动船。墨绿色的海，显现出矜持的傲气。一名船员回头冲着高耸入云的社区扭了扭屁股，旁边的人哈哈大笑。他在嘲笑我们这些胆小鬼。我放下探测仪，透过玻璃的阳光，好似飞舞的蜂群，嗡嗡的，刺在我的脸上，让它冒出了很多汗。

我渴望改变。我受够了活在玻璃罩内的一成不变的生活。这种改变，首先就在于我如何改变与薇龙的关系吧。她是我法定的妻子。

二

我叫柳原，是一名精神侧写师。我属于1084社区精神侧写部文艺管理研究所文学组。

几百年前，大洪水时代来临，一切看似坚固的东西都烟消云散了。我们的城市，我们的土地，连带曾经的生活方式，一去不复返。暴雨不断，海平面暴涨，很多沿海城市与国家被悄然淹没。地球百分之七十的城市，泡在了水里。雨水腥黑，有硫黄的刺鼻气味。科学家束手无策。成千上万人死去，还有成千上万人逃亡。第五年，雨水间歇期变长，海水上升速度变慢，不甘心的人类，开始了疯狂自救。他们调动强大的工业生产能力，从低地迁移出人口和财产，在更高的山峰，建起一个个巨型社区。

我们脚下的山峰，几百年前叫禹王山。山下有座苏城，曾是一千三百万人的家园，是有着千年历史的古城。1084、1085、1086与1087四大社区，就是它的继承者。而四个社区加起来，还不到一百二十万人口。你用探测仪探测，将发现西南三十度有个小塔尖，那是著名的虎丘塔，传说是几千年前一位凶暴的王建造的。如今它只剩下这么一点，剩下部分泡在水里了。

社区高耸入云，大约八十层，分为中心区、生育区、地下区、自然区、古迹区、平民生活区、水电解区等区域。我与薇龙第一次相遇，就在自然区。很小的时候，我们就被老师带来这里，了解曾生活在地球上的生物。胆怯的鸽子，嗡嗡叫的蜜蜂，凶猛的狮子和狡猾的鬣狗。我认识了几百种生物。我们跟随意识共享，进入虚拟自然空间。我有时在山谷探险，有时在草原骑马奔驰，也会在看不到头的森林，狩猎麋鹿和狍子。

七年前，我从社区大学毕业，为了庆祝一下，我先参观实物展览，又链接展览馆意识共享。有人来搭讪，问可否去雪地结伴打猎。我在意识共享里是个有浓密大胡子的壮硕男人，对方是个瘦男孩。我们搭建帐篷，埋设陷阱，捉住了不少雪兔，用弓箭射杀麝牛。小男孩还教我很多野营知识，比如，如何防备雪豹偷袭，装死躲过棕熊，怎样才能找到狼埋在雪地的"储备肉"。

有什么用？世界早没有了雪豹、雪兔和麝牛。男孩说，自然是好的，我们要在陆地上飞奔，也要在大海中生存。我说，你怎么像我的老师，喜欢教训人。男孩拎着只雪兔，在雪野飞速奔跑，边跑边说，人类有双腿，不但要奔跑，还要比鱼的尾巴更有力！AI创造的虚拟雪野，风在耳边呼啸。我拿出伏特加，喝了一口，口腔火辣辣的，我仿佛感受到，雪花落在脸上凉凉的，就像抚摸到合金雕像。男孩还邀请我参加海洋生存体验,我拒绝了,我害怕水。我说,咱们身边的水够多了,小男孩笑着说,所以咱们才该成为适应海洋的人。

退出意识共享,我们相约见面,对方居然是一个高挑漂亮的姑娘。那女孩也发现,我也不是粗壮的大胡子男人,而只是一个羞涩白皙的男学生。她叫薇龙,和我一样,社区大学刚毕业,她学习生物科技专业,目前刚被生物科技部录取,即将成为物种研究所的科研人员。

故事开始了。我们约会,吃饭,游玩。我父母去世得很早,没人管我。毕业后,我顺利进入精神侧写部。薇龙很早搬出父母所在的生活区,靠编写软件程序,养活自己。她对我的职业不感兴趣,她想培育更多海洋自然物种。她认为,社区应建造仿生条件的"海洋社区",以刺激人类对大自然的真实感受,而不只是虚拟体验。社区高层不同意,人类目前的首要任务,是如何与海水作斗争,制造可生长的土壤。

薇龙的工作受到阻碍,脾气越发古怪。她看不起我干的事。精神侧写师是高尚的职业。最起码,在社区大学,老师是这样对我讲的。我的社区大学老师正是兰成。他后来到精神侧写部,我也被分配到此,算是有缘分吧。百年前,哲学、伦理学、历史学和文学等文科专业,被社区大学合并为精神侧写学。我生性懒散孤僻,就被分配到文学部,学习枯燥的古代文学作品,也要写些人们喜欢的小故事、歌谣、社区戏剧等文字。按照文艺组安排,每隔几个月,我要到社区各区域"采风",了解他们的生活。

你们真无聊,浪费社区资源,你该成为电子工人,或机械工程师,也许还有些用处。薇龙略带讽刺口气地说。

我们经常争吵,工作分歧只是其中一个原因。结婚后,社区住房非常紧张,房子的价格,和大洪水时代之前的人类城市相比,毫不逊色。我们收入不高,只能龟缩在三十平方米的小房子里。薇龙以此为借口,也不要孩子。社区里,私自生育是非法的。为了控制人口规模和质量,也为了防疫需要,人类繁衍下一代,要获得批准,由社区统一安排。

有太阳的日子,是幸福的。我坐着漂移机回家,所有玻璃都反射着金灿灿的阳光,每个人都喜气洋洋,甚至那些仿生人,步伐好像也变得更轻快了。阴雨的日子,无论白天还是黑夜,社区总亮着灯,无人区域就是一片寂静黑暗。这样的日子长了,我甚至忘记了阳光的感觉。今天的太阳非常好,直到六点,天边还残留着铁锈般的带状红云,仿佛神秘的唇印。

薇龙拎着酒瓶,伴着轻快的音乐,缓缓起舞。我走过去,搂住她的腰,说,夕阳无限好,只是近黄昏。古人对黄昏的精神侧写多美。薇龙歪着头,想了想说,精神侧写通识课老师讲过这个案例。她眯起眼,喃喃地说,我好像看到,阳光下有小溪,溪水被晒得发烫,金色的小鲤鱼在游泳。小溪的岸边,有无数野花,又香又甜……我笑着问,什么事,这么开心。薇龙停下舞步,摆脱了我的手,点起一根烟。烟雾缭绕,薇龙的语气又恢复了往日的冷静。她说,部里通过了她的生物计划,要派她去养殖场实验,大概几个月才能回来。

薇龙莫名地消失数月,已不是第一次了。我不置可否地点头,说,如果有个孩子,你走到哪里也无所谓,反正有事忙就好。薇龙吐着烟圈,我很清楚,那张精致的脸上,此刻肯定满是不屑。她觉得我在算计她。我们吵了这么久,彼此也无聊,如果离婚,按照社区法律,我必须搬出住宅,另觅住处。为了买下这个单元,我花光了所有积蓄。我买不起别的房子。我将流落在长廊和躺椅上,或者被迫搬入地下区。如果我们有孩子,即使离婚,房子归薇龙所有,她也要为我支付买房或租房的一半费用。薇龙没主动提出离婚,也不答应要孩子。

薇龙将烟丢在地上,狠狠踩几下。她还踢翻了桌子,咒骂了几声,就去洗澡了。我通过意识共享招呼我们的管家——站在门口的仿生人帕克,让他来收拾。帕克是男型仿生人,CJS1988旧款,家庭服务型仿生人。我们买不起高级仿生人。帕克高鼻深目,身材高大,仿照古代北欧白种人样貌,这是薇龙喜欢的类型。房间狭小,帕克平时被安置在门口储物间,只有听到召唤,才来房间活动。帕克额上的识别码闪烁,蓝色的眼眸看不出任何情绪。他对我说,主人放心,很快打扫好了。我坐下,喝了点酒,让帕克将房间内的音乐从凯尔特人通灵曲变成中国古筝曲《云水禅心》。现在很少有人喜欢听这么生僻的曲子,还好人类发达的电子存储功能,让我们保留了文明记忆。精神侧写师的职业，也让我更多接触到这些东西。

浴室门被"咣"地踢开，薇龙阴着脸，赤裸地站在我和帕克面前。她俊美的脸上，一滴滴的水珠，顺着光洁的皮肤滑下。那一瞬间，窗外的夕阳消失了，我们又陷入了短暂的黑暗。

三

每月十五号的"采风"是例行活动。

悬浮梯闪烁，我和金刚来到十五层。此次采风，也是我们两个组的联合行动。负责接待的刘校长早在此等候了。刘校长是社区第十小学的负责人，五十岁左右，态度恭敬。她的身后，跟着几个仿生人，是学校的护工。我点点头，没多说些什么，就被他们簇拥着，来到小学校门口。学校规模不大，布置得很温馨，墙上贴满孩子的多维电子动态图，还有从大海搜集而来的稀奇古怪的物件。对于孩子们来说，记住已消失的动植物是困难的。他们更多在电子产品陪伴下长大，喜欢在共享空间进行仿真游戏，特别是那款"怒海追鲨"竞技游戏。

他们正在吃加餐，是些养殖加工肉做成的肉泥、土豆泥和牛奶。社区物资经历过极度匮乏的岁月。后来生物科技不断进步，我们种植出很多陆生食物。由于空间、光线和条件的限制，很多动植物都是快速催熟的，缺乏有效生长发育时间，营养自然大打折扣，在地下社区还出现仅能糊口的"能量团"。各种美食信息，不能对孩子讲太多。我受够了单调食物，只能偷偷利用职权，了解法式鹅肝，中国八大菜系，日本料理。我们的确没那么多食材。你不能让人们对不存在的事物抱有太多幻想，我们要的是忍耐、纪律和坚忍的奋斗精神。这才是优秀的侧写师要做的。我的老师，现在的组长——兰成这样教导我。我隐隐了解，我们现有的物资供应，除了社区科技培育的外，就只能依靠船员冒着巨大风险在海里获得，包括科技需要的矿产。很多疯狂的科学家，正研究重塑冰川，制造陆地的办法。他们称之为"息壤"计划。

我们还有精神力，兰成的信心很足。作为精神侧写师，他颇有几分悲壮之意。他相信人的责任感和创造力，能帮助人类最终回到陆地，一代人不成，就期待下一代。因此，他格外重视对青少年的精神侧写。此时金刚已和孩子们打成一片，他是"怒海追鲨"的超级玩家，有很多装备和攻略心得，孩子们自然被他吸引。

玩闹了一会儿，我推了推金刚，清了清嗓子，想好的词语在心里盘旋着：

伟大的社区，你高耸入云，

屹立不倒，仿佛我心中的英灵殿，

又好似庄严的大禹祭台。

英勇的人类，你们抵抗着恶魔的入侵，

你们深入大海，和惊涛骇浪作斗争，

你们埋头苦干，用科技创造奇迹，

你们绝不认输，向暴虐的雨发出怒吼！

当洪水退却，群山依旧巍峨，

美丽的阳光，你终将再次来临！

　　这其实是太阳日祷词。我要结合人类与洪水斗争的历史，讲解诗句蕴含的伟大情感和美妙旋律。现在的孩子，根本不晓得大禹是谁，不了解禹王山和淹没在水下的苏城的来历。可他们不关心这些，他们沉迷在超能游戏中。其实，这祷词也是陈词滥调。我本要给孩子们编写儿歌，但由于和薇龙吵架，影响了情绪，编了几天，都没有编好，只能拿这些东西来凑数。

　　我尽量拿出虔诚的语气，高亢的声音，悲悯的眼神，这些都是优秀侧写师的必备手段。很多受欢迎的侧写师后来专职给富人做心理辅导，而不再给大众服务。我当年也是这样被兰成老师诱惑的，觉得精神侧写师是高尚的职业。然而，时间越久，我越怀疑这一点了。

　　我的嗓音嘶哑低沉，没啥魅力，刘校长和几位专职老师都认真聆听，孩子们开始还能绷住，后来渐渐懈怠了。他们有的偷玩游戏，有的打瞌睡，涎水流在桌子上。他们的眼神只是单纯的空洞，好似干枯的井口，镶嵌在娇嫩的脸庞上。我甚至怀疑,他们不是真正的人类儿童,而是仿生人假扮的。刘校长威严地拍手,尖利地训斥,孩子们,打起精神！你们都是未来小勇士！她拎起个熟睡孩子的耳朵,其他孩子吓得坐好,张开乌鸦般的小嘴,高声唱起《暴雨中向前》。这是小学必修歌曲,教师们也跟着一起唱,激情地挥舞手臂,我看到刘校长的头发凌乱,露出一小块白色斑秃。这是缺乏阳光导致的。她应该去生活区日光美容店保养一下……

我胡思乱想,抬头一瞥,发现刘校长也飞快扫视了我,又将目光移向别处,继续情绪高昂地唱歌。她肯定想,为何精神侧写部这样的高级公务员机构,竟有我这样惫懒的职员。好在金刚机灵,看出了我的尴尬,赶紧申请和孩子们做侧写游戏,并大声宣布,谁能赢过他,就奖励一张信息装备卡。金刚拯救了那些烦闷的孩子,也拯救了我。

我尴尬地站在一边,无聊地望着玻璃窗。玻璃房光线不足,孩子们的歌声刺耳,撞在玻璃上,又反射进我的耳朵,变成嘈杂的噪声。我退到门口,将身子扭到一边。我听到了"扑哧"的轻笑声,似是嘲讽,又像怜悯。我恼怒地回头,没发现有人在身边。我看向远处,有一群女侍仿生人缓缓地经过,像是中心区仿生接待员。她们被设计得异常美丽,专门服务中心区的精英。我似乎看到一双窄窄的眼,正带着讥讽的神情看了我几下。

我被一个仿生人耻笑了？我愣住,这个念头一闪而过。

怎么可能？虽然高级仿生人具有几百种人类表情，但只是针对特定任务目标。它怎会无缘无故地嘲笑我？

我问金刚，是否看到一个仿生人对我笑。金刚没看到什么，耻笑我的神经质。我茫然地搜寻，试图找到那个女型仿生人，但它没有再回头，只留给我一群穿着中式旗袍的美丽背影，在走廊洁白晶莹的地面上不停地晃动。

孩子们嘈杂的叫喊声，在房顶金属层回荡，走廊的环形灯闪闪烁烁，我有些发呆，仿佛无数金丝从脚底不断升起，缠绕着我，有种怪异的宿命感浸入了心灵。那天开始，我的世界改变了，如同大海淹没了大陆，天崩地裂。

四

雨又开始肆虐，不断击打着玻璃，发出"啵啵"的声音，仿佛无数手指慢慢地敲击，无数黑茫茫的风在玻璃上摩擦，夹杂着沙砾。这些玻璃是社区开发的金刚级保护罩，无比坚硬，可以抗击十几级飓风的袭击。

人们匆匆忙忙，对玻璃的声响习以为常。人们操纵着各式各样的漂移器。社区空间珍贵，大洪水时代的汽车等交通工具显然已不适用了。这些漂移器轻巧方便，可上可下，闪着蓝绿色光芒，如同飘动的萤火虫。仿生人辅警，笔直地站在社区楼层中心位置，扫描检查来往的人群。空间的柱子和顶部，还有无数AI幻化出的奇幻形象，性感摇摆的女郎，奔跑的小鹿，还有各种卡通形象，比如"怒海追鲨"游戏中的日式装扮美少女和怪里怪气的鲨鱼小怪。当然，还有巨型电子荧光屏，上面都是斗志昂扬的画面，比如，航海英雄在海面上与风浪搏斗的场景。那些健壮黝黑的船员，露出粗犷的笑容，人们不禁驻足观看。

回到家，薇龙早已不见踪影，桌上是一张费用账单，我轻轻打开意识共享，传来她冰冷的语音留言，她让我交上费用，并在她回来之前，将自己的物品规整好。她将利用这段时间，好好思考我们婚姻的未来。她受够了婚姻，也受够了这种生活，她正在制定大计划。如果成功，她不想再见到我了。这意味着我可能在数月后，被薇龙从这个温暖的房间赶走。我试图连线薇龙的意识共享，没有任何反应。那就听天由命吧。

帕克准备好了晚餐。还是土豆泥和人造肉，外加一杯基因豆奶。

帕克沉稳地站在一边，捏着餐盘的两个角，盯着我的脸。他英俊的脸庞一成不变，就连蓝色的、大海般的眼眸也波澜不惊。

我看着餐桌上的食物，不禁想起小僵尸般仰着脸唱歌的孩子。他们眼神空洞，充满了麻木和不耐烦。他们接触的信息太有限了。有段时间，大洪水时代之前的文化信息可以随便查阅。八十年前,社区精英管理者,认为不能让一些乱七八糟的东西干扰人类抵抗洪水的决心,进行了有计划的控制。只有精神侧写师,才能在内部资料分享区拿到观看权限。

我敲了敲桌子,放下了勺子,有些黯然。

帕克走来,问我,主人,菜品不合口味?

我苦笑着自嘲道,我还能挑剔什么? 很快,我就不是你的主人了。我倒想吃牛排和烤鸡,可我有这么多虚拟币吗? 我不是难为你,而是觉得自己挺失败。

失败? 帕克说,为什么这么说?

我想了想,还是无法向仿生人解释莫名其妙的沮丧感。人类的情感总有微妙之处,这是仿生人很难理解的。

我又问帕克,仿生人会嘲笑人类吗?

我的程序里没有这样的设计。帕克挺立着说。他额上的金属磁条散发着蓝光。这是仿生人的标志,也是主人监控他们的手段,无法清除,如果自行拆解,仿生人将无法使用。

我是说可能性? 我继续追问。

也许有千分之一的可能性,帕克说,这没有实际用途,仿生人不能伤害人类,仿生人必须服从人类,这是仿生人法令首要条款,除非这款仿生人设计者想要让仿生人挑战人类。

我同意帕克的判断,或许是出现幻觉,也或许是羞耻心,让我在被刘校长羞辱之后产生了幻听。这就是事情真相。不会有什么爱冷笑、和人类顶嘴的仿生人。我摇了摇头,没心思再就这个问题探讨下去。我现在需要找点乐子，以度过薇龙回来之前，这段最后的美好时光。

我只能联系金刚，讲述了郁闷的心情。金刚在意识共享区暧昧地笑着，说，不快乐，就去阳光迷卡房吧。

阳光迷卡房比较隐秘，是成年人放松心情的去处。和大洪水前的酒吧、夜总会、按摩店等休闲去处不同，它将仿生人服务变成实践与虚拟的结合体。一间间类似蜂巢般的迷卡房，你可以在仿生人引导下，体验光影声色的酒吧生活，也可以选择与喜欢的仿生人喝酒聊天，有的迷卡房还有"非法服务"。当然，这只是传言，我是精神侧写师，不能违反社区法律。

我现在必须找个地方发泄一下。据金刚说，这里女型仿生人的服务非常好，也是人类常去光临的地方，不仅有男人，也有女人——总之，都是些不快乐的人。

我离开家，顺着天路一号通道下去，走过三个路口，坐浮梯下降至地下第四层，才到达迷卡房。社区一层是公共走廊，从此进入地下，或升入地上，都要经电梯管理员的资格审查。那是个高大魁梧的T28型公共仿生人，能自动进行眼部身份扫描，从而识别不法分子和不合手续的人类。地下六层到二层，聚集着各种奇怪的行业，比如电解区清污员、垃圾分类操作员等。这里也混杂居住着各类下等人，付不起地上社区房租的穷人，残疾的船员，不良职业者，流浪汉闲杂人等，据说这里还有非法仿生人交易。悬浮电梯下降速度很快，无声无息，沉入地下的一瞬间，世界黯淡了一下，似乎某种预警。我像穿行在社区巨大无比的身体里，从高贵的心脏堕落到肮脏的内脏。电梯里有几个穿工装的大汉，漫不经心地抽着雪茄。

我跟着侧写宣讲团来过地下世界。两年前，高层觉得地下社区也要精神抚慰，让我们十几个侧写师来这里宣讲。我对这里冒着刺鼻气味，长满苔藓和污物，不断喷吐小气泡的楼层地面感到震惊。这里潮湿、污秽、阴暗，如同躲在其中的老鼠和野猫。这里有无数生锈的废旧金属从天而降，有四处飞舞的多维立体电子广告，还有露天烤肉摊和酒桌，男男女女们肆意地大声尖叫和喧哗。他们充满汗臭味的身体，彼此挨挨蹭蹭。烤肉不是干净的人造肉和基因培养肉，而是船员捞到的变异鱼类，及外面世界的变异动物肉。科学家曾说过，变异生物的肉有毒素，不能长久食用，但地下世界的人们不管这些。这里也有女型仿生人，穿得性感暴露，对我们露出迷人笑容，不像地上世界的女型服务仿生人，永远都是灰色或蓝色套装，冷冰冰的模样。然而，那次宣讲不是愉快的经历，一群人类和仿生人一言不发，像看泡泡鱼般盯着我们，眼中都是不屑和嘲讽。我还被偷走了婚戒，惹得薇龙大发雷霆……我在一家"阳光迷卡"店门前停下脚步。

店门两侧是玻璃展示橱窗，一个个仿生人站在那里，穿着各种奇形怪状的服装，等待着人类的挑选。橱窗灯光暗淡，我凑近观察，发现它们的衣服上都印着"快乐体验"字样。店主舍不得将宝贵的电力，投放在仿生人身上，也故意让它们显得神秘。我刚靠近店门口，我手腕上意识共享区的指示灯就亮了，我打开意识共享，脑海中响起悦耳的声音，阳光迷卡问候您，请问您喜欢哪个仿生人？

我尚未回答，却被一个女型仿生人惊呆了。

她穿着一身白底丝绸旗袍，印着奇怪花纹。她身材瘦削骨感，胸部甚至有些扁平，脸又白又瘦，一双单眼皮的窄眼，搭配着薄薄的、上扬的嘴唇，说不上漂亮，有种慵懒摄人的浓艳媚态，就像洁白的纸上，被人凭空用油彩堆出了两扇刺目的窄窗。我在那双慵懒的眼睛中，看到了淡淡的讽刺意味。那是在社区小学见到的那双眼。更令我吃惊的是，女型仿生人修长的手指上，赫然戴着一枚银质大丽花图纹戒指。那是我遗失的婚戒！

我盯着那双眼，那双眼也盯着我，还冲我眨了几下，我才在服务器的催促中醒过神，看清了女型仿生人额上的编号：CJS2000-21，迷卡名：爱玲。

五

迷卡房内部空间不大，窄窄的，像爱玲的身体。我第一次见到爱玲，不知为何，总有种熟悉的味道。那不是欲望的涌动,而是一种痛惜。离开地下世界,我不断回想那次和爱玲的相遇。从此之后,我每隔几天就要去迷卡房找爱玲,为此花光了虚拟币,还透支了很多信用,险些导致意识共享区被关闭。

但是,我不后悔。

我常重复一个怪梦。一片声色光影的海,无数光,蓝、青、红的耀眼,白的刺目,那是霓虹灯、街灯、车灯,还有青白滚圆的月亮、无数灿烂的小星星。声音也热闹,街边小贩的叫卖,酒店迎来送往的高唱,不知何处传来的歌曲,女人的浪笑,男人粗鲁的叱骂,孩子欢快尖利的啸叫。我茫然地站在街头,远远望去,高高矮矮的楼房,宽宽窄窄的街道,熙熙攘攘的人群,仿佛一道道纵横交错的经纬,大网似的将我笼罩其中。人群匆匆而过,一阵阵活人气息的风,酸甜苦辣,百般滋味,从不停留,又让我迷醉。他们脸上写满了焦急的心事。我抬起头,路旁黄翠的梧桐树叶,在晚风中摇曳,摇着摇着,便倏地飘下,划出一条精白的线。此时,我的右手凭空多出一个女人的手,软绵绵的,有异常香味。那只手拉着我,视若无物地穿行在成千上万的人之中,好似融化在一幅浓墨重彩的画中……古代海城,爱玲说,几百年前,它有数千万人,是地球上人口最多的城市之一。

为了配合解说,手抖动几下,我的耳边传来一首歌,一个低沉性感的女声,富于磁性魅力,歌词依稀是:"夜海城夜海城,你是个不夜城,华灯起车声响歌舞升平,只见她笑脸迎,谁知她内心苦闷，夜生活都为了衣食住行，酒不醉人人自醉，胡天胡地蹉跎了青春……"

这是古代文明？意识共享区人影波动，似乎是影像卡顿，我从未见过这么多人的社区，也无法想象那是何等的繁华。爱玲说要带我在AI意识共享区感受古代海城，我半信半疑地跟她去了迷卡房间。我抖动手腕，久久地沉浸在震撼性的感受中。我们已失去了海城。它地势太低，靠近江海，几百年前早已沉入海底。精神侧写师都尊称它为"东方沉睡之神"。

我关闭了意识共享区，很久才睁开眼，眼前还是半明半暗的迷卡房，手里却多了一只温暖的女人的手。那是爱玲。它的手没有通常仿生人肢体僵硬死板的触觉，温暖又有弹性，就像活人的手。我抬头看去，还是那双似笑非笑，带着淡淡嘲讽的眼。

你的设计师是谁？我说，把你搞成这副阴阳怪气的样子。

我不知道，爱玲说，从诞生那天起，我就是迷卡房专用服务女型仿生人。和别的仿生人一样，我每天服务人类，但我的脑袋里总闪过一些奇怪的画面，有一些奇怪的声音，这让我不由自主地做出人意料的事。

包括混入地上社区？偷我的戒指？什么人指示你这么做？我盯着这个不守规矩的仿生人，心中突然有些恼怒。

我不想被当成变异仿生人处理，爱玲垂下眼睑，求求你，不要这样。

我的怒气消了几分，但要求她必须解释。爱玲的解释心不在焉，无非是两年前无意捡到戒指之类的托词。但她承认，她的确混入过地上社区，看到了我的宣讲。她不是嘲讽我，而是觉得那些祷词很可笑。

可笑？我有些纳闷，爱玲的确与众不同，她难道是"变异仿生人"，有了自主意识？但她的自主意识非常奇怪，似乎对精神侧写有浓厚兴趣。

精神侧写对仿生人来说是无用功能，有此功能的仿生人，对人类来说也是无用的，人类怎能将精神侧写这般问题托给仿生人？

爱玲的眼神中有着几丝迷惘。她低声说，我喜欢文学，这种古老的精神侧写技艺，因此才特别留意你。她又说，你也不相信那些祷词吧，你宣讲时心跳很乱。

那又如何？我们身处海水暴雨的包围圈，社区是我们最后的依靠。我说。

一切都是徒劳的。爱玲叹息着，伸出右手，在昏暗的灯光下，摆出了一个奇怪的握紧拳头的手势。什么意思？我问她。她说，符号不代表任何事，不过是一个美丽苍凉的手势。我们的世界剩下了什么？什么也没有，我们最终走向无意义的死亡。

爱玲是奇怪的仿生人。她可能被设计成"文艺女青年"

的型号，这是古代女性亚种，她们多愁善感，神经质，又出口成章，善写诗歌小说，也是精神侧写学前身。然而，文学对洪水时代后的人类而言，太过奢侈。诺贝尔文学奖已在八十年前那次洪水危机后停办，以节省人类的能源。社区大学，随着最后一批文学教授退休、死去，精神侧写学只能作为选修方向，招生人数很少，青少年们对此感兴趣的也很少。

　　我恰是其中一员。听兰成老师说，地下世界还有默默存在的文学小组。这些人自发写作、阅读、开小型研讨会，由于他们过于激进，有些被当成意识游击区精神犯罪分子捕获。意识游击区是存在于意识共享空间的特殊角落，传说，那里潜伏着危险的犯罪分子。还有一类人，他们危言耸听，腐蚀人类抵抗意志，挑拨地上和地下的关系，宣扬颓废个人主义观念，是社区重点盯防人群，也是精神侧写师要批判的人群。也许爱玲就是被那些人设计出来的。

　　爱玲的身上有很多谜团。我没多问，也没要回戒指，当是送给她了。反正薇龙不久也要离开我。我时常流连迷卡房，满足于爱玲的服务。我沉溺于虚拟的古代生活场景，不能自拔，或者说，根本不愿自拔。在古代海城，我和爱玲则生活在低矮的窄巷。她说那叫弄堂。弄堂是潮湿而私密的，藏身于高大的棕红色洋房背后，像一条潜伏的青灰色灵蛇。我们相互依偎，我闻到她身上有股紫罗兰香水的诱人气味。爱玲懒懒地支开窄窗，翠绿的虎耳草垂下身子，闻着弄堂湿漉漉的舌息,隔壁评弹声"嘈嘈切切"地悦耳。头顶纵横交错、犹如钢铁藤蔓般的衣架上,飘荡着花花绿绿的衬衫和内裤。白鸽"扑啦啦"飞过,掠过惊恐地迎风飞舞的衣物,没有软软的云,天蓝得要滴下,我凭空感到一阵幸福的眩晕。

我和爱玲还去游历虚拟古代港城。爱玲喜欢购物,对稀奇古怪的古代地名耳熟能详,什么铜锣湾、屯门,我听着非常新奇。她拉着我在街头闲逛,吃各类好玩的港式小吃,和小商贩讨价还价。我帮她提着买的东西,累得浑身大汗。她却兴高采烈,拉着我登上港城巨大高耸的明珠塔。我们可以看到繁忙的港口,吐着黑烟的巨船穿梭进出,大大小小的集装箱堆积在码头,还有无数黑蚂蚁般的工人,不停忙碌着。爱玲紧握着我的手,兴奋又矜持地笑着。我望着她,心中涌动着悲哀。那座千万人口的港城,也在大洪水时期毁于一旦,只有高耸的明珠塔尖露出海平面,成为航海人残存的标识。这一切都是假的,可我喜欢上了古代。有个女人愿意陪我穿越时空,在虚拟中体验人世的酸甜苦辣,有时我想,如果爱玲是个真正的女人,那该有多好……

我常涉足迷卡房,还是被兰成知道了。大概是金刚对他讲的。金刚本意让我放松一下,可看到我沉迷于此,也很担心。他劝过我几次,可我置若罔闻。兰成严肃地找我谈话,甚至痛心疾首。作为曾经的大学老师、现在的上级,兰成欣赏我,希望我能成为优秀的精神侧写师。可我现在,却沉溺于和仿生人令人羞耻的"关系"中,毁了前途。

我不是拿爱玲当性玩偶,尽管爱玲的确具备这样的功能。这一点很难向兰成老师启齿。但事实就是这样。我喜欢和爱玲在一起,不是发泄性欲。爱玲虽是仿生人,但和其他仿生人不同,甚至和其他女性也不同,她体贴我的情感,对我的虚伪又毫不留情地讽刺。她有很强的精神侧写能力,很多事情上非常有见识。她吟诵的很多古代诗文,我也没听说过。我着迷于和她生活在古代,哪怕只是片刻虚拟。

这样说或者不准确,我甚至可以说,对她有"爱"的感觉。

你简直疯了!大洪水过后,古代一去不返,你要面对现实!仿生人再精致,也不是人类!兰成愤愤地拍打桌面,眼里闪烁着光芒。他坚持认为,我是因为和薇龙关系破裂,才变得如此怪异。我说,这和薇龙没什么关系,爱玲让我体验了从未有过的快乐。和她在一起,我就不会想社区外面的海水了。

也许,明天海水就会冲决而入,淹没社区的一切,我们的精神侧写又有何意义?我反问兰成老师,目光中带着微微讽刺。这大概是受了爱玲的影响吧。

六

我执迷不悟,坚持和爱玲"约会"。阳光迷卡可以提供远程意识共享,收费相对较低。可我更愿意直穿地下,在真实时空和爱玲约会，然后再手牵手进入虚拟意识共享。我似乎习惯了地下凌乱肮脏的场景。我不再穿那件蓝色制服，而喜欢穿一件复古夹克套头衫，或者灰色古典西装。地下区的人类，很少有服装的标识。

我们在虚拟古代空间待久了，爱玲也会带着我出去逛逛。开始我排斥这样做。我毕竟是人类，在大街上挽着仿生人的手臂是很尴尬的。很多人类都拥有仿生人性玩偶，但少有人公开，这是件暧昧的丑事。我不想曝光和爱玲的事，她似乎有些失望，也不再积极与我互动。我们坐在蜂巢般的迷卡房发呆。我让她再多说说古代的资料，谈谈女作家的创作。据爱玲说，她的名字，本来自古代一位女作家。

爱玲只是笑，讲话很少，我追问几句，她才慢慢地说，恋爱着的男人向来喜欢说，恋爱着的女人破例不爱说话，她下意识地知道：男人彻底懂得一个女人之后，是不会爱她的。

这也是女作家的想法？古怪的文艺女青年程序设计？或者说，这是变异仿生人的自主意识？我不禁哑然，小声说，可你不是女人。

爱玲转过脸，眸子转动，嘴角显出冷笑，一字一句地说，女型仿生人也是女人，我们可以不恋爱，但我绝不会否认这一点。

我看着这个想成为真正女人的仿生人爱玲，一时间无语了。它已深深陷入预定程序中。过了会儿，爱玲又主动凑来，搂住了我。我吓了一跳。无论虚拟空间,还是现实地下区,我们彼此温存,但奇怪地没有结合。我不忍亵渎那份梦幻的感觉。仿生技术发达,为主人提供性安抚的仿生人和真正的女人更是相差甚微,甚至某些方面,还胜过一筹。但是,我不能想象,和一个冰冷的机器做爱,这让我恐惧。我宁可在虚拟时空与她牵着手,慢慢走着,直到世界末日。

爱玲的主动,让我很不适应。她不管不顾,瘦瘦的身体趴在我的胸膛上,像一片精美的白瓷,凉凉的,滑腻,有质感,触久了有种亲切的温度。我甚至感觉到类似心跳的声音。我的心里稍微安定了一点,一点点地深入。她猛地蜷缩起,像受了什么惊吓或痛苦,左手有力地擒住我。我们在迷卡房狭小的空间起起伏伏,海浪般摇动,巨石般安静,我感到体内有什么东西被迅速击碎了,眼泪顺着眼角流淌出来。

爱玲好奇地用食指挑起我的泪,凑到鼻端闻了闻,说,这是人类的泪水?咸的,含有无机盐,蛋白质,溶菌酶,氨基酸。男人也流泪吗?

我尴尬地抹了把脸说,有人说,男人的心,这辈子总要被击碎一次,而击碎他的,一定是一个在他眼中独一无二的女人。

那又怎样?爱玲又问。

他会失去理性,变成毫无心机的傻子,全心全意地爱着这个女人。

你编出来哄我的吧，你被我击碎了吗？爱玲盯着我，她的眼中，似乎有着某种金属的光芒，刺穿了我的灵魂。

我紧紧搂住她，说，天意如此，不需要解释……我决心离开地上区，离开干净整洁、秩序井然、却冷冰冰的世界，投身于混乱的地下世界。虽然，我可能被抢劫，住宿卫生环境差，光线阴暗，但我不后悔，因为爱玲会和我在一起。我会拿出所有积蓄，再向金刚借点钱，买下爱玲的专属使用权。为此，我愿意辞去那份收入不高，但稳定舒适的精神侧写师工作，当一名地下水电解区的清污员。

金刚听到我的想法，沉默了许久，说，柳原，虚拟币不是问题，但你疯得有些过，你和薇龙离婚，没了住处，可以搬到我这里。你不能和仿生人鬼混。

我真的爱她，不想离开。我嗫嚅着，还是下定决心说出这番话。

人类会老去，仿生人寿命是我们的几倍，它们只能陪伴，不能和你生儿育女，金刚耐心地说，我也听过和仿生人结合的事，但都没啥好结果。

我拒绝了金刚的规劝，回到宿舍，收拾好东西。帕克还是面无表情。老款仿生人，缺乏丰富的人类表情。我告知它这一切，它问我，精神侧写的力量如此强大，仿生人能和人类相爱？我没有回答，只是说，精神或情感都是奇怪的东西，人类拥有它们，会产生些不合时宜的想法。帕克蓝汪汪的眼睛，继续闪动。他默默看着我，不再发问。

我联系了薇龙，告诉她，离婚协议拟好后会传送给她，我会很快搬出公寓，住入地下世界，从事新的工作。薇龙气愤地指责我是变态，喜欢仿生人，为了一台披着人皮的机器，就和她分手。这不是你想要的吗？我平静地说。薇龙暴跳如雷，我干脆关掉了意识共享。

你真是傻瓜！兰成将杯子摔得粉碎，同事们纷纷走过来，都默不作声。兰成语气沉痛，精神侧写师是外表轻松，但实际沉重的事业。我们需要高昂饱满的情绪，感染大众，安抚教育大众，给他们彷徨的心灵以勇气与希望。我们也会自我怀疑，被稀奇古怪的念头侵入，我年轻时也有荒唐的想法。我想当船员，和海怪搏斗，死在狂风暴雨中。后来，我终于明白，这样的工作不适合我，我能干的就是精神侧写。这个发现有些沮丧，也说明我们的工作卓有成效。

你不要怀疑自己，你要做的，就是坚持下去。兰成拍着我的肩膀说。

洪水要来了吧，我不想考虑这么多，我只想活得快乐点，哪怕这快乐如此短暂。

社区首领承诺，优先考虑精神侧写师转移。我们是古代巫士，没有我们，人类难以安定渡过难关！兰成大声地说，看着众人，声音充满坚定和喜悦。大家都面露喜色。

我什么也没说。上层不过是安抚我们吧，可能带走少数侧写师，像我们这些低等侧写师，是没有机会的。我穿行在白色走廊，身后是越来越远的同事。我将远离这熟悉的一切。

晚上，迷卡房中，我突然醒来。人们在外面热闹地喧哗，耳边不断传来喝彩声与笑声。爱玲披着衣服，头发披散下来，她静静地听着，嘴角带着淡淡的笑意，说，他们在庆祝呢。

一个新生儿诞生了。这是传自古代的庆祝仪式。我和爱玲打开迷卡房门，看到人们蜂拥在交叉口的一棵铁树附近。那是地下社区标志物之一。铁树由不同金属制成，铁枝条紧紧贴着空间顶部，四下里伸展着，仿佛无数长长的怪蛇。树身跳跃着不同光芒，无数小彩灯挂在上面。树干有很多声音传感器，人们可以摸着树干，留下自己的心愿。

两个人正托举着一个啼哭的婴儿。婴儿踢着胖嘟嘟的小腿，闭着眼，发出有力的哭喊，好似天籁之音，压住了所有喧嚣。一刹那，人们安静下来。昏暗之中，明亮璀璨的花火，在铁树附近点燃，将婴儿照得通体光华，仿佛钻石体小行星。这里没有天空，也就没有黎明与黄昏。然而，五光十色、阳光般的光明绽放，人类或仿生人，都面露安详。我的心中流淌着温暖的魔力。这时有人燃放烟花，这也是古代游戏。

花火闪亮，我惊讶地发现，仿生人和人类，不是那么泾渭分明。失去左腿的男人，在一个高挑性感的女仿生人的搀扶下，幸福地走着。还有两个仿生人和几个人类少年快乐地跳着舞。我来过地下区这么多次，从没有认真关注这些。

爱玲挽着我的胳膊,说,这里仿生人可以和人类相爱。也许明天洪水袭来,无论仿生人,还是人类,都在劫难逃,即使没有洪水,时间也会打败一切,肉体会衰败,钢铁也会腐蚀生锈,精神和情感将我们联系在一起,血肉和金属的区别,那么重要吗?

活着真好,人类和仿生人都是有生命的。我喃喃地说,心中也有些同意爱玲的想法。但如果仿生人有了自主意识,还能叫仿生人吗?它和人类的关系又将如何?

爱玲额上的金属牌在烟火下闪动,她垂下眼睑,轻声说道,生命是一袭华美的袍,上面爬满了虱子……

七

上个太阳日过后,太阳再也没有出现。

暴雨呼啸,禹王山警戒水位线一点点地逼近。刺耳的警报响起,地上社区和地下社区很多人类和仿生人都被紧急动员,成为志愿者,加固地基,加紧电解水工程。我也被抽到去社区入口处填特质海沙。精钢铁门缓缓打开,我的眼几乎不能睁开,迎面全是苦涩的雨,那股冷寒气息,让我浑身颤抖。我套上防护服,在两名仿生人的帮助下,将海沙用浮动装载车运到码头堤坝。海浪汹涌,疯狂拍打着金属堤坝,似乎随时会冲决而入。我飞快卸下海沙,却在远处听到了奇异的声音。

防护服头灯很亮,射穿雨幕,我看到几个人在齐声宣讲什么。风雨太大,将他们吹得歪歪斜斜,险些滚落水中。他们还在坚持,用高音喇叭对着忙碌的人群诵读着什么。我仔细听去,依稀听到几句,像是:

当洪水退却,群山依旧巍峨,
美丽的阳光,你终将再次来临!

仔细辨认身影,赫然发现,居然是兰成老师在暴雨中宣讲。兰成脸色灰白,强打精神,鼓励着身边的人。史学部和哲学部的几个主任,也都到了这里。兰成也发现了我,放下喇叭,径直走来,抹了把防护服上的雨珠,大声说,柳原,你也来了,太好了。

望着他鬓角上的白发,我鼻尖发酸,想说什么,却不知如何说起。兰成踌躇了一下,继续说,本不想告诉你,社区到了危急关头,也没有瞒你的必要。你的那个变异仿生人,我举报给了安保部门,他们会很快予以抓捕。

为什么?我惊怒交加,我信任有加的恩师和上级,居然出卖了我和爱玲。

兰成淡淡地说,我只说你受了蛊惑,想来你被派遣,也是考验的安排吧。洪水暴涨,大敌当前,所有人都必须统一精神,和雨水做殊死斗争。社区不能容忍变异仿生人搅动大局,同样不能容忍怪异思想的人类。

我扭头就走，身后远远传出兰成的声音，你会理解我的苦心！雨越下越大，墨绿色的天空如同漆黑的大脸，海面上的一切都惊惶逃遁，黑暗里雷电急走，无数人类小船在海面上漂浮着，如同可怜的树叶，随时会倾覆。痛楚的青、白、紫，一亮一亮，照着社区的金刚玻璃。玻璃窗仿佛被迫凹进去，眼看着要碎裂开来。我牙齿欲裂。

我丢掉海沙，脱下防护服，自顾自地回到社区门口。两个仿生人辅警紧盯着我，不想让我回去。我捡起旁边的金属工具将他们打倒，在一片惊呼中夺路而逃。我能逃去哪里？智能手环的光芒在晃动，我不敢打开意识共享，又忍不住打开。邮箱里有一连串质询通知，是保全部门发出的指令，要求我马上接受质询。爱玲的终端已经联系不上了，处于盲机状态。

我想了又想，只能找金刚商量。他没有被抽去当志愿者，而是在家照顾刚出生的儿子。我看到他忙碌的样子，不忍心打扰，只说了事情的变化，请他帮我找爱玲。金刚沉默着，搓着鼻子。他的妻子抱着孩子，从窗户一边看着我们，目光中全是询问。产后的少妇脸上都是疲惫。孩子睡熟了，白嫩的小脸蛋，都是安详和幸福。

我帮不上什么，金刚的声音带着歉疚。我转身就走，他猛地将我拉到一边，塞给我一套干净衣服和一块有虚拟币的存储器,悄悄地说,去找那人,给你换个身份,再去地下区找找。这里有些钱,能管点用,剩下的,看你的运气了。

我打开电子卡,上面有个人的名字和地址。我回头看去,金刚的身影已消失在门口。那扇全金属公寓门,此刻紧紧关闭着。单元空间的门都关上了,我站在空荡荡的走廊,外面是昏暗的街道,电子广告牌发出幽暗又冷酷的光,映衬出整条街上无数的废弃物。暴雨当前,地上社区愈发混乱,我没由来地感到一阵恐慌。我从此将告别正常生活,被抛入不可知的深渊。但已行至于此,也不可能退缩。想到爱玲脉脉含情的眼,我又有了很多勇气。

金刚告诫我,不能再用原来的身份。他认识个地下商人,可帮人转换身份,但价格不菲。只有如此,我才能顺利进入地下,找到失踪的爱玲。她也许被保全部带走销毁了,也许正在逃亡,变成和我一样没有身份的人,但不管如何,我都要去找找。

我穿起那件套头装,小心翼翼地躲避着街上巡查的仿生人辅警,几小时后,到达了C4区一处阴暗处。那是栋独立小房,电子铭牌闪烁着"振保修理部"字样。我按了门铃,热扫描口投出阵阵红光,传来一个中年男子冷漠的声音,你是谁?有什么事?我赶紧说是金刚介绍的,我是他的朋友,来找振保。

沉默了一会儿,金属门发出"咣啷咣啷"的解锁声,我的头顶凭空出现一个黑色感应器,它诡异地飘浮在空中,在我身上转了几遍。又有一个声音说,没有武器?我赶紧回答是的。感应器发出"嘀嘀"的声音,红光不再闪烁,我才放心地进去。屋内灯光昏暗,我看到一个邋遢肥胖的男人正拎着一瓶酒,冷冷地打量我,身上散发出宿醉的气味。

房间不大,堆满各种机器零件,杂乱无章。客厅墙上,贴着一张大大的画报,我凑上前去,看到是一张火车画报。茂密的森林,洁白的蓝天,皑皑的雪山,一辆红轮黑身的火车正冒着白气,在钢铁轨上飞速前进。

古旧瓦特式蒸汽火车,几百年前被悬浮摩托车替代了。我说道。

男人搔着头皮,抿了口酒,说,难得你认识古代运输具。我的先祖原是春城火车司机。他认为火车是世上最好的工具。可你瞧,在钢铁罩子里,用不到火车,大陆也快消失殆尽,根本用不上它了,现在的小孩,只能在精神侧写的历史部教材中才能认识它吧。

我说,您是振保先生?

男人丢下酒瓶,搓了搓肮脏的通红的手指,不紧不慢地说,我是振保,不是什么先生,好孩子先生,找我有什么事?

他上下打量我,说,遇到麻烦了吧。我说,你怎么知道。他说,感应器爱玛说的,它说,你的意识共享区识别码变成红色啦,你不是好孩子,倒像危险人物。

他的手按在裤带上，里面鼓鼓囊囊，应该是武器。我赶紧解释了目前的处境，讲述了我和爱玲的故事。爱上了仿生人？振保的眼鼓着，似乎遇到什么不可思议的事，他摇头说，洪水暴涨，暴雨不断，这末日里让人安稳死去，都那么困难。我让他帮我改换身份，去地下区寻找爱玲。

振保显然是奸诈的不法商人，他提出两个方案，一个是换个人类身份，但价格不菲，另一个是帮我做个假的仿生人电子铭牌，让我冒充仿生人，潜入地下区。反正你只在地下区待一阵子，铭牌三天后失效，你就成了无身份的野人，小心警察的抓捕，如被抓住，要被派往码头做苦工。

你的钱，只能如此支付，爱玛早告诉我了。他狡猾地笑着，露出被烟熏黑的牙齿。那台感应机器人发出蜂鸣，应和着他的言语。

我的确没多少钱，只够买仿生人假身份铭牌。他熟练地开启按钮，房间内部还有一个整洁的作坊，里面有各种稀奇古怪的工具，都整齐地摆放着。他让我在门口等候，嘟嘟哝哝地说，要不是洪水来了，1084社区不保，为了移民上位社区，我的钱不够，我才不会接受这等不法业务呢。

我歉意地笑着，他突然想到什么，扭头说，你要寻找失踪的女型仿生人？CJS2000型玩偶？名字叫爱玲？

我重重地点头，胖男人振保露出开心的笑容，说，早说嘛，爱玲在我这里。

八

兰成老师成为我的社区大学导师，是在多年前的一个下午。

我依然记得那个阳光明媚的日子。阳光穿过教室窗户，在兰成老师手上形成一道道七彩光柱。教室很安静，大家默默看着兰成。这是大一新生的第一堂精神侧写课。兰成老师的手掌宽大、温暖，手指细长。他不断翻转双手，仿佛在万人瞩目的舞台演奏一曲抒情唯美的世界名曲。他的声音，充满了稳定的磁性，飘荡在教室上空。他说，这类似古文中的散文。他为我们讲述了一个美好梦境：金黄的阳光，鲜艳的红色跑道，灰白的鸽子在蓝天飞舞，绿盈盈的小草上挂着晶莹的晨露，跑道是真实泥土夯实的复古型跑道，踩上去硬硬的，有颗粒触觉，还带点软软的异常感。兰成老师说，顺着这条跑道，一直跑下去，不要回头，不要停，就能找到大陆，看到高山、森林和草原，遇到你最爱的人……兰成老师变成了兰组长，成了我的上级，也不再写那些美的文字，而热衷于编写粗鲁海员和勤奋工程师的小故事，令儿童讨厌的儿歌，但我始终不能忘记那一幕。我刚想删除腕环的身份标记，意识共享的呼叫感应闪动不停。我犹豫了一下，看到是金刚，还是接通了。终端那边的金刚说，你见到兰成组长了吗？我说，昨天看到他在码头宣讲。金刚焦虑地说，一号码头就要守不住了，兰组长不肯退回，他联系我说，要和你最后通次话。我有些疑惑，难道他要劝说我放弃？还是让我重返志愿者岗位？我的脑海浮现出多年前那堂精神侧写课，犹豫了一下，点头应允了。我悄然走出振保修理部，在一处安静所在，打开了联结兰成老师的终端投影。很快，我前面的那堵墙上，出现一号码头纷乱的场景。

狂风，乌云，金属码头摇摇欲坠，发出痛苦的呻吟。闪电和雷鸣间断地闪现着一群即将崩溃的人类。他们有的还在奋战，抵挡着海水最后的进攻；有的惊慌失措，哀号着舞蹈；有的则长跪不起，瘫软发呆，喃喃自语。只有人类前面的仿生人悍不畏死，手挽手地站在海水慢慢升起的堤坝旁，他们的身体拴着金属链，紧紧靠着堤坝边缘，形成一道肉身盔甲。此时兰成老师疲惫不堪，他摘掉眼镜，抹了把脸上的水，忧郁地说，最后时刻到了，我不会撤离。

我说，兰老师，不是坚持与否，而是这样是否有价值。你要活着，这才是最重要的。

兰成老师苦笑着说，我一出生就在1084社区，我一生所做的，就是守护它。

我有些哽咽，不知如何劝说。

兰成老师大声喊，时间不多了！你还记得我在第一堂课对你说过的话吗？精神侧写有用，文学有用，人类灭亡，地外生命也会在遗迹上发现我们的尊严和骄傲，希望和梦想。

我的泪涌动，手腕轻轻抖动，金属墙上兰成的影子也不断抖着。

兰成老师拍了拍脑袋，说，你还年轻，要活下去，这世上有比爱一个仿生人更重要的事，你要把我们的故事都侧写下来，包括你自己的。

我说，有什么用呢？

兰成老师挥舞着手，斗志昂扬，他嘶吼着，糊涂！这是我们唯一存在过的文字侧写记录，我们都会死，侧写精神不死！

他从身边拎出一串粗大的金属链缠绕在身上，另一端和那些仿生人固定在一起。兰老师将自己也绑在了堤坝旁。镜头晃动，模糊不清，我只听到兰成老师最后的声音："没想到，最后时刻，竟和仿生人在一起，他们比人类坚强，柳原，如果洪水退却，你会看到，我的白骨和誓言一般长久，成为1084的纪念碑！我存在过……"兰成老师的话语淹没在了一片更大的海水风暴中。投影中一片黑茫茫，如同无边夜空。

兰成老师的死，有种激动人心的仪式感。他为什么找我这么惫懒的家伙完成使命？我不过是想自私地活着罢了。我拯救不了别人，我连爱玲都救不了。

不知何时，振保悄悄站到了我的身边。他吐出一口烟，表情漠然地问我搞不搞了，再耽搁世界末日就来了，他也要收拾东西跑路了。我跟着他，走回修理部，开始了快速的身份转换。我的脚下，还摆着"爱玲"的残肢部件，振保说送给我当纪念。

振保的地下室，七八个女型仿生人横七竖八地躺在里面。地下室幽暗潮湿，振保的感应型智能机飘浮在半空，不停发射着青紫色光芒。我仔细辨认着，这的确是爱玲，又不是。它们都穿着特质旗袍，白皙优雅的脖子，精致的鼻子，弯弯的眼眉，还有窄窄的眼，乌黑的头发，烫着古代发卷。不同的是，它们一言不发，一动不动，眼神空洞地散发着莫名的死气。它们摆出各种僵硬的造型，被定格在了某个特殊瞬间——也许，是在阅读或书写。

振保抱着粗黑油腻的胳膊，在身后注视着我。他故作正经地说，你是侧写师吧，和金刚一路货色。你们这些人，总有些稀奇古怪的爱好，这款古代女作家型仿生人，是地下世界的一个女人设计的。相传，她也曾是侧写师，后来逃亡到地下世界，靠设计女型色情机器人谋生。这款"爱玲"是她的杰作。

这不是我要找的爱玲，我身体瘫软，似乎跪在了地上。

有什么分别？振保耸耸肩，反正都是用，这些都是被弄坏的，卖给我当废品处理。

我在仿生人尸体上翻找着，它们似乎像我的爱玲，又好像全不是。我不敢央求振保将它们全部开机。振保说，损坏的仿生人，只要开机，还会保存一定记忆，除非用户强行删除。如果它真在里面，我该怎么办？我在这些"爱玲"之间彷徨无计。我简直要崩溃了。

振保剔着牙,打着酒嗝,斜眼看着我,猥亵地笑着说,你不会真爱上仿生人了吧,这还真有些诡异……我去地下世界找找。我不相信,爱玲就是那些地下室的破烂,我的爱玲独一无二,我对她的爱也是独一无二的,我要给自己一个交代。末日来临,我不想有什么遗憾。

改造是痛苦的。振保在感应机器的协助下,将伪造的电子铭牌镶嵌在我的额头上,并为我特制仿生人智能手环,存储了虚假身份信息,以躲避扫描检查。我原有的意识共享他没有删除,只是加上了一层密码锁暂时关闭。密码锁在半天后失效。他也不敢擅自删除意识共享,那样我可能会变成白痴。然后,他用特殊材料做了一张南方人面孔的人皮面具,覆盖住我原有的脸部。当然,这些小伎俩只能骗过临时安检,只要DNA检测,我照样会被揪出来,振保说,要看我的运气了。不过,现在这时候,估计没人专门找我的麻烦。

改造非常快,看着振保娴熟的操作,估计他没少干违法的事。几小时后,我终于站在镜子前,当振保清洗了双手,让我睁开眼,我才慢慢地睁眼,在镜子里看到一个完全不同的我。那是个面孔黑黝黝的中年人。他目光忧郁,又有几分决绝。我抚摸着脸上的仿生人铭牌,感受着仿生人的体验方式。我到底是人,还是仿生人?

你要给自己起个仿生人名字。振保说。

"邵之雍。"我说。他也是古代女作家笔下男主人公的名字。我只希望，爱玲看到我，还能一眼认出我。我坚信，爱玲是自主意识觉醒的仿生人，她会记得我，记得我们在一起的时光。我变成了CMS2002型玩偶仿生人，迷卡名就叫"邵之雍"。

一号码头被海水攻破，二号码头的防御也就危险了，估计还有大半天可以撤离。我早为这一天准备了，我有特殊通道船票，振保炫耀地摇着手指，又不无悲哀地看着修理部的一切，说，可惜，要告别这里了，恐怕今生再也无法回来了。

你只有这些时间，他停了停，又对我说，你必须在这个时段内出来，找到可以容纳你的逃生船，否则，谁也救不了你。

我没有回答，而是问，如果地下区找不到爱玲，它有可能在哪里？

社区坟场，振保说，如果被处理，十有八九在那里，那可是个瘆人的地方。

你的玩偶有点奇怪，振保又想了想，说，不过，可能是我看错了。

我问他看出什么，振保说，根据他多年修理仿生人的经验，他感觉我的意识投影中的爱玲，的确和他修理的这几个不太一样。我问他哪里有区别，他嘿嘿地笑着说，爱玲看着和你一样，不是一个真正的仿生人，她应该也是人类。

人类？我被他的判断弄蒙了，问他判断的根据是什么。振保想了想，无所谓地说，没看到爱玲本人，也不好断定，不过，真正的仿生人没那么有光彩的眼神。从这一点他可以断定,爱玲即便真是仿生人,也应该有些古怪。

我有些目瞪口呆。没啥稀奇,振保拍拍我,说,我能帮你伪装,别人自然也有这样干的。

说完,振保吹着口哨,指挥机器人打开各种柜子,将零件整理后塞入箱子。他为在撤离之前还能做成一单生意感到高兴。

九

1084社区陷入一片混乱。

消息无法封锁了。街头的灯被人砸碎,路边商店被打劫,光滑的地面,被疾驰的漂浮器撞出一块块触目惊心的裂缝。很多人急于出逃,导致漂浮器事故率大增,街面空荡荡的,无数被遗弃的物资堆满了道路,从玩具、衣物到各种储物箱,甚至是被毁掉的仿生人。很多逃跑的自私人类,认为仿生人妨碍逃生空间,就关闭它们的系统,将它们拆毁,丢在路旁。仿生人的程序设计,让它们无法反抗人类,只能单调重复"亲爱的人类,你破坏仿生人生命系统,已违反社区法令"。整条街上,到处响着这样的声音,让我心惊肉跳,仿佛置身于海底巨型狼鱼的噬咬之中。只有人类警察和仿生人辅警使用的,涂有"警用"字样的灰色金属飘浮器,不时掠视过各街区和公寓,寻找着不法匪徒。巨型"怒海追鲨"仿真游戏广告,还在一片狼藉的街道上，投射下性感美少女和游动鲨鱼的影像，平添了几分诡异。无数暴民四处游荡，寻找着逃生机会。他们已失控。他们毫无顾忌地在公寓房门前大小便，砸毁社区行政标志的徽章。暴民根本没机会逃走，他们发泄着最后的疯狂和恐惧。

我刻意躲避暴民，遭遇了几次仿生人辅警巡查，所幸振保仿造技术过硬，得以蒙混过去。我成功到达悬浮电梯，只要能顺利潜入地下，就有希望再见到爱玲。我这样鼓励自己，慢慢稳定下情绪。我找到一件橙色雨衣，将自己打扮成工程人员，默默跟在一群人后面，登上拥挤的悬浮梯。电梯下降速度飞快，我感受到挤在我身边的那些人散发出的各种气味，有浓重的汗臭，掺杂着海水苦涩的腥味，雨水的硫黄味，还有一丝危险气息。一个熟悉的女人身影紧靠在我的前面，聚集在身上的雨水，"滴滴答答"跌落在电梯底板上。

那是我的前妻薇龙。她没有认出现在的我，只回头警惕地看了一眼，看到我额头上的仿生人铭牌，厌恶地扭过了头。看来她又找到了另一个伴侣，过得还不错。那个壮得像土山般的男人，揽着她的肩膀，裸露的手臂，皮肤泛着点点青色光芒，似乎经过了某种基因改造。他们要去哪里？我本想和她聊聊，但想想现在自己的身份，硬生生地闭上了嘴巴。

悬浮电梯刚停在社区大厅，随即冲过来一群警察。枪指向我们，发出"嘟嘟"的警报声。侦查定位仪射出雪亮刺眼的光芒，我的心猛然下沉，难道这次艰难的寻爱之旅刚到这里就要结束？我不甘心，想反抗或逃走，却根本没机会。我被薇龙，还有那几个男人紧紧挤在电梯后面。

薇龙喊了一声，壮汉抛出一个烟雾类武器，瞬间，大厅弥漫着呛人的浓烟，他们利索地翻出电梯，左冲右突，从门口夺路而逃。恰在此时，远处的人群又爆发出了巨大的呼喊，惊雷闪过，围堵的警察队伍也骚动不安。利用这间隙，薇龙和几个人逃离出口，薇龙脱下上衣，我看到，她的皮肤居然出现了厚厚的角质，长出一层淡淡的墨绿色鱼鳞。鱼鳞不多，只在腋窝、腿部和肋骨上，但看着触目惊心。薇龙打倒几个警察，飞速向码头跑去，她的身影淹没在人群中。

我非常困惑，她不是说去研究政府开发的植物项目了吗？我这才想到金刚对薇龙的猜测。薇龙热爱自然，渴望成为高贵的野蛮人，看来她即将如愿。她多次声称，不会寻找什么新大陆。她的研究，和海洋生存有关。她和那些经过转化性基因改造的人，最终会在1084社区灭亡中投奔大海。他们将以船为家，直到创造出在海中生存的基因改造技术。

我望着薇龙的背影，感到如此陌生。她的选择是对的，还是兰成老师是对的，我不能判断，她就这样消失在眼前。这也许就是命运。她注定不是我要找的那个女人。当她变成了一只快乐的人鱼，是否还能记起我们在AI幻境的旅行呢？

我趁乱溜走，顺利到达了地下世界。比之地上社区，这里也乱成一片，但也有很多人安之若素。他们大部分人没有船票，只能听天由命，几个老人安静地听着音乐，有的一家人在公寓门口，坐在长长的椅子上，手拉着手，唱着轻松的歌。很多残疾人在铁树周围祈祷，恋人们甜蜜地拥吻。不断的冲击下，巨大的铁树也摇晃不已，很多祈愿符抖落，铁树黑黝黝的树枝，有的也已断裂，但围在旁边的人，毫不畏惧。他们每人手中都摇晃着一个白色光柱，无数小小的光柱穿破黑暗和恐惧，在铁树四周，留下神奇刺目的色彩，仿佛那天我和爱玲看到的焰火，短暂、灿烂，却能照亮人心。

我流下了泪水，又飞快擦去，生怕别人看到。仿生人不会流泪。我现在只是"邵之雍"，和爱玲一样，是服务人类的仿生人。我又来到熟悉的迷卡房。它的大门大开，两侧的旋转展示窗都破碎了，里面的仿生人踪迹全无。我站在门口，打开意识共享，耳边响起智能感应器的声音，阳光迷卡问候您！往常悦耳的声音，在这末世之中竟如此诡异。

爱玲在吗？我试着提问，心中惴惴。

感应器沉默着，许久，传出声音，迷卡仿生人爱玲，违反仿生人禁令，脱离程序控制。

被警察抓走了，还是失踪了？我有点蒙，还是走进那一间间迷卡房搜查，这里空荡荡的，没有人，也没有仿生人。他们仿佛人间蒸发了一般。只有我最熟悉的那间迷卡体验房的桌子上，放着一个投影仪，在墙壁上投射下若有若无的信息，我会等你，爱玲。

　　我心中狂喜，马上联结爱玲的信息共享，依然毫无反应。看来，爱玲刚刚匆匆写下这一笔，就被人强行带走了。那面墙上还镶嵌着我送给爱玲的那枚大丽花戒指。

　　我想带走它，又徒然作罢。一切都是徒劳。没有奇迹，也没有光。我瘫软在地上，痛苦地揪着头发。我不会逃走，就让我在最后的崩溃中走向灭亡吧。我不会去新社区，活下去当一名记录历史的侧写师，我要和爱玲一起毁灭。我这般浑浑噩噩地走着，漫无目的地浪迹在地下世界。所有人都在忙着最后告别。他们紧紧抓住生活，希望挽留住最后的时光。一切都将过去。这些故事都将沉入深深的海底，成为无人问津的尘埃。科学家说，地球曾经历过数次毁灭和重启，但我们都不了解过去辉煌文明的故事。记忆不可靠，侧写只是人类的一种执念吧。

　　我不知不觉地深入地下社区深层所在。我的脚步软绵绵的，七扭八拐，好似醉汉。深黑色的水，在我的脚下悄悄地蔓延，那些黑色妖火，灼热、狰狞，还有着致命诱惑。它们耐心地跟着我，从一处到另一处，时快时慢，浸湿了我的鞋子。威胁临近了，我反而安定下来，带着好奇心向地下社区最深处走去。我经过水电解区，那些巨型化学池子仿佛沸腾开来，冒着"咕嘟咕嘟"的白色气泡，底部却沉淀着黑色物质。人类希望通过科技解决波涛汹涌的海水，也是痴心妄想。继续向下走，温度骤然上升，黑红两色光焰，不停在我身边闪动，如耀眼的光斑，让我短暂地看不清环境。我闻到腥臭腐烂的气味。那是一扇巨大的铁门，电子信息牌标着"死亡坟场"字样。这应该是社区最底部，听振保讲，如果爱玲被处理，十有八九送到了这里。

巨型铁门半开着，没有人，看守可能逃走了吧。我径直进去，只见到几十个旧款仿生人，还在默默工作。他们对脚下渗透进的黑水视而不见。站在一个传送带前，先操纵分离器，将一具具仿生人身体拆散，再遥控抓取器，将那些流淌着蓝色营养液、裸露着电子元件的残躯，放置在传送带上，传送至桶型处理装置。令人惊讶的是，传送带上不仅有仿生人的身体，而且还有人类尸体，也被切成数块，血肉模糊地堆在上面，缓缓地移动。我的耳边只有不断冲压、锻打和塑形的声音，机器另一侧，赫然出现一个个块状物，这些东西又被浸泡入一箱箱绿色营养液中。我这才想起那些传说。社区死亡坟场，无数人类与仿生人尸骨、血肉和金属，都被做成复合岩，人类血肉提供养分，仿生人金属组件支撑岩石组织。这些复合岩附着培养一种类珊瑚体的、生长速度很快的生物。它们是"恶之花"，也是希望之花。社区科学家想利用它制造出大大小小的岛礁，如果所有社区都能执行这一计划，按照这样的速度，一百年后，大陆将慢慢重新逼退海洋。这应该就是"息壤"计划的一部分。

我在血肉和金属中翻找，希望找到爱玲。直到两手血污，筋疲力尽，也没有任何收获。正当我准备放弃，突然听到了微弱的声音。侧耳听听，再向左边一堆废弃仿生人看去，却发现了一个仿生人，侧面躺着，下半截身体不知去了何处，它艰难转过头，脸上的人造皮肤脱落，露出恐怖的金属骨骼。

它是帕克，不知为何流落到此地，居然还未完全关机。

是主人吗？帕克说，能否将我转过来，我能和你更好地说话，我的时间不多了。

我想问它，为何被抛弃在此，但想想已变成了"人鱼"的薇龙，还是忍住了。

能在这里遇到您，主人，真是太好了，帕克说，你怎么变了模样？

我摸着它残破的头颅，苦笑了两声，不知如何说起。我只问它为何能发觉是我。帕克说，您的外貌改变了，意识共享区识别码未变，我们添加过共享信息，我通过它感应到了您。

您到这里干什么？帕克问我。我从意识共享区翻出爱玲的照片，帕克歪头看了看，说，我在这里半天了，没见过这个仿生人。

我松了口气，有些失落。帕克盯着影像看了半天，说，这个戒指，是您和薇龙主人的婚戒吧。

我说，是我给了爱玲。我又问帕克，这个仿生人有什么问题？帕克眼珠转动，片刻工夫，又摇头说，很奇怪，有种人类的感觉。

我的脑袋响起无数雷鸣。振保如此说，我当他是玩笑，帕克也这样讲，我不禁想起和爱玲交往的点滴，比如，她有类似心跳的感觉，我从未看到她使用仿生人补充营养的电解液。我当时也对她如此敏锐的情绪波动感到过好奇。再智能化的仿生人，似乎也没有达到如此完美复制人类情绪和精神的能力。

如果爱玲是人类，为何要冒充仿生人？如今又去了哪里？我的情绪一团糟，理不出头绪。帕克开口对我说，主人，拜托你一件事。

我清醒过来，看到帕克半截身体，黯然点头。帕克平静地说，请关掉我体内的电源，我想安静地离开这个世界。

我看到远处依然一丝不苟地工作的仿生人，想说什么，却又不知如何说起，只能答应，摸索着帕克残缺的身体，我很害怕帕克那平静到波澜不惊的眼神。我想起和帕克相处的日子。

我颤抖着，要关掉电源，帕克又问我，主人，我们是朋友吗？

我咬咬牙，说，一直把你当朋友，我既然能爱上仿生人，也能和仿生人交朋友。

帕克晃了晃，身体内似乎发出一声叹息，说，"心痛"是什么样的感觉？

我无法回答。帕克又说，大概是种精神侧写能力吧。我很想"心痛"一下，这样我是不是也有了精神，也是人类了？

我依然无法回答，只能按下开关，看着帕克眼中的光亮一点点地消失……

十

帕克的提醒引起了我的注意。我想起了那枚戒指，我在迷卡房见过它，当时并未在意，如今我要回到那里，重新寻找爱玲。

黑水还在蔓延，迷卡房还是离开时的样子，水位涨到了膝盖。信息读取器的信息，还映衬在房间内的墙壁上。那枚戒指镶嵌在墙上。银质大丽花戒指，蒙上些许尘土，由于我的粗心，差点错过这重要物件。我拿起戒指，果然戒指亮了，信息读取器也跟着亮了，我的意识共享区，似乎收到什么讯息。我赶紧打开，墙上再次出现了爱玲的身影。那一刻我热泪盈眶。

爱玲还是穿着那件碎花白旗袍，目光平静慵懒，声音却有着无限沧桑：

你重新捡起戒指，说明你还珍惜我，也不是你找来的警察。这也说明我没看错人。可惜，我现在不能真正戴上它。你说过，你的心已被我击碎。我有秘密瞒着你，我的心只被你击碎了一半，现在我坦白这些，不是为了成全这份爱，而只想让那半边的心碎得更加彻底。我不知道，你是否会留在我身边……我的真名叫流苏，"爱玲"是幻化的名字，纪念尊敬的古代女作家。我就是设计CJS2000女型仿生人的设计师。我也是精神侧写师，不能忍受那些沉重责任，我只想写古代女作家写的那些属于自己的文字。存取器也有我阅读的心得体验，你有时间可以看看。我沉溺在侧写的世界，去寻找古代女作家说的那些真正的爱情。我假装仿生人，就是要寻一个能"爱"的人。他不会因为我"是什么"，放弃对我的爱。古代女作家笔下，有过这样一对男女，他们彼此三心二意，互相试探，又不甘心放手，最终，那座大城沦陷了，他们才走到一起。天崩地裂的末日，我希望你能和我在一起。我已经走了，存取器有两张船票。一张去往藏城，那里是牦牛长跪流泪的太阳之地。我在那里等你，那里的生命，为自己活着，简单地爱或被爱，我们也可以永远地生活在虚拟古代；另一张通往昆城，是社区总部，人类息壤计划的最后大本营。那里有抵抗的责任，还有精神侧写义务，你的时间不多了，我会等着你来。

信息器在我的手中颤抖，仿佛爱玲柔软的手掌。我能成为真正的侧写师？我要记录社区最后的抗争，还是记录个人真实的感受？我的耳边，有着无边的水声，汩汩而出。我仿佛看到，兰成、薇龙和金刚，还有无数人，都在水中苦苦挣扎。禹王山晃动，古塔最后的塔尖也要没入水中了。海中不断闪现着古代大城、海城、苏城，或不知名的城。数十丈巨浪，形成了惊人的墨绿水墙,不断拍打着社区摇摇欲坠的墙体。然而,暴风雨似乎小了很多,一片火红的飘带,正由东向西高悬于苍穹,令人望而生畏……

附录
《遗情录·流苏阅读记》

这是最后一篇阅读笔记。我读完了爱玲所有作品。这是一个多么有魅力的女作家,又是个多么奇怪的女人。我想象着她最后离世的情景。每一个黑夜,都是短暂的死亡。没有爱的女人,如同身处漫漫长夜,没有尽头。爱玲最后的时光,不停搬家,她的行李很简单,随时可以抓起逃离。她害怕那些虫在耳边轰鸣。傍晚时分,当夕阳挣扎着咽下最后一口气,暂时沉入黑暗,虫的大军狰狞地飞临了她的耳边。它们总让她想起过去。她一生寻爱,却爱而不得。也许,这也成就了她苍凉的文学侧写与孤高心性。她想着那个翘着嘴,坏坏地笑着的中国男人,那个衰老但温柔的西方男人。她最终明白了,世上最强大的,不是金钱和权力,而是短暂又漫长无比的时间。它们抢走她的健康和容颜,她的写作能力,还有安全感。只有漂泊,只有新环境,才能让她稍微放松,她不喜欢稳定的空间,那意味着定型,也意味着僵化,她喜欢突如其来的变化,又在承受能力范围,不至于过分不舒服。年轻时她如此热爱生活,喜欢生机勃勃的行人,飞短流长的苏州娘姨。她倾听午夜弄堂里叫卖馄饨的小贩悠长的声音，电车悄然划过的动静。可当死神一步步地走向她，她的抵抗方式却是简单的死寂。她的房间，一些书和物品，随意丢在大纸箱里，堆在房间一角。她只需要简单的床和被褥。她害怕别人打扰，仿佛安静就是她最大的武器，简陋寒碜的房间，可以让死神遗忘那个对一切都冷漠而随意的女人。人总是这样，年轻时有无限生趣，年老了却只有对死的恐惧。

午夜时分最难熬。天灰蒙蒙的，刚下过一点雨，空气中有点土腥味，一缕白色的光扭动着身体，在与黑暗进行暧昧的胶着。屋内一切都只露出轮廓，头脑兴奋，身体僵硬，呼吸陷入瘫软的停顿。她想抬起那只枯瘦的手，拉开墨绿色灯绳，似乎还有什么东西没交代，但转念一想，也无所谓了。安静就是大休息。没有什么是她的了，她只是暂时的保管者而已。她愿意就此消失，像无声无息的尘埃，所有的人生都是尘埃，都要归于泥土，往昔的繁华与热闹终究会过去，如果有来生，她还要成为一名侧写作家？侧写有什么用，难道就是记录人生的耻辱和创痛？会有更好的东西等着她，即便世界末日，还会有爱情、自由和希望。没什么永恒，但尘世中总会有人在为你等待。我也坚信这一点，天崩地裂，如能成全爱情所在，也是值得的。我等待着柳原，我要他知道，在这个世界上，总有一个人是等着他的，无论什么时候，无论他在什么地方，反正他知道，总有这么个人……

惜琉璃

"你在唐朝的弄玉坊？"

转移的时间又到了。海胆从一款穿越主题游戏里，联系了一下麦烧，没有反应。微信发语音，也没有回答。她先退出，暂时回来。下午四点，微暗的阳光泛着苦橙色，冬天的风挂在阳台上摇摆，像一串冰冷的谎言。尿布也在飞舞，摇摆着焦黄的身姿（她恨尿布，元宇宙时代，有片高级尿不湿，难道不应该？婆婆坚持用尿布）。儿子也要醒了。他习惯下午睡觉，中午和晚上吵闹。海胆几次纠正，始终拗不过哭声。吃奶，大便，无休止的哼唧与哭泣，这同样是一个"写手母亲"，每天要面对的育儿生活。

琉璃子离去后，麦烧忙于工作，海胆嫁人了。男方条件不差，本地人，985高校毕业硕士，一米八身高，在金融部门工作，有两百平复式房，一辆新款特斯拉。那是个优质的结婚目标，性格也好，海胆没意见，心里空荡荡的。男人藏在温文尔雅的镜片背后，有种"得意洋洋"的东西，类似猎豹偷袭瞪羚成功后的笑容。

儿子还没醒。海胆抓紧时间，走向阳台。厨房小火炖着牛肉，肉香四溢，阳台玻璃边，银渐层母猫"爱丽丝"也在沉睡。茶几上，摆着丈夫的文玩核桃，还有一本她写的书《千万别爱上大师姐》。那是她早年在女频的成名网文，玩着游戏就写出来了，订阅和打赏都不错，繁体和简体版实体书卖得也还行，尽管现在看来有些幼稚可笑，但这之后，奇怪的是，不管海胆如何努力，都没有一部作品能超过这本书。

一切不可避免。找个男人，被他搞，弄出个孩子，每天忙前忙后，疲惫不堪。

阳光变弱，从玻璃窗看去，它从灰麻的楼角，伸出锋利血爪，转移到白色巨大的空调机上，又逐渐融化模糊。麻雀迎风乱飞，楼下的枇杷树，轻轻摇晃，一只秃毛流浪狗，蹲在辆破旧的红色电动车前，一动不动，说不出诡异。

海胆贪婪地呼吸新鲜空气，游戏中的盛世大唐，似乎还未完全消散。森森的数据电子流，正汇聚成模块，一点点地掩盖住现实世界。时间如同被抛入黑洞的光，无声无息地消失在深邃的宇宙……

五年前，还年轻的海胆，第一次在星巴克见到了躲在角落敲字的麦烧和琉璃子，就确认她们是写手同行。什么样的女人，整日坐在星巴克敲字？肯定不是都市在职女白领，而是她们这些单身女写手。

她毫不犹豫走过去，拍着她们的肩膀，夸张地称她们"潜伏文字的女杀手"，将这两个目光躲闪的女人，变成了闺蜜。

海胆有些"社牛症",没她搞不定的人,这和一般网络作者的"社恐症",有着很大区别。

琉璃子自以为是作家。"我是个作家",她总是认真地向别人介绍。海胆却认为,作家是"装逼"的职业,类似神职人员,女写手是诚实的"体力劳动者",靠码字赚钱。

海胆家境不错,本科读了个211,大学专业是金融,毕业后先在银行打拼几年,觉得没意思,辞职当了作家。麦烧履历更简单,二流高校的数码制作专业,喜欢漫画和儿童文学,大学没毕业,就开始写网文,坚持到了今天。

海胆热爱大女主,游戏里也最爱穿皮衣皮裤,挥舞电鞭的女王。"你拒绝所有男人,才能让男人拜倒在你脚下"是她书中常出现的经典,类似喜剧明星宋晓峰"此情此景,我想吟诗一首",成了标配人设。麦烧主打"卖萌少女系",她的网络形象,圆圆的脸,清纯可爱,外加点娇憨,有些动漫人物的呆萌。这样的女孩,最能激起中年大叔的消费欲。

海胆和麦烧,还算有几分姿色,琉璃子却不好看,身材矮胖,小眼,雀斑,圆脸,小腿粗得像铁柱,平时还穿包腿的牛仔裤。她说话是羞怯的,细声细气,和男人一说话,尤其是有点颜值的帅哥,脸更红得像煮熟的龙虾。

琉璃子最惨。她最早在三本读中文,毕业后,在培训机构混成了社畜,没钱,没男人,更没事业。辞职后,她和麦烧合租了间房,开始了"网文大业"。她的成绩不好,爱写苦情,读者不太接受。从前她也写耽美，自从这类女生写的意淫男生同性爱的类型被禁止，她就慢慢消沉，主人公往往都有点虐。不同的是，人家的故事，都是虐完后再反转，琉璃子的文，都是虐到底，肝肠寸断，伤心欲绝。

你这是沾染了传统文学悲剧的恶习。麦烧说。

元宇宙有啥悲剧？我们要欢乐，这美好世界，只有足够欢乐，读者们才更欢乐。你苦得像黄连，还能指望粉丝给你欢乐地打赏？

海胆的电脑，还存着琉璃子的几部"残书"。海胆没告诉别人。

她对自己说，留着纪念琉璃子。感情是有的，她也是留心这几部书，看有什么"创意梗"。她现在退出江湖，在家相夫教子，保不住哪天，又再战江湖。

琉璃子和海胆都喜欢"唐穿"（穿越盛唐）类型的网文，琉璃子写的那部《安乐未央玉琉璃》，只有些残章，不合时宜，却有几分古怪趣味……

她的过去一片朦胧。

滴着蜡油的红烛，突突地冒着火苗。她昏沉沉地站立，被蜡熏得微微闭眼，等了片刻，嘈杂的人声才冲入耳朵，仿佛无尽的海水。

那只神秘的"发光盒子"，在眼底跳了几下，彻底消失了。

我是谁？她眩晕着，呢喃自语，看清自己仿佛置身于豪华无比的宴会。金碧辉煌的宫殿，巨大的水晶宫灯，各色各式灯具，都燃着儿臂粗细的红蜡。四周欢声笑语，琴鸣箫吟，西域的神秘熏香，萦绕在指间，掩盖了酒臭和汗液的味道。满眼都是头插翠钗的美人，紫绶朱袍的贵人，还有不停穿梭，殷勤服侍众人的宦者。

恍惚间，忽听众人都呼唤一个名字，仔细辨去，是"安乐，安乐……"

人们含笑看着她，神情迷醉，仿佛她就是山间耀眼的明珠。

一位白皙丰润的女人，笑盈盈地走出，拉着她说，公主，莫不是胡酒饮多了？大家都等着看"百羽裙"呢。她心中骇然，此人非常熟悉，穿着是女官，乌发双螺髻，斜插清雅的梅花簪，粉色水仙散花绿叶裙，外罩带有品秩标记的半臂服。

怎么也想不起来，只能对她笑。女人一愣，凑到耳边，低声说，您不舒服？我吩咐他们呈上吧。她浑浑噩噩点头，女人退下，才问身边一个丫鬟模样的女孩，这女人是谁。丫鬟惊讶地说，那是上官昭容呀。

上官？昭容？她狐疑地转着手指，眩晕感又起，说，我是谁？您是安乐公主呀。丫鬟脸色惨白，那一席话，让她似懂非懂。她又问年号，却是大唐景隆四年。

她的脑海中出现很多刀剑之影，此刻头疼欲裂，不愿再多想。猛听众人疯狂喝彩，只见那上官昭容，指挥几个侍女，举出一件极华贵的羽衣，色彩斑斓，似是上百种鸟雀最绒软光鲜的羽，点缀于真丝长裙。羽毛闪烁变幻，似乎大殿之中，骤然聚集各色鸟雀，围绕这件百羽裙，流连忘返，轻舞莺歌，恍惚人间仙境。

不知为何，她倏然冲出，如同脱笼的雏凤，套住那百羽裙，在大殿中央，翩然做胡旋舞。众人更加迷醉，乐师也齐声奏乐，酒宴气氛瞬间达到高潮。

上官昭容也鼓掌，曼声道，安乐公主百羽裙，是仙家仙物，正看一色，侧看一色，日中一色，影中一色，百鸟百飞，并见裙裳，有此奇宝，福佑大唐！

她只想舞蹈。她还不清楚自己是谁，也不明白为何要这件代价极高昂的裙子。自己不属于这里，她不是这里的人，但现在说出来，谁会相信？她只想快速起舞，似乎只有这样，才能让那百羽裙化身翅膀，让她获得更高的自由。

快速的旋转，直到鼓声戛然而止，她的汗液顺着下巴，滴滴答答地掉落下来。她抬起头，正看到宫殿正前方，一位身穿龙袍的威严中年男人，一个艳丽华贵的美妇，笑吟吟地看着她，舞蹈停歇，他们招手示意，她懵懂地跑上前，才晓得那是"父皇"和"母后"。

她对父皇没啥印象，尽管他宠溺地喊她"裹儿"，可那个高大美目，眉眼尽是凌厉傲气的女人，却有种似曾相识之感。

她嗫嚅着说，母后，我做了一个梦，我和您，还有上官昭容，我们都很亲密，我们坐在一个透明大房子里，每人手里都有个"会发光的盒子"，盒子犹如古铜镜面，有无数诗句文章，符文咒语，跳跃其间，缓缓流动，有人说那叫"存储机"……

母后不以为然，只斥责她少喝些酒，父皇却若有所思，说，存者，从子，才声，本义是问候，《说文》："恤"，问也，引为保全之意；"储"者，从人，诸声，为积蓄之意。难道裹儿梦中的这发光之"神盒"，真可以保全记忆与文学文章？

她也不知道。上官昭容又上前找她拼酒，耳边传来一群宫女齐唱新曲的声音，说是上官昭容酒后新作，为安乐公主"百羽裙"并贺，她听去，隐约是：

满耳笙歌满眼花，满楼珠翠胜吴娃。……绣户夜攒红烛市，羽衣晴曳碧天霞……

麦烧回复了微信，说接了个设计零工，忙了一通宵，上午八点睡到现在。

不能熬夜，海胆有些担心，说，玩命呢，怎么还不长记性？

麦烧沉默着，许久，又回微信，却说"七香车"那边听说要拆。

长安大道连狭斜，青牛白马七香车。

海胆喜欢这样的诗句，华丽富贵，就用"七香车"当成了她们合租屋的"斋号"。自从三个底层小写手熟识后，她们就成了死党，后来干脆住在一起。

七香车在"印象城"九楼。这是商住一体综合楼盘，有不少精品公寓。说是精品，其实入住率不高，住户杂乱，大楼电梯间还未贴上招商广告，就有租户嚷着退租，楼道也慢慢变得脏乱。冬天一到，大楼没有暖气，破报纸乱飞，颇有点诡异衰败之气。

没法挑剔，没钱，只能如此。为了节约电费和水费，她们跑到星巴克或酒吧写作，深夜才回来。她们都曾是快手，一天码两万字，妥妥的"劳动模范"。或去KTV最便宜的下午时间段，狂吼乱唱，放松解压。有时为了调节，她们也轮流做饭，满足于美食的治愈。

她们做梦都想红，像那些网文女频榜的"女神"，童童，希行，失落叶，会憋气的鳕鱼……她们年收入上千万，坐拥数百万粉丝，出入宝马香车，时不时环游世界。三个女写手，写累了，就聚在一起，畅想出名后的美好生活。

几年后，海胆还经常怀念那段奋斗的时光。琉璃子太有文青范儿，她说，当年沈从文、丁玲和胡也频，也合租在汉园公寓。她们为了文学梦想奋斗，都成了一代著名作家。那是哪年？麦烧叹了口气，说，醒醒吧，想当文青，也要有资本，现在的文青女作家，哪个不是名校毕业？人家留在高校，教创意写作，有地位，有粉丝，丁玲这样没学历的，如果在今天，也只能转行干别的。

她们混了几年，没混出啥名堂，累死累活出全勤，到头来不过温饱。她们也加入网站培训班，训练了半天，有些起色，但就是不火。琉璃子走后，她们搬出七香车。麦烧说，整个印象城项目，消防设施不达标，整改了半天，没有后续的钱投入，只能拆了盖住宅房。海胆嫁人，有了新居，麦烧没有男友，贷款买了六十平小房，凑合先住着，七香车还未到期，房东不退钱，杂物乱七八糟地堆着——很多是琉璃子的东西。

过期的方便面，几包劣质卫生巾，几只小口红，还有几件破旧的衣服。

海胆有些心酸，琉璃子活着时，不太注重个人生活，颇有点"苦行女尼"的劲头，如果用来当女学者，也许会有点踏踏实实的成绩。

东西没啥用，麦烧说，你通知她家人来领，如果不来，委托房东处理了吧，我们都是网络人，我给琉璃子办了"虚拟灵堂"，记得来打CALL哇。

其实"女写手三人组"早就有些撑不下去了，没火是主要的，这种高强度的、封闭透支的生活，也的确太难熬。海胆忘不了，那天琉璃子老家来人，大闹寝室。琉璃子来自河南信阳一个县城，父母开了间杂货店，哥哥给人跑运输，已娶妻生子，妹妹也已嫁人，家里想让她回去继承杂货店。那天来的是琉璃子的母亲,她的嫂子和哥哥。母亲看过她们的七香车,再看看琉璃子那张青黑色的、严重缺乏睡眠的脸,眼圈不禁红了。

她试探着问,你都写了些什么?琉璃子说不清。母亲是个坚毅的妇女,她红肿的眼流下泪水,粗糙的手掌,拍打着琉璃子的手提电脑,她气咻咻地说,县城里很多朋友,都说她在大城市,躲在地下室写"黄书",写男人之间乱搞的事。她不能让琉璃子继续"伤风败俗",她必须回去打理杂货店。他们帮她说了一门亲事,对方是猪肉小贩,高中毕业,猪肉生意在县城农贸市场,颇有口碑。猪肉贩已答应,如果琉璃子嫁过来,再生了男娃,就在县城西关买套大房子,也让琉璃子父母跟着一起住。

海胆晓得,"耽美小说"这种类型,在小县城肯定惊世骇俗,但那的确不是"黄文",不是"种马文",而是"纯爱文"——况且琉璃子早不写耽美了,如今主要写古代女穿小说,这些无法和琉璃子母亲解释清楚。暴怒的母亲,甚至打了劝架的麦烧两个响亮耳光。

琉璃子以死相逼。"印象城"九楼,都是这种单身公寓,严格说,并没有宽阔的阳台,琉璃子打开窗,让夏天猛烈的风灌进来,晾晒的衣服都被吹散,她的花布裙在风中摇曳,挡住了她惊恐倔强的小眼,甚至不雅地露出粗壮的大腿。那具沉重的肉身,骑在光滑的栏杆上,瑟瑟发抖,好似冰峰上绝望的企鹅。没人再敢接近她。

海胆被震撼了，她从不了解，琉璃子原来有如此强的文字执念。一股悠扬顿挫的曲调，从楼下的广场上飘扬而上，发出悲喜不定的回音，将那个夏天最燥热的情绪，凝结成了一行行泪，从琉璃子的眼中滚落，带着某种铁锈的色彩和质感。

海胆和麦烧，那天都在琉璃子身上看到某种不祥印记。那是死神淫荡而邪恶的笑，肆无忌惮地印在了琉璃子的脸上。在那之前，她们都年轻，从未考虑过死亡的问题，那也许不过是些遥远模糊的影子——尽管，她们的小说，总写到生死离别，爱恨情仇，但那都是某种快感的游戏。她是爱文字的，她不愿回去，成为县城肉贩的老婆，难道有错吗？但无论何种威胁、逼迫的痛苦，是否要赌上生命？

琉璃子的小说，也写到了死亡，似乎是某种预言。她笔下唐朝公主的死亡，完全和流行的网文不是一个路数，很多读者都喊着读不懂……

大唐景隆四年秋，黄昏，细雨，她终于迎来了厮杀声。

刚刚落叶的日子，她正对着铜镜，梳理着那件百羽裙，借助反光，她居然发现自己有了几根白发，还有一道细细的鱼尾纹。

就像所有美丽且容易凋零的事物，不过半年，百羽裙已失去往日光彩，发出某种陈旧血液腐败的气息。秋天的雨，那些银色的凶器，它们以连绵的方式，展现了事物衰老的残酷本质。所有的东西，都笼罩了一层淡淡的霉味。

她挥了挥手，几个侍者被拖出去砍了脑袋，他们的鲜血，将被用于熏蒸羽毛上的霉斑。

这一切都不是真的。她愉快地想着。那次宴会后，她时常升起这种不真实感，似乎所有的一切，她，百羽裙，皇宫，帝国，都是某种虚幻之物。她愈发喜怒无常，动辄杀人，奉承她的，则会被加以"斜封官"，飞黄腾达。

她在乎的，只有母后和上官昭容。她不止一次和她们说到那些奇怪的梦。她们只是笑她痴，上官昭容说，也许是来世吧，生生世世，我们还有缘分在一起，现在，我们已站在了帝国顶峰，时光易逝，享受美好生活，不是更好吗？

然而，她还是在母后的眼中，看到了深深的忧虑。除了姑姑太平公主，还有无数帝国的敌人，偷偷隐藏在阴暗角落，等待机会发动致命一击。

这有什么关系？只要享受当下就好，哪怕真听到宫廷外面的厮杀声，她也从容地穿上百羽裙，等待着叛军的到来。

她从镜子里面看到，侍女和侍者都倒在血泊之中。血在烧，血在尖叫，血在湖蓝色布幔，咬出一道道殷红印迹，又一点点地氤氲开来，好似一只只覆灭的胭脂船。她也被绑缚，转头看来，雨仍不减，夜已升起，宫殿之外，无数杂沓沉重的马蹄声，敲击在宫殿前的石板道上，无数披甲武士，手持马槊重剑，在火光映照下反射出森然光芒。

一群乱哄哄的人，冲进了寝宫，前头被押送的上官昭容，头发散乱，浑身是血，惊恐万分的母后，也被甲士推搡进来。叛乱者们喘着粗气，冷锻铁甲的甲叶摩擦，发出恐怖沉闷的声响。他们有饿狼般贪婪的目光，长满粗硬茧子的手，不断握紧兵器。她能感受到臭烘烘的气息，凌厉的杀气，以及遏制不住的渴望。

直到此时，她才看清，武士们簇拥着一个锐利挺拔的男人，缓缓走近。正是相王李旦三子李隆基。她轻轻地笑了，这也是应有之义，没想到，那些美好日子如此短暂。

李隆基丢下一根白绫，两名如狼似虎的甲士上前。

不必如此，可以重新来过的！

她拉住身边执唐刀的武士，疯狂笑着说，可以重来的！三郎，我做了一个梦，这里都是假的，是大大的戏场，我和母后，还有上官姐姐，我们都不是我们！

你说什么昏话？李隆基皱着眉头。

我们都是后世来的魂，我叫琉璃子，母后她们也来自后世。你能不能让我们自己死？投湖、割腕、服毒都可以！这样就可以回去了！

回去哪里？李隆基神色阴沉，多半把她当成了失心疯。

那是一间美丽的屋子，有很多说不出的摆设，我们每人都有一个发光的盒子……

上官昭容阻止她，凄婉地说，公主，今生如此，不必再言，人死如灯灭。

李隆基不再搭话，两个甲士上前，揪住她的衣领。她奋力挣脱，居然挣断了几根孔雀翎子。她光着脚，向着寝宫顶层攀爬。士兵甲胄沉重，居然没追上。李隆基又示意，一群士兵举起火把，将明晃晃的箭头，对准了即将爬上宫殿顶的她。

阴雨不断，黛青色云层，翻滚着雷声，金色电蛇，盘旋游动，映衬着甜美又疯狂的脸。百羽裙完全被打湿，此刻却活过来，被闪电击中后，燃烧，释放出无数五彩缤纷的鸟。

我们都将消失，三郎你会当皇帝！

她抬头望天，坚定地说，可以重启的！等我回来，再好好地活一场！……

出了月子后，海胆每隔几天就去超市购物。这是最惬意的社交方式。当了几年网络作家，钱没挣多少，人越来越消沉。她不算坏的家庭背景和学历，还有残存的姿色，拯救了她。她有了婚姻，一个爱哭闹的孩子，一个看起来可以当成"长期饭票"的男人。

很长一段时间，海胆都不适应独行在街头。

她会有种虚幻感，仿佛时间、空间，都会随时随地发生扭曲，重合，小说中的人物，会跑出来，和她聊天，干扰她的视力，让她无法对现实做出准确判断，比如，红绿灯之下该如何走动，星巴克加双份糖的咖啡，到底多少钱。这些问题她要思考半天。她像一只飘浮在宇宙的浮游，什么都不能让她激动，伤心和痛苦，生或死这样的大问题，她也无所谓，她很享受飘浮的感受，飘飘荡荡，自在且平静。

这是"网文不感症"，麦烧对她说，很多网络作家都有。

那是什么东西？海胆不相信，麦烧说，那是一种因为长期生活在虚拟时空，导致现实感丧失的病症，琉璃子走之前，也已有这样的症状了。

路过星巴克，海胆忍不住又看了一眼。麦烧在里面，她的周围，还坐着几个一脸崇拜的年轻女孩。麦烧熟练地讲着些什么，慷慨激昂，手舞足蹈，完全没有呆萌的清纯。海胆哑然，转头一想，也是释然。麦烧快三十岁了，总走呆萌少女系路线，似乎快走不下去了。

麦烧还在写，马甲换个不停，有时干脆沦为"外包枪手"，专门给杂七杂八的新媒体写网文，也给工作室当枪手，只要对方支付费用，再甩出大纲，她就能按时交稿。海胆知道，麦烧现在只想赚钱，赶紧还房贷，文章都是七拼八凑，或者抄袭台湾言情小说家的作品，改头换面，只要有流量，可以"变现"就行。她也发展了些文笔好的小姑娘，诱惑她们帮自己打下手，想来这些做法，和传销也有类似之处。

看着如今的麦烧，海胆心里不是滋味，扭头离开，装作没看见。离开网文，海胆又活回了人间，她拒绝聘用保姆，她需要沉浸在琐碎的忙碌中——这之前，全职妈妈，是她最痛恨的职业。她不明白，为何她活成了自己"最痛恨"的样子。

她推着购物车，在明媚的阳光里，巡视着超市。打折的物品，让她惊喜并愉快，薯条，白斩鸡，过期的罐头，蓝色T恤，琳琅满目的棉床单，缝着小熊的棕黄色棉拖鞋，这些东西，都整齐地"坐"在货架上，对她笑脸相迎，等着她的检阅。她和售货员聊聊天气，和其他顾客抱怨涨价的厨房用具。她甚至在胸前贴上了商家赠送的笑脸大头像贴纸。

超市有个不大的洗手间，她走累了，在那里待上一会儿，整理妆容。那是个普通化妆镜，不太干净。海胆用袖子擦了擦，显露出浮肿的眼睑，疲惫的眼神，暗黄色的皮肤。海胆抚摸着自己的脸，不觉眼眶湿润了。

没有女王、女帝、公主，也没有霸道女总裁，无往不胜的大师姐。都是假的，可为何真相出现在面前，她还是如此伤心？和她一样，不太成功的网络女作家，有的改行做保险，有的开小吃店，大部分选择嫁人，出身、学历、长相、专业背景，毒藤蔓会一点点地长出来，缠绕着她们，让她们回归位置。如此看来，琉璃子这种出身偏远小县城，父母是普通人，又没有过硬学历和长相的女孩，当县城猪肉贩的老婆，也许是不错的选择。

回到家，海胆开始做饭，等将老公和儿子都安顿好，已经是晚上九点了。鬼使神差，她又打开电脑，浏览起了琉璃子的残稿《安乐未央玉琉璃》。半年前的一个冬夜,琉璃子猝死于七香车出租屋。当时海胆和麦烧,正埋头忙着更新。麦烧碰到一个神经病大叔,给她打赏了五万元,要求她通宵不睡,将《魔法小丸子的蒙布森林之旅》更新六章。麦烧写不过来,让海胆帮忙,两人讨论着,要拿这笔钱去"海底捞"好好撮一顿,再去剧本杀工作室玩游戏,谁也没注意,琉璃子安静地趴在电脑前,身体已凉了。现在想来,琉璃子常喊着胸闷、头疼,想必早有先兆,可惜粗心大意的她们,谁也没有留心。

残稿最后,是琉璃子的一段自述,海胆读来,已潸然泪下:

白骨难渡无缘人。

四年了,我掉头发,身体虚弱,眼睛发花,写了八百万字,一年不过十万左右收入,除去日常花费,剩不下多少。我日复一日,年复一年,在电脑屏幕上堆砌起字符的虚无之墙。那些绚烂的大唐公主的故事,我似乎只剩下了这些。我对现实再也提不起兴趣。我忘记上次对男生心动是何时,没有喜欢的衣服,记不清父母的生日,发烧甚至会忘了吃药,来了月事,都草草应付。我觉得自己慢慢变得透明,似乎要被吸入小小的虚空,彻底消失。

我是作家吗? 如果有一天,我不在了,有谁知道我写过这么多故事? 它们就像宇宙的粒子流,最终变成一条平淡无奇的飞线,消失在世界……

当天晚上,海胆又开始更新网文,那是部已断更近两年的书,难得还有读者记起,她上传了一章,就有热情的读者打招呼,并给了两百元打赏,钱不多,但她很感激,可以用来买点纸尿布了。

凌晨时分,她念了段《观音心经》,将音频传到了琉璃子的网上灵堂主页。

后　记

小说集写完，我长长地出了一口气，终于将很多想法以小说的形式写了出来。这些故事有的以真实历史事件为底子，有的则是充满隐喻的未来狂想。感谢译林出版社，感谢陆志宙副总编和责编焦亚坤女士。他们的热情和坚持，最终推动《杭州鲁迅先生》这本小说集呈现在了读者朋友面前。这本小说和我的学术专业经验有一定的关系。我的专业是中国现当代文学，近十几年来，我一个主要的工作就是，在高校里教授这个专业，并围绕着这个专业申请课题，写相关的学术文章。在这个过程中，我看了很多作家史料，对很多中国现当代作家的死亡问题产生了兴趣。

　　作家比一般人敏感，他们隐秘的生命体验与诉说的冲动，诉诸文字，就形成了种种"可言说"与"不可言说"的故事。美国作家欧茨的小说集《狂野之夜！》，就曾写了海明威、狄金森、爱伦坡等五位美国文学大师的最后时刻。与欧茨的写作有差异，除了作家的人生特异性，我也关注"处于时代"之中作家的"行动性"，他们的死亡事件，深深地打上了时代精神的烙印，也表现出了独特的中国文学风景与中国现代性经验。

"作家与死亡"的题材，也寄喻着人类利用文字想象自我，探索未知的可能性与限度。当故事逼近死亡，天堂与地狱的对话，仿佛就变成了人类精神至暗时刻的喃喃低语。

这部小说集的第一篇《"杭州鲁迅"先生二三事》发表在《收获》杂志上，以历史上真实存在的"杭州真假鲁迅事件"为蓝本，虚构了一个来自绍兴的、不得志的小知识分子对鲁迅的复杂情感。我甚至想象在"一·二八"事件之中，让"真假鲁迅"共处于一个时空，但却始终让他们无法交流。当"真鲁迅"死亡，"假鲁迅"最后一次打扮成鲁迅，走到上海街头，却发现"鲁迅死亡事件"已变成了全民的"符号盛宴"。当"假鲁迅"和爱过他的"女骗子"在极司菲尔公园上演《祝福》话剧，历史的狂想与黑色幽默油然而生。第二篇《苏门答腊的夏天》则以"郁达夫死亡谜团"为切入点，以日本学者寻找郁达夫案件为背景，展开有关历史的双重想象。和这两篇作品相比，《外卖员与小说家》《侧写师遗情录》则带有科幻色彩，一篇以人工智能为突破，展现当代作家的窘迫境遇和新科技发展对文学的影响；另一篇则以"废土未来世界"为背景，展现文学型仿生机器人"爱玲"与"文学侧写师"之间的未来之恋。其他的几篇，我也各有打算，力争做到每篇都有不同创意，不重复主题，也不重复写法。小说集最后一篇，是有关"网络作家与死亡"的故事。在虚拟世界之中，作家实现了虚幻的自我价值，进而沉溺于此，不可自拔，直至最后的死亡。

因为种种考虑，有的作品，以扎实的史料考据为基础，多反映现当代著名作家的真实死亡事件，有的篇目，则由于现实顾虑和其他原因，不得已隐去作家的名字，而代入一个"似假还真"的情境，在"本事亦真亦假"的情况下，展开我的想象与虚构。

再次感谢所有帮助过我的朋友，创作的道路艰辛而寂寞，正是朋友们的鼓励支持，让我勇敢地走下去，来处已知，归途也已明了，但一切还有诸多偶然与可能性，文学在此生根发芽，一切都是最好的安排。